王克正◎著

应用红学

李羅题

红楼梦

太虚幻境
金陵大观园
红楼庄苑

文化旅游产业开发

东南大学出版社
SOUTHEAST UNIVERSITY PRESS
·南京·

内 容 简 介

本书根据《红楼梦》文本,结合经济学的文化产业理论,跟随文化产业兴起的潮流,提出因地因时因人设计"太虚幻境""金陵大观园""红楼庄苑"三大板块文化旅游产业开发的理论和策划方案等。这三大板块的开发是个系统工程,作者对其总体规划、具体布局、细节揣摩皆有创造性见解。

另外,作者还进行了对"应用红学"的理论探索,关于"红学"研究的学术探讨,关于江苏红学会创新发展的探索,丰富了本书的学术研究价值。

本书适合旅游产业投资商,从事文化产业的工作者,推动文化产业发展和文化繁荣的相关专业人士,政府规划、旅游相关部门工作人员,红学爱好者等阅读,有很强的借鉴性和可操作性。

图书在版编目(CIP)数据

应用红学 :红楼梦太虚幻境·金陵大观园·红楼庄
苑文化旅游产业开发 / 王克正著 .—南京 :东南大学出
版社,2014.10
　ISBN 978 - 7 - 5641 - 5230 - 7

　Ⅰ.①应…　Ⅱ.①王…　Ⅲ.①红学—应用—城市文化
—旅游资源开发—研究—江苏省　Ⅳ.① F592.753
② I207.411

　中国版本图书馆 CIP 数据核字(2014) 第 229506 号

应用红学:红楼梦太虚幻境·金陵大观园·红楼庄苑文化旅游产业开发

著　　者	王克正	
责任编辑	陈佳	
编辑邮箱	5930035@qq.com	

出版发行	东南大学出版社	
出 版 人	江建中	
社　　址	南京市四牌楼 2 号(邮编:210096)	
印　　刷	南京玉河印刷厂	
经　　销	全国各地新华书店	
开　　本	700mm×1 000mm　1/16	
印　　张	14.5 插页 3	
字　　数	270 千字	
版　　次	2014 年 10 月第 1 版　2014 年 10 月第 1 次印刷	
书　　号	ISBN 978 - 7 - 5641 - 5230 - 7	
定　　价	32.00 元	

* 东大版图书若有印装质量问题,请直接向营销部调换。电话:025 - 83791830。

序一：应用红学的探索与实践

顾　江

　　文化遗产是人类共有的宝贵财富，具有巨大的实践价值、学术价值和经济价值。合理保护和利用文化遗产有利于传承民族的传统文化，增强民族的自豪感和凝聚力；有利于推动文化遗产地旅游及经济相关产业开发，促进当地经济可持续发展；有利于弘扬文化多样性，促进多元文化交流、尊重和理解。

　　《红楼梦》是中国文学史上影响深远的巨著，是世界文化史上的一件瑰宝。而南京是《红楼梦》作者曹雪芹的故乡，是红楼文化的发祥地。据南京红学家考证，曹氏家族在南京曾拥有13处房产（共483间），还有做过行宫的花园、作为别墅的小仓山（随园遗址）以及曹家家庙（香林寺）等。曹氏家族在南京任江宁织造达五十八年之久，留下了较为丰富的历史文化。而曹雪芹《红楼梦》大量内容反映了康乾盛世的吏治、经济、文化、典章制度等，作为六朝古都金陵（南京）的人文、历史、景点、民俗、语言亦得到了充分体现。因此，南京市应深入挖掘曹氏家族及《红楼梦》文化遗产资源，大力开发红楼文化旅游资源。作为内容丰富的文化遗产，《红楼梦》除了学术价值外，其品牌效应及其特殊文化资源凸显出垄断经营的价值内涵，因此，《红楼梦》文化遗产具有巨大的实践价值和经济价值，这也是王克正先生倡导"应用红学"的理论依据。

　　新世纪以来，我国文化产业的蓬勃发展，为南京红楼梦文化遗产的产业开发提供了良好契机。红楼梦文化资源具有价值、稀缺、不完全模仿、不完全替代等特征，因此，可将其视为推动南京市发展的一种战略性资源。开发、利用这种战略性资源，并实现它与其他资源的协调和有效配置的能力，发展红楼梦文化旅游产业，既可彰显南京市历史文脉，又可推动南京市文化产业发展，有助于南京城市核心竞争力的提升。

　　多年前王克正先生就提出："一直以来红楼梦的研究都是纸上文章，现在应当向应用红学转变。"《应用红学：红楼梦太虚幻境·金陵大观园·红楼庄苑文化旅游产业开发》一书可视为作者多年来坚持探索"应用红学"理论与实践的结晶。该书以红楼梦文化资源的产业化开发为主题,内容主要涉及如下方面：

一是关于"应用红学"的理论探索,突出表现在作者多年来在各种场合呼吁加强南京市红楼梦文化资源的利用,如《致省政府建议开发大运河流程江苏段的红楼梦文化元素信》《南京红楼文化经济亟待开发——在 2006 年红学年会双沟会议上的发言》《致江宁区领导函——红楼梦文化旅游开发》《红楼文化与江苏经济〔淮阴篇〕》《经济学的"三大板块"集聚效应辩证论》等；

二是关于"红学"研究的学术探讨,如《大观园的景点布局与〈随园记〉之山川地势》《新建大观园景点建筑平面布局图及说明文字》《"省亲别墅"正殿"红楼十二钗"五册六十人物女像柱论述》《红楼大景区的"文化泅晕圈"效应》等；

三是关于红楼梦文化产业项目的具体实施方案的构想,如《在江苏省红楼梦学会 2003 年年会暨江宁织造府项目研讨会上的发言》《"2008 年陆郎花塘红楼文化工程"大会发言》《红楼梦文化题材金、玉、瓷工艺产品的开发策划方案》《红楼梦文化题材南通蓝印花布工艺"青奥"礼品开发刍议》《一个巨大的酒业新品市场——关于"那半边天"女人世界的红楼梦花卉、果子酒研发纵论》《红楼梦演艺市场·音乐舞蹈剧二种》等；

四是关于江苏红学会创新发展的探索,如《致何永康老师函——关于江苏红学会会刊办刊新想法》《2007 年江苏省红学年会南通会议发言——江苏红楼文化报刊的创办与红楼梦文化普及文化产业开发泛论》等。

总之,该书是作者长期研究"红学",并致力于"红学"应用于当代的理论探索,既求真又务实,创新迭见。它告诉读者在学习和研究红楼梦文化的同时,不能止于纸上文章,还要加强"红学"应用,积极促进其资源价值的现代转化,在原真性保护的前提下,合理开发利用红楼梦文化遗产的经济价值,将其转化为现实生产力,形成文化品牌效应。

是为序。

2014 年 1 月 26 日

序文作者 顾 江

文化部－南京大学国家文化产业研究中心常务副主任

南京大学商学院博士生导师

江苏省文化产业学会会长

《文化产业研究》主编

江苏省文化产业研究基地主任

中央文化企业国有资产监督管理领导小组办公室特聘专家咨询委员会委员

序二

何永康

···

中国出了个曹雪芹，《红楼梦》是中华文化之瑰宝。作为曹雪芹的诞生地，南京市有十分丰富的红楼旅游文化资源，应当珍视，应予开发。

王克正先生多年来执著于此，潜心研究，提出了许多独到的见解，设计了不少有价值的方案，颇受红学界同仁关注。现在，他将有关文字汇集成书，曰"应用红学"，这是件好事情，有益于"红楼梦文化产业"的进一步审视、讨论和开拓，值得欢迎。此书汲取了经济学的某些理论，提出"集聚效应的辩证"、"旅游消费循环说"、"文化价值的涸晕"等看法，有一定的理论深度，使红学之"应用"具备比较实在的学理依托，可取。

克正先生还因地因时因人，设计了南京"红楼之旅"的"三大板块"：太虚幻境景观，金陵大观园景观，红楼庄苑景观，这是一个系统工程，其总体规划，具体布局，细节揣摩皆有创造性见解，可资参照。

世上无难事，只怕有心人。克正先生持之以恒，不畏艰辛，独立进行金陵"红楼文化产业"的研究，终于取得了可喜的成果，令人敬佩，乃歌曰：

> 抛砖引玉言，
> 醒目明眸泪，
> 红楼得此痴，
> 神游有意味。

2013 年深秋，于南京师范大学随园

序文作者　何永康
江苏省红楼梦学会名誉会长
原江苏省红楼梦学会会长
原南京师范大学文学院院长
南京师范大学博士生导师、美学理论家
南京师范大学文化产业研究院院长
江苏省高考阅卷语文阅卷组组长

自　叙

　　《应用红学：红楼梦太虚幻境·金陵大观园·红楼庄苑文化旅游产业开发》是本人的新成书稿。标题明朗地告诉人们，这是从"红楼"文本出发，对书中的可作产业开发的内容作规划、营造、运作等问题进行严谨论证、大胆创意、系统构思的一本书稿。谨作对《红楼梦》产业化开发的引玉之砖，岂敢奢望成为构造、经营的基本性的参考之言？

　　因其既称"红学"应用，则笔者特别强调要紧紧依据《红楼梦》文本素材来研讨这一项目课题。因而文稿中自有许多属于纯粹的文学性的"红学"论述的内容，如《大观园的景点布局与〈随园记〉之山川地势》，《"通灵宝玉"·雨花石》证述了"玉"与"石"的内在关联，如"省亲别墅正殿的方位坐落"问题的探讨等，均系细致入微之文；也有对"红楼梦"人物故事的赏析，如对刘姥姥、尤三姐等女性人物，从其宴乐、饮酒的角度作别开生面的文章。——当然，这些"红学"文章都是为"红学"产业化而作的铺垫；简单明白的道理：因为既是对"红楼"作专题性的文化产业开发，自然要对某些"红学"疑案作厘清工作；对一些"红楼"的误读作辨析拨正的工作；对一些深隐不露的视点作发微的工作。尽量做到有理、有据，而又能阅之有趣。愚意以为，只有把基本的基础性工程做好了，才好进行下一步：破土动工，实施开发；作有据开发，作深度开发，作科学开发。

　　无疑，产业项目的规划、布局、设计是本书的主体内容。

　　从总体构思到全局布划，再到具体设计、细节追求等等一系列，虽然连绵了好几个春秋寒暑，倒也没觉得有煞费苦心之疲累，反得愉悦自然之趣。

　　因为笔者对于这个题目，起初只是源于对"红楼"旅游美景的热切追求，自然就有兴趣。不过，当稿本初具规模之后，立刻感到需要有新的增量，那就是：必须要时时刻刻立足于产业的经济的角度来说话。如此，倒是力逼自己采用新的思维理念和方式方法来行文，便产生了系统工程方式的"三大板块红楼境域"的范式，且又在文中张举了若干相应的经济学原理，来作为整个开发设计的支撑梁柱，从建筑美学的角度来衡量某些细节，如此之类杂入文稿，便冒充懂得了经济、建筑的样子——因为只有有了经济的、市场的、供求的、品牌的诸多产业学层面的考量，"红楼文化旅游的产业开发"才会有生命力，才可能受到投资家的青睐，才有可能获得政府的认同和政策支持。

本人一直深藏私意：文化产业，包括"红楼梦文化产业"应先天性地植入、自觉性地融入"城镇化"的浪潮之中。——这样，人民群众、政府、投资家都会欢呼的。

设想：在京杭大运河流域的"城镇化"的浪潮中，如果把大运河沿线的有关"红楼文化元素"悉数规划运作，使其文化的洇晕效应发酵，这样不是令中国大运河文化遗产与中国"红楼文化宝典"这两项元素同时飘动起来吗？"城镇化"是国家发展改革新一轮的驱动力；是社会结构的进一步优化；是经济转型升级版的新试验。在社会、经济、文化建设中，文化产业是"三驾"之一，不可或缺！在得天独厚、两项资源"独家占有"的情势下，大运河流域的"红楼"文化元素绝不应置之不用。

如此之文，有朋友称："唉！传统的、高雅的、纯净的'红学'，从此，就受到了铜臭的污染了。可惜！可悲！可恨！"

却又有同志说："是为'红学'研究开辟了一个新的角度、新的方向、新的研究分支，全面、全新、全美！"

笔者伫听二言而诚惶诚恐，但究竟如何，尚待实践论定。

于野羊谷草庐
2013 年 12 月

目 录

红楼庄苑·江宁红楼文化旅游工程开发

关于红楼文化产业开发的呼吁信函

红楼梦文化旅游、工艺产品开发

文化产业开发泛论

绪论

绪论是对本课题的一些宏观方面的考虑,作简略概述,共分六个方面。

一、申明作意

小说《红楼梦》是中国文化瑰宝,是至高的文学艺术殿堂。——是为"红学"之言;

"应用红学红楼旅游开发"是经济工程,市场营运,消费行为。——是为"文化产业"之言;

把"沙龙红学推进到应用红学"的文化层面似乎并不违背学以致用之古训,本书将《红楼梦》中的三处场所擘划为"三大板块"旅游景区:

(一)太虚幻境

(二)金陵大观园

(三)红楼庄苑【贾、史、王、薛四家田庄及其附属刘姥姥村庄、乌进孝庄园】

书中主要篇幅就是对"三大板块"的总体规划,具体布局,细节设计给予较为详细的论证、陈述。从文化产业的角度在经济学的意识下作文章、看问题——乃是一次尝试之文。

二、扫除隐忧

按说,此时此刻再作"红楼开发"之论十分不合时宜,无法不让人家冷齿。直接斥为"过时之意"、"简直是垃圾发言"。因为前有北京、后有上海——二十年后谁还听你的陈词滥调?

但是,正由于北京、上海两处的著名"红楼景区",方才激起我定要勉力倡言、新建"红园"的意志。理由如下:

第一,京沪两地只有一座孤零零的"大观园",是残缺的红楼旅游产品。

第二,只有系统地开发"太虚幻境、大观园、红楼庄苑"才是完整意义上的"红楼文化"。

——如此看来，自以为本书并非垃圾陈言，绝有新意，内容充实，全面地开发了《红楼梦》的内容宝藏，充分地满足了游客的消费需求。

——"太虚幻境"是什么样子，谁也没见过，能不赶快去看看？

再说了，我"全"他"残"，我"三"他"一"，"三大板块"的红楼旅游景区至少要玩三天、住两宿了。

——"住两宿，玩三处"，这对旅游产业来说是什么概念？旅游局长们都清楚。

——再说我"全"他"残"，我"三"他"一"，这不是小修小补，微隙罅漏，绝对是大补"大残"，重补"重缺"——笔者敢以"三大板块红楼景区"业主的身份大言："新园"对于京、沪二地大观园敢以大补残缺、再造之功者自许，似不惭愧！

——此为扫除第一隐忧。

下面，我们先来看两个事例再说话：

例一，香港已有一个迪士尼，上海再造一个迪士尼，港、沪之间也不过区区两小时航程。例二，芜湖已有一个电子游乐城——"方特欢乐世界"；常州又造一个电子游乐类的"嬉戏谷"。此二例说明一个问题，同质竞争，可以并存。

——此为第二个隐忧的扫除。

三者，从宏观上说，旅游业的火爆大趋势，方兴未艾，这是有历史原因的。世界范围内，发展中国家逐渐增多，大多数人口获得了小康生活水平，乃至进入了中产阶层。休闲旅游娱乐已成为生活必须内容——已经具有支付旅游消费的经济能力了，因而，旅游产品，永远是"稀缺性"产品。

——此为扫除第三隐忧。

结论：只要是开发"三大版块红楼景区"旅游项目，完全可以大胆投资，不会亏本。

三、文化产品消费因素泛论

作为一个文化产业项目，想要推向市场，势必要检讨它的产品要素诸方面的市场预测。

1. 是特质的，抑或是平常的？

"红楼文化旅游产品"是中华民族的，且是真善美的，大家知道，"民族的"都是"特色的"，往往是最容易打进世界市场的。

2. 产品的消费价值、消费内容是单一的还是多元的、丰富的？

"红楼梦文化旅游"这一产品的可消费内容是十分丰富的，本书将这方面在文中多处、各个项目的各个方面均详加列举。因为是以《红楼梦》一书作为产品开发的母本,其书的内容属百科全书的性质,三百六十行、吃、喝、住、行、玩、乐哪一宗不是精品?而尤其值得强调的是:"三大板块"天生地较之于"残缺独肢"就要多出两个倍数的丰富量——这是仅就其开发肇始项目内容而言的,还并不包括衍生的文化产品。我们这里所强调的丰富性是:

(1)"太虚幻境"之园是什么样子?有哪些消费内容?

(2)"红楼庄苑"中四家庄园是何景象?乌进孝庄院、刘姥姥村落又是怎么个"绿色"?

"红楼三大板块"游园项目是一个可以组团三日深度游,骑驴跨马、抬轿驾车很古典、忒惬意的慢节奏的漫游,累了随时可以歇脚——高消费可住潇湘馆、怡红院单间,低消费有姥姥庄、农户客栈、二丫头家的草庐茅舍……吃喝酒水,丰俭由人——一切均在园中全新的销营模式,交关方便。其丰富程度,一望可知。二十四小时通宵营业,白天有白天节目,夜里有夜里的游乐。没有闭园、清场的说法。好了——停,商业机密泄露得太多了——继续检讨内容。

3. 该产品是长效的、全天候的还是短期的、季节性的?

4. 消费群体是普通的广大受众还是有限的部分人?

回答这些问题也就是对未来市场前景的预测公布。

至于对传统的、古典文化的重新运作是否有过时之虞,与时代脱节之虑——还会有人喜欢吗?

这不是不应该考虑的问题,但这要具体内容具体分析,情况各异。

首先,凡是古典的精品,就永远不会"过时"。

这一回答是有着哲学根据的:因为历史是大河流水,古典文化是御风之舟,波涛永远没有任何人可以横刀阻断。

而且,事实上,愈是古典的就愈是经典的,愈是稀缺的——因为历史是一把无形利剑——任是再美的事物都要被其残酷地风化,因而现实的趋势是:愈来愈少,愈加是物稀为贵;事实上,新时代要求的快节奏,快餐、"快餐文化",快速简单地建筑,全世界统一的水泥钢筋,几何简图高层建筑……这一切,已经干净、彻底、全部地占领了我们这个世界,从古罗马斗兽场到大中华万里长城,从昆曲到非洲黑雕,试看,经典遗存与现代流行其比率是多少?——早已不成比例了。所以,在尽可能的条件下,在保证"修旧如旧"的定则下,应赶紧复造古代经典,这是我们义不容辞的责任。

其次,时代差别造成的消费人群对项目的不同选择应具体分析,要从个人性格偏好的天然性和年龄段的差异性等因素来辩证地看待这一问题。

再次，文化需求消费内容有着"互补性"规律，就像：荤菜、素菜互补搭配才是养生的最高妙道；中医西医互补治疗，才是医道的科学手段。故古典的"红楼文化旅游消费"与"海南沙滩"、迪士尼互相配合，分割市场份额，方能满足各类不同兴趣的消费群的需求。

本书的写作过程是边学边写作的过程，努力学习并汲取经济学基础知识，学习文化产业理论，用以对全书加以统筹思考规划或具体章节的构筑作理论支撑，其间并集中数篇提出"集聚效应的辩证"看法，"旅游消费循环说"等等。又如"文化价值的洇晕效应"，对其他行业尤其是对房地产业的积极影响也作了初步的探试性的发言——但所有这些，是否正确，也均在初试阶段。

四、"支柱产业"随想

当前，国家提出经济转型，要把文化产业作为支柱产业来抓。支柱产业的"支柱"有重要的两个要素：大数据份额，高科技质量产品。高科技质量是对大数据份额的保障。"大数据"才是年报的核心。

"大数据"重要分目：

1. 消费总量：消费个体数与其消费金额的乘积，即全体国民的消费总量。
2. 消费份额：

（1）消费个项在消费全项中的占比。

（2）消费个项额在全项额中的占比。

（3）消费、出口、基建各项在国家 GDP 中的各占比率。

作为支柱产业之一的文化产业，在美国，占其 GDP 总量的 1/3。

文化产业的具体项目大体分为 10 类，分别为：文化读物、艺术作品、科技文化、影视动漫、演艺作品、音乐作品、教育培训、文娱用品、创意营销行业、旅游休闲，我们以此为建立研究模型的基础。

我国是发展中国家，文化产业起步为晚，故假设降低"支柱"要求的比率，为国家 GDP 的 1/4。则在我国的 GDP 总量中，旅游产业作为文化产业中的"十兄弟"之一，应有 1/10 的贡献率——依此推算（设"十兄弟"文化产值的贡献皆为均值），那么，旅游业所创造的消费值应是全国全年 GDP 总量的 1/40。可见与美国相比，相差巨大，所以，作为文化产业的支柱比率远未达到。

无须赘论，我们已经可以看出发展旅游休闲业是具有巨大的经营空间的，而要想完成这一辉煌的"真金白银"任务,大力发展旅游业——打造具有巨大潜力和十足的消费卖点的旅游产品,则是不二法门,紧迫任务,也是难得的机遇——尽快开发红楼文化旅游产品及其他新的中国文化特色的产品,绝不可坐失良机,行动迟钝。

五、南京的尴尬

尴尬的根源在于:我们,六朝古都,旅游资源多得一塌糊涂,但是,城里城外,东南西北,固然是星罗棋布,数不胜数,但却零星四散,来宁旅游的旅客,忙于赶路,没有"旗舰产品",无法令人费时驻足,此其一。其二,名气巨大,然功能不同。"明陵"世界遗产,足以令人自豪历史;"中山"革命伟人,瞻仰崇高胸襟;总统府必须游观……这些大多是拍张照片留念,然后下山出门。夫子庙热逛嘈杂,天下小吃闻名,但已是"异化消费",说明不了味是桃叶女之味,歌是李香君之歌,与文化搭不上边;复建江苏文枢,再现科举文化,富有历史价值却拉动不了对项目本身内容的消费;甘熙故居,唯听讲解,细阅资料……其文化消费根本达不到高比率。

南京古都闻名天下,但若论其旅游产业,文化产业支柱还存在着巨大差距,只有演艺、出版等少数行业,辉煌起步,差强人意。

既有差距,说明有空间,有空间说明可以有作为,就旅游文化产业而言,我们再不能坐啃祖宗老本。听说西安在这方面多年前就有大构想、大手笔,但不知这些年有无实际成就。何时能去一游借鉴。

六、沧海探珠　创新营销模式

创新营销模式是所有经济理论家、企业家的追求,最后,我们想把这一问题放在"红楼梦"文化旅游企业项目总体工程的层面提出来——当然不是说已经设计出了"新的营销模式",只是提出来,引起大家的高度重视而能加以思考。

看电视时我在想:"为什么《非诚勿扰》这么火爆,被各家电视台模仿、复制?"

一句话:它在做好事,做实事,有实效,而且是在为巨大的一个需求群体做好事。孟非是"非实勿做"——这个节目具有社会效益,这是事情的本质。

又为什么《星光大道》收视率高?热门,好看,本身内容就是文化艺术,娱乐文化;而更重要的是,每一期它都发掘、培养了一批值得称道的好节目、好人才！老毕的这个节目有社会效益，他也在做好事，多少可能被耽误、可能被埋没的人才通过他而简单直接地跳出来了！

联想到前几年，中央电视台经济频道有一档大企业发掘、赞助、投资初始起步的微型企业，挖掘提携经济精英人才的节目，何其好看，至今令人怀念！所有这些，都可以作为借鉴，值得我们思考。——于是，似有朦胧的启发之点：媒体尤其是立体媒体作为一个想成为跨国百强企业的经济实体，是否应该必备自家的电视媒体作为营销工具？或者至少应该与媒体合作，与其携手？这正是适合像"红楼梦"文化旅游企业的营销模式。作感情类、婚恋类、慈善类的现场、实况操作的推介节目，作具有社会效益的游园节目……当然，这是一个文化体制的改革、传媒准入制度的改革、项目营销的质量准则等多方面的大问题，此乃老问题、新设想、小试验、渐完善的过程，摸着石头过河吧！

成稿于野羊谷草庐

2013 年 10 月 6 日至 9 日

在江苏省红楼梦学会 2003 年年会
暨江宁织造府项目研讨会上的发言
——关于复建大清帝国江宁织造府及建红楼艺术馆、曹雪芹纪念馆的建议

　　江宁织造府及红楼艺术馆、曹雪芹纪念馆、云锦博物馆等在大行宫修建，是江苏建设文化大省的又一笔浓墨重彩，也是给南京市又增添了一处弘扬国光的爱国主义教育基地的场所。现谨陈一些个人意见，供政府部门及投资方作决策、建造之参考。

　　基于遗址处在现代大都市的中心区，因此，要在现代化洋楼的丛林中安放一座中国古典文化的建筑作品，这就有一个周边环境与新建作品怎样和谐协调的设计要求。为此设想：

　　沿织造府、纪念馆等建筑的宫墙外围建造四周环护的"宁荣街"。

　　现简述其理由、功能、效益如下：

　　一、建此"宁荣"一条街，符合历史面貌，也符合《红楼梦》的描写。既具历史真实性，又有文学真实性。

　　二、有此"宁荣街"环护四周，就在府署外围首先营造了充分的红楼古典文化氛围，让游客一下子在视觉上和心理上就产生了环境感觉和情绪融入；形成一个从现代进入古典的过渡区域。

　　三、建此"宁荣"一条街具有巨大的社会功能和经济效益。

　　1. 可以在更大程度上聚集人气，扩大红楼文化影响，提高国民文化素质，提升南京的名气，具有巨大的社会效益。

　　2. 只有聚集人气，才可招来财气——宁荣街上是各种红楼文化商业铺面，形成红楼饮食、服饰、文墨、歌技等商业大世界，有极大的经济效益。

　　3. 在南京文化一条街上又添了一处文化、休闲、观光、购物的大场所。红楼宁荣街与夫子庙形成南北呼应的格局，使南京文脉气象更为恢宏。

4. 不但是对南京文化旅游产业竞争力的增强，又给第三产业就业创造一个很大空间。

四、宁荣街设计理念及框架构想。

1. 风格倾向：要具有明清江南建筑特色，要求有系统性、整体性。在统一中求变化，变化中求个性，兼顾旅游观瞻与实用经营的双重要求。

2. 具体要求：（1）要求一户一式一单元；要求各铺分居，多有墙巷分隔；因用量造、定体裁衣，如茶馆、酒楼、歌舞场、药堂、画坊、成衣店，具有各自独特性。（2）要充分考虑一两处大酒楼、大宾舍的安置。（3）要求各铺户所用的建材木结构、砖结构、石结构等间杂而用。（4）要求户舍形式多样化：单室、四合院、楼阁、平房、层楼等多种形式。（5）"宁荣街"的建造要追求遗迹化，其间时有点缀如：石坊、残廊、神龛、井臼、马柱马槽……取得"假作真时真亦假，身在假处已当真"的效果。（6）绿化要求：要求历史化、本土化、红楼特定化。完全是中国的、红楼的柳、槐、楝、榆等，杂以梨、栗、桃、杏等品种。不采用引进花木。追求"自然化、无序化"，以显真实韵味，不要规则化地植栽。要求有充分的密度：只有这样才能起到"掩映"的效果，才能较为有效地起到"隔断"外围的现代建筑气息的冲击之作用。乔木绿化是制造缓冲过渡区、取得和谐协调环境艺术效果的最佳方法和最经济的材料。"宁荣街"道上每户商铺间巷皆要植绿以作间隔点缀。

五、雕塑装饰构想。

1. 曹雪芹生平、生活群雕。

2. 红楼故事选雕。

附：施工中所挖得的假山石应保留，以备堆垒再用。这些假山石料所垒之山具有文物性和"红楼梦"真实性，是货真价实的金陵大观园的原物、文物景点。

以上是个人浅陋之见，敬请各位批评指正。

于中山陵八号宾馆
2003 年 11 月

南京红楼文化经济亟待开发

——在 2006 年江苏红学年会双沟会议上的发言

江苏不做好红楼梦文章,还叫什么文化大省?

红楼梦文章若丢失大观园,还叫什么红楼文化?

南京红楼文化经济有两个板块、四项工程亟待开发,缺一不可。

一、城中:江宁织造府、宁荣街、金陵大观园。

二、郊外:江宁曹上村、小王庄、史家村、薛家凹子之红楼庄苑。

江苏省红学会 2006 年年会在醇香醉人的酒乡双沟召开。这次年会的主题是:红楼梦与江苏企业经济。会议由双沟酒业来作这个主题第一笔的诠释,令人由衷地欣喜。

红楼文化是江苏经济的一块璞玉,亟待开发。

文化是经济的长久内力,这已是社会的共识。现分以下几个方面来讲。

我个人以为,文化大省江苏要开发红楼文化经济,首先要抓住龙头机杼,也就是红楼梦故事发生地、作者的出生地、小说的标识地——金陵(即南京)。把南京的红楼文化的经济潜力尽数发挥出来,然后以之辐射苏、扬二州,进而连锁省内其他各地。

就南京而言,其红楼文化经济有两个板块、四项工程,亟待开发,且都具有可操作性。

第一板块,是老城区里的大行宫——江宁织造府复建工程。

对于这一块,我有更进一步的看法。对此,我曾上书建言南京市委市政府。行文如下:

关于建设南京国际历史文化名城——修建江宁织造府 建造红楼梦纪念馆应需追加建筑面积并同建修金陵大观园的建议——

给市委市政府的信

市委、市政府领导：

修建江宁织造府、曹雪芹纪念馆、红楼梦艺术馆、云锦博物院，应当同时建造府内的原有旧制"西花园"——亦即大观园的蓝本。这是红楼文化的精华所在。

但现有的1.8万平方米的建筑面积只够造府、馆之用，远不足以营造大观园，兹建议：扩大碑亭巷以西的（九中坐落）地面。规划迁建九中，协商通融其他已拍卖的地块改项，全力打造国际古都文化名城的红楼文化项目。

一、没有大观园就不是完整意义上的红楼文化，影响其文化弘扬。

二、将严重影响作为文化旅游产业的社会效益和经济效益，是对红楼文化含金量的利用不足，极大浪费。

须知，无论如何，《红楼梦》才是最具卖点的文化大餐，大观园不仅是专业文化层次的，而且更是广泛的通俗、大众文化层次的。只有大观园最能聚集人气，人气聚集范围越广，其文化的弘扬面越广，陶冶国民之文化素质收效越大；人流聚集愈众，其旅游消费愈高，推动第三产业力量愈大。

三、按投资效益法则要求：投资项目的规格（包括投资总额、项目质量内涵等内容）必须与人均GDP水平相匹配。如果投资规格低于匹配要求的底线，则其效益率即呈加速度状态而趋向负值，从而发生效益雪崩现象。

如图所示：

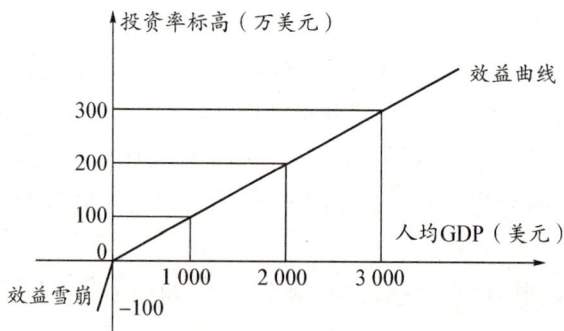

举例：如果我们南京当前投资低额规格的模拟黑白电视生产线，则其收益率将为负值。因为GDP 3 000美元的群体中的任何消费者都将拒绝这一商品。

同理，如果我们建造没有大观园的织造府、红楼馆，或者，舍不得投资足够的建筑面积而只建一个"小观园"（这正是人们对北京"大观园"的讥语），无疑将是一个失败的投资。因为，它对观众、游客意味着全部或部分地丧失了其消费价值。就是说，我们没有满足其消费需求。人们可以讥之为发育不良的红楼大观园。

四、我们国家已进入灿烂的文化大时代。所以国家批准投 26.88 亿元巨资建造国家大剧院；投巨资进行"中华再造善本"的复制出版工程。不"大"则将很快被前进的时代抛在后面，反而是极大浪费。所以我们南京正宗的惟一的大观园——红楼文化项目工程，必须做"大"做强。

五、在文化项目中，既不能一味追求商业效应，惟经济论，使之丧失文化品位，对文化糟践，也不能纯文化论，拒绝合理的、必要的经济因素。在当今，文化与经济是相辅相成的关系，是正比例关系。所以修建织造府、红楼艺术馆外围的宁荣街，是绝对必要的。因为这符合历史真实；也符合文学真实，符合小说中的描写。宁荣街经营的文化红楼商业经济将是长盛不衰的经济；院内的大观园是带动文化旅游产业——红楼文化审美、休闲娱乐、红楼美食、服饰、工艺、游艺、戏曲……的经济机杼。

六、"金陵大观园"货真价实，绝非外地"假古董"大观园可比。它将为古都南京更添一笔浓墨重彩。在文化一条街上又增添一处与南京夫子庙遥相呼应的新的旅游消费、艺术休闲的繁华闹市，典雅新景，不夜小区。

这一块国土资源的投资，其文化意义、历史价值、社会效益、经济回报将是无法估量的。

以上建议，仅供参考。

王克正
2004 年 2 月

这一建议，得到了积极可喜的回应，南京市城市规划建设局告知本人，该追加建筑面积的建议政府已予批准。

但是两年多来，仍无操作的信息。确实，在大行宫、碑亭巷往西地面实难再得不小于 20 万平方米的建筑用地。

于是，日前又有"关于并同建造大观园"之意向政府再建言。其主要内容如下：

建议将原汉府街客运站（现正在拆迁）地块划拨转用作为金陵大观园之建筑用地。其可行性理由如下：

一、该地块虽不与织造府地面紧壁相邻，但两者之间的直线距离仅在一二千米之间，降而求其次，已属难得。

二、此处地面与总统府相傍，仅隔一条"东箭道"胡同，地气文脉极佳。这将是织造府左近最后一块相宜于营造红楼大观园的地点了。

三、其间虽有千米距离，但是《红楼梦》完全可以把它们连接起来——以"红楼"文本为根据，作一地下隧道，营造"太虚幻境——情海迷津"意境。正好可在此中演绎红楼内容提要——"梦游幻境：红楼梦金陵十二钗梦曲"。

四、效果：形成游人进入织造府，参观纪念馆，接受爱国主义教育与游览大观园的连通一体的格局。"太虚隧道"起到一个过渡桥梁作用。

五、特色：此计解决了两处分隔的不利格局，既合理有据，又艺术巧妙，且创新立异。商品奇新，永远是销售学追求的亮点。

南京红楼文化经济的第二板块在江宁陆郎

该地域有一个令人神往的红楼梦地名圈。据考（南京大学高国藩教授、湖北鄂州大学童力群教授专考）有30多处地名与《红楼梦》一一对应。

而我本人则对这一地域的其他村名及当地村民的民间传说、风物留存更加注意——发现其中与《红楼梦》书中内容、人物故事、命运具有着深刻的内在联系，具有着明显的不可造假、附会的真实吻合。这就进一步证明，此地莫非真是当年曹家祖产、城外祖茔、庄苑！（本人有《红楼故事曹上村》一文阐述）

因此，这就有着极大的可开发价值！

这是一个比沈万三的传说含金量不知要高多少倍的聚宝盆！

为此，对这一地域的红楼文化经济的开发作了一个粗略的框架设想，简述如下：

围绕着当地的"曹上村"（可视为贾家）——小王庄——史家村——薛家凹子等村落，开发、打造贾史王薛"红楼庄苑"。

（一）在此打造可以打入国际市场的花卉基地：因为红楼品牌的"宝钗牡丹"、"黛玉芙蓉"、"探春玫瑰"、"香菱夫妻蕙"等更具有感情色彩。这是"我"比他国花卉的特优之点。

在牡丹园、玫瑰苑里，打造"情人月"、"金婚月"、"相思苑"情侣天地，培育情感文化，在情感文化中消费。情感文化市场是独具魅力的，也是永恒的市场。

（二）打造刘姥姥品牌的野蔬佳果：如"灰条菜"、"老倭瓜"、鸡头、红菱……开发红楼糕点、小吃等美馔。真正的绿色、真正的现摘现卖现货供应。

吃了宫宴尝野味，逛了大观浴乡风——城中织造府、大观园板块与城外红楼庄苑板块联动开发，必将形成一道独特无双的风景线，必是举世瞩目的文化大工程。红楼梦文化积极参与到经济建设中去,其直接的经济效益是多少,有请旅游经济学家们来预算。

丹麦有安徒生文化艺术节,绍兴开发"鲁迅"经济,成都打造巴蜀文化区,西安拼力复建唐宫城,而我们南京面对着《红楼梦》,岂能甘将金樽空对月?是不是可以加大开发力度,着大手笔,写"红楼文化经济"的鸿篇巨制呢?从社会学原理来说,未来社会的主要特征是闲暇,闲暇是一种财富。据美国权威人士预测:2015 年,发达国家将进入休闲时代——休闲娱乐旅游业将是下一个经济大潮。休闲是文明、健康、和谐社会的重要标志之一。于是可知:整合南京—江苏的红楼文化资源,接待休闲来宾的经济潮头,修建大观园、红楼庄苑正当其时,机不可失,时需抓紧。

下面谈另外两个设想:

一、江苏红学队伍本身是否也能在"红楼文化"上捞点钱、揩点油呢?

能!

倡议红学会员们办一张《红楼文化报》,大体构想如下:

报纸作为商品,这本身就是经济,而一旦它进入市场、融入社会文化中,又可以为经济的发展起到增值作用。

报纸定位:应该是全方位、广受众的报纸。以弘扬、普及古典文化、文学为宗旨。

本报既有高端学术论坛,也有中小学生的基础文学文化知识普及,还有适合社会各阶层读者所需、所爱的社会文化新闻。

栏目多样,内容丰富,生动活泼。

A 版红楼,B 版三国、水浒、聊斋、昆剧……是以红楼梦为龙头的古典文化综合内容报纸。

资金来源:会员自愿集资,企业自愿赞助。

办报(或刊)可以为文化大省江苏添学术文化之彩,可以为学术研究者建立一个文友"家园",可以为江苏红学会筹集一些活动经费。

二、最后,建议江苏方面筹拍新版《红楼梦》电视剧。

新在何处?新从何来?新在以前八十回文本并集结历史资料记载的"旧时真本"之结尾:宁荣籍没后,宝玉无以为家,湘云则为乞丐,后乃与宝玉仍为夫妇——这一新版本电视剧,也是红楼文化不小的一笔"经济"。新版《红楼梦》电视剧之出"新"，无论是就综合视觉艺术电视剧之创作原则——出新聚众，还是就红学研究探佚：宝、湘结合之真实原作，都是有充分理由的。关于"红楼"的这一问题的探佚，笔者通过近几年的不断探索，已大体摸清线索，确信无疑，已得《确证红楼梦旧时真本之宝·湘结合》一文约七万字，足可为此"新剧"之据。

　　以上所议，多有不当，敬请大家指教。

2006 年 10 月 26 日

◇ 这项工程对任何投资者而言，其利润是丰厚的；但他更大的收获是——他的名字将被镌刻到这块文化历史的巨石上！

红楼梦文化旅游"三大板块"联动开发提纲及论证

南京"红楼梦文化旅游"有三大板块、多项工程亟待开发——

城中：五台山随园旧址——"金陵大观园"、"宁荣一条街"（江宁织造府已建成）

江宁：禄口陆郎区域——贾、王、史、薛四大家族"红楼庄苑"

六合：灵岩山·瓜埠山——通灵宝玉·雨花石·石艺园　　棱柱崖·"太虚幻境"

《红楼梦》不仅是文化事业，更是旅游产业，是取之不尽、用之不竭的"可再生资源"。把"沙龙红学"推举到"应用红学"的文化层面上来，是我们文化界、旅游业、红学家的共同任务，是政府、投资家、老百姓的心仪工程。

提出南京红楼文化旅游开发三大板块工程，是我们在应用红学上的最新认识。只有"大观园"，而没有"太虚幻境""红楼庄苑"，当然就不是完整的红楼旅游产品。只有"三大板块"齐备，才是曹雪芹的大作整体，才是空空道人、茫茫大士的情天孽海、荣辱轮回天机玄道的圆满演绎，才是贾玉、金钗由温柔富贵而转眼乞丐的现实展示；才是对旅游产品——魔幻荒凉的"太虚幻境"石艺文化的艺术感受，对金碧辉煌、温柔富贵"大观园"的消费享用；才是对由盛而衰之后回归乡野田园的倭瓜野菜、自然山水的本色体验——这些风格截然不同的、全面的红楼文化旅游大工程，热忱欢迎投资家来投资。

以下，我们对南京红楼梦旅游开发的三大板块一一简述分论。

第一版块——南京六合·红楼梦文化旅游经济策划大纲
红楼梦·太虚幻境

经济发展是硬道理。

文化底蕴是经济的铁支柱。

　　六合——作为大都市南京的江北处女地，谋求经济的进一步腾飞，在文化资源上，有一座得天独厚的矿石宝藏，这就是：

　　　"通灵宝玉"——雨花石（众多矿场）　　　　它们是文化宝典《红楼梦》
　　　"太虚幻境"——灵岩山（瓜埠山·棱柱崖）　　的两项特殊资源。

　　须知，《红楼梦》┌六合——太虚幻境（通灵玉·雨花石原生地）┐三位一体，
　　　　　　　　　　├南京——大观园（十二钗·生活情爱场所）　├缺一不可。
　　　　　　　　　　└江宁——红楼庄苑（四大家·贾史王薛田庄）┘

亟待开发！

　　众所周知，《红楼梦》籍贯是江苏，是南京。所以，江苏开发红楼文化旅游，发展文化经济，绝不能忘了六合。六合与南京仅为一江之隔，本属同一地域区划。只因三千万年前造物主为打破这一版图的呆板沉闷，在此地划了一道水，赋予了灵动。从此，才令六合、金陵隔江而望，南北两地临水相思。

　　现在，我们的迫切任务是：要充分利用雨花石之天赋资源，紧紧依托瓜埠山——天然棱柱石的古地质风貌，着力打造：

六合·太虚幻境通灵宝玉红楼文化园

调动"文化·创意·传统·科技"等一切元素和手段，造就一个——

红楼佳丽地　情爱假日村

俾得江北六合与南岸的江宁、南京作文化上的整体呼应。让苏中地区的北桥头堡六合，经济文化加速提升，发展热力辐射苏北。

　　运用文化资源，打造旅游产业，尤其需要创造"实境"作支撑载体。没有"实境"载体则是虚拟浮云，不成产业；而若仅有美丽"实境"而缺乏文化内涵，则不够品位，最终是，持久乏力。而借助于《红楼梦》，充分利用其文化元素，才能使六合的"金牛、棱柱、大泉、灵岩"生态区更加佳境生色、红线一牵而满盘皆活。现将"红楼梦·雨花石·棱柱崖·太虚境"旅游项目罗列于下。

一、建造六合"雨花寻宝"园

1. 开辟一座典型的雨花石场——让游客身临寻宝奇境——自己掘宝寻石。

2. 雨花宝石大观园——美石、奇石展，并兼经营销售。

3. 雨花石雕刻现场表演，当场镌刻——"莫失莫忘　仙寿恒昌"等吉谶仙言及星座符号、属相标识。

4. 雨花石、通灵玉　　　金玉良缘联袂活动、定期举办。如情人节、七夕
　 金麒麟、金项锁　＞　会、金婚、银婚、恋爱纪念日……

二、红楼梦太虚幻境景区

"太虚幻境"是《红楼梦》创造的乌托邦、伊甸园。其主旨是对人间真情真爱的寓意、隐喻。因而,这个太虚幻境就给我们预留了巨大的开发想象空间。但首先要注意的是:

一不能太"实"。完全的现实化、现代化就失去了意趣,难留游客。二不可脱离《红楼梦》而太"虚"。离题万里就不是红楼文化了。总之,其主导思想是:既追求"古、奇、荒、幻",且又依傍红楼描述。以下略举必备的造景。

1. 石牌坊群——额联题字:集名家书法

在"自然生态"环境中,充分利用古地质风貌棱柱石为背景。建造:

"红楼一梦"、"太虚幻境"、"情天孽海"、"蓬莱仙境"、"有凤来仪"、"崇光泛彩"、"风月宝鉴"等等各式牌坊,形成一大景观。

2. 勒石名山、天工造景

如"大荒山"、"无稽崖"、"情根峰"、"放春山"、"遣香洞"、"离恨天"、"迷津瀑"、"黑溪潭"……

——这两处景点,放眼所见,多为古旧残石,石门、石阶、石柱、石础、石棚、石塔、石臼、石井、石龛等。以洪荒太古、苍老零乱而动人心魄。

3. 石亭、玉阁——碑题春感司、秋恋司、痴情司、结怨司、离情司等等。

三、名园内景

当初警幻仙姑引导贾宝玉游历太虚幻境"但见朱栏白石、绿树清溪;珠帘绣幕、画栋雕檐……"以富丽堂皇彰显文化之美,是《红楼梦》辉煌的另一面。所以在大荒山之外当然也要有大观园的建筑景象。计有:

第一主建筑:赤瑕宫——白玉贴墙,红玉裙墙。玉雕十二魔女歌舞女像柱,借鉴古罗马、古印度石建神庙风格,融合中国元素创新设计。

另外:红杏玫瑰园　　水仙芙蓉馆　　翠竹红梅庵　　牡丹金桂堂
　　　稻香菜花村　　海棠芭蕉院　　芍药枕霞阁　　凹晶芦雪荡

这里是天上人间诸景备的所在,是游人度假休闲消费之场所。其题额既不能照搬城中金陵大观园的诸景原名,又不能不具有其形其影、其意其情。太虚幻境与大观园是一而二、二而一,虚虚实实、真真假假之文。

四、"石头记"艺石园

"天书"石头记——世界文化资产——将是日后的古迹遗存。

这里是一块"补天遗石"——方经二十四丈的大石面。《石头记》的文字即镌刻其上。

——设想：大石上选书①《石头记·凡例》一节文字。②《好了歌》、红楼梦十二支曲、判词……③金陵十二钗正册、副册、又副册……共计六十名女子名录……有请韩美林先生以"天书"字体创作书写之。

其余诸如黛玉《葬花辞》《桃花行》《秋窗风雨夕》等诗词，尽显各书家风华。

五、造作"灵河岸、三生石、赤瑕宫"

供当代的林黛玉、贾宝玉们在此饮灌情露、洒祈福水、栽植爱情常青树、浇灌姻缘美满泉，浮同舟共济筏、扬激流弄潮帆……

在此举办定情赠礼会，操办集体婚礼宴，逛月下交心苑，唱"纤绳荡悠悠"。在赤瑕宫中，大量运用红楼人物雕像，将它们立置于每一适合场所：拐角、楼梯两侧、中庭，镜池岛中亭阁……以此为一美，堪与西方古典建筑人像雕塑之作媲美，复活敦煌古艺术雕塑的魅力！

六、规划建造红楼梦石雕艺术宫

1. 红楼梦故事片断石雕。如"读西厢""比通灵识金锁""雌雄麒麟会"等。

2. 曹雪芹生平片断石雕。如"交友唱和""秦淮忆繁华""著书黄叶村"等。有请吴为山先生主持此项工程。

七、红楼艺术大市场（太虚幻境天上一条街）

1. 物质艺术：奇石、工艺、金银珠玉、云锦、编织、漆木、瓷品……

2. 非物质艺术、文艺作品：如戏曲、杂耍、影视作品、书画作品……

3. 美食一条街：各地特色美食；红楼茶、酒、果、肴大宴；举办茶会、酒会、果会……

八、组建"奇石、石雕艺术院"

石雕艺术是世界各地文明的经典艺术元素。将中国石雕与建筑装饰组合，形成自己的文化特色，自有传承、发掘、弘扬光大的历史需求。如陕北石雕、福建惠安石艺作品，据说现在仍作为一项产业而存在着。六合是否可以开发这一产业。任何艺术文化，只有当它植根于人们的生活之中，仍在为生活、生产服务应用，才能有效地被保护、传承并发扬光大。

九、最后一景——当代情圣坊（立感动中国的情圣男女牌坊群，由"施主"出资，以流连永续）

十、总体平面规划理念

追求新奇特异，并具有中国传统文化元素。

可以考虑"太极八卦迷宫阵图"的运用。

水陆道路、交叉回环、转目换景、移步迷向——这符合《红楼梦》书中的美学意趣,如"怡红院"即如此迷幻。而且,迷曲变幻有趣,也是游览观光吸引游客的亮点所在。

总之,"大荒虚幻"与"瑰丽实景"同在一园,强烈对比。正如大漠中之莫高窟,海水港城威尼斯,这才更有感观刺激,让人们一见之下永远难忘。

六合的红楼梦太虚幻境奇石园即应如是,方能让六合大扬名气,大聚人气,大发财气!

第二板块——金陵大观园

大观园的旅游供给指数
| 文化气氛追求 |
| 绮丽景色欣赏 |
| 物质产品享用 |
| 古典建筑陶醉 |
| 情感文化寄托 |

大观园是《红楼梦》的精华所在,只有大观园才是最具卖点的文化大餐,大观园中几十处景点处处可以留客,时时都有节目。

大观园景点及游乐项目举要

◆ 潇湘馆、怡红院、蘅芜苑、稻香村——日供游览,夜可操办庆典喜事、朋友聚会。大观园中的"四大处"其建筑风格各有特色,这里是书中四个重要人物的居所,也是游客的兴趣所在。

◆ 省亲别墅——演绎皇家礼仪、举办歌赛等各种文化娱乐活动……
　　　　　　　接待新婚礼仪服务,各项典礼庆祝服务……

◆ 焦大马房——备存马匹、车轿,供游客玩乐。

◆ 大观园中的水系曲折——可以登舟划船……

◆ 大观园府厨——营销各种红楼美食佳肴。

◆ 藕香榭水亭——京、昆、越、粤、歌剧、交响均可在此上演。

——总之,一年三百六十天,大观园里常节日:歌舞赛、戏曲月、音乐会、情人节、选美台、拍摄影视……

金陵大观园将是南京的旅游旗舰,是聚集人气、弘扬文气、提升名气、招来财气的金字招牌。中外男女老少游客吃喝玩乐消费,今天、明年、下世纪长盛不衰。

第三板块 —— 红楼庄苑

江宁区陆郎、禄口有一个有趣的神秘"红楼地名圈"——有几十处现存地名与《红楼梦》书中吻合，其中，曹上村（贾家庄）、小王庄、史家村、薛家凹四个村落等处，似可视为《红楼梦》的"贾史王薛"四大家族的"留影"。这一事实曾引起专家们的极大兴趣。因而，此地大可开辟"红楼庄苑"作为旅游景区。

而江宁区另有一个大格局的"曹、史、王、薛"四姓村庄版块——打开江宁地图，我们看到：在原谷里镇的"王家"，东善桥镇的"史家"，在横溪镇的"薛家凹"，秣陵镇的"曹家"，这四姓村庄以"史家"村为中心，向周边三点辐射，形成一个大三角地带。这一来，这四村之间的相距起码有几公里的路程了。（禄口镇的贾家庄在禄口机场之北部，在地域整局上已被分割出去了。）

——试想：以曹家及其相关亲族、官绅朋党所处的社会地位和财力程度而言，他们要在农村置办田亩产业，其数家庄田非得有大空间而不足以展开。这就是我们在史料中所见到的记载，曹家及其他豪绅的田庄甚至远达和县、六合等处。故其数家田庄绝少有蜗居、挨挤在一村一地之理。因为，其土地资源的购置分割绝非一朝一夕的事，早在他们之前，各处良田已被瓜分。

——又试想：如果我们以大手笔开发红楼梦文化旅游产业项目，在数公里的地域形成连线格局，这将是多么广阔的产业空间啊！

而且，也只有如此的大空间的红楼文化连线的旅游庄苑，才能串联起现有的江宁其他景区，才能起到给予高科技产业工业园区的江宁以足够的空间分组、间隔，才能给予江宁以文化生态的绿色调节，获得花园工业城的调和色彩。

一、现有以下的图示说明

1. 建造石板古道，连接四姓村庄。——则其古典石道两边自然而然地就形成了古典的"宁荣街"，可经营百业。

2. 以红楼文本结合当地传说，建造贾史王薛四家庄园景点。如："宝玉妙玉银杏庵"、水塘小岛"枕霞阁"、二丫头纺车屋、乌进孝獐羊鹿兔园……

3. 其间低山浅池曲秦淮，更给红楼旅游开发留下充分的想象空间。

4. 村间的几公里距离，正好为展开"郊际大典"、"八百里加急"等游乐项目，车、轿、马队、舟楫等游列大场景以充足的大环境。

5. 石板道连通四家村，遇水架桥，遇岗建亭，遇池围石栏，遇岔设土地庙……可车，可舟，可驴，可马。

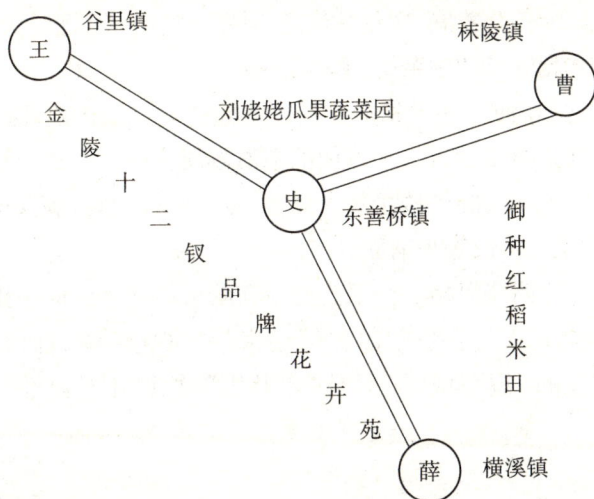

二、产业延伸

1. 开辟菜蔬瓜果、花卉林木、米粮禽畜生产的农业科技产业带。生产绿色环保米、彩色红绿碧粳米、营养特质米、高产高值米。

2. 内销、出口、深加工、农殖产品。

3. 旅游手工艺品的制作生产和营销。

这些无疑是产业链的拉长,从业平台的拓宽,产业结构的调整。

绿色环保、景观五彩——大自然、大环境、大场面。

"红楼"品牌农产品天下独此一家——宝钗牡丹,黛玉水仙、芙蓉,湘云海棠,探春玫瑰,御种进贡红稻米、碧稻米,刘姥姥灰条菜、老倭瓜……

三、综合说明

1. 这是彩色旅游农业观光景区,又是花卉出口基地。花卉基地何处没有?但是,"红楼"品牌独此一家。可以预测:黛玉水仙、探春玫瑰、湘云海棠,其价格销量必定抢先。

2. 举办春夏秋冬四季赏花节、品果节、大庙会——特色农产品交易市场。尤其是贾母她们吃的红稻米粥、碧莹莹的香粳米能够大面积种植推广,形成规模,使之走上平常百姓家的餐桌,其意义已经远远超出旅游观光——粮食安全是世界经济发展首要因素,这是当今世界的共识;而品牌农粮产品的附加值则是不言而喻的;而且,请袁隆平等立项科研,使之更优质、更高产的中国红楼梦米粮市场产品,更是任何时候都立于不败之地,可打入白宫第一夫人大食堂、伦敦白金汉女皇宫、巴黎罗浮宫大市场。我们的广告词是:红楼品牌红(绿)稻米,贡品皇家御用米,绿色营养好,文化品位高,爱吃不吃红楼胭脂米!

四、来南京红楼旅游,逛"宁荣街"购物消费

当大观园造成之后,便可在园景的四周规划建造环绕宁国府、荣国府的一条古建筑老街——这就给旅游者一个方便的消费场所。吃、用、住、玩……比如"红楼美食"一项:既有高档的红楼接驾大酒楼,专营红楼大宴、满汉全席,也有刘姥姥倭瓜汤、灰条菜农家饭等小铺面。

红楼宁荣老街一律明清风格。留下充分空间给被拆迁当地居民生活居住,保存原居民,营造"老北京"、"老成都"、"老南京"的文化情调,保留旧有生活习俗。没有当地居民的"模型城区"只是"木乃伊"文化,不是鲜活的、有水有源的文化。

经济学的"三大板块"集聚效应辩证论

　　为什么我们强调红楼梦文化旅游工程"三大板块"——六合"太虚幻境"·城中随园旧址"金陵大观园"·江宁"贾史王薛红楼庄苑"要同步开发、整体经营呢？因为从文化产业的经济学角度上来说，红楼旅游产业与其他产业如制造产业、小商品经营产业一样，它们都有着空间集聚效应的追求，这从多个方面来说。

　　从宏观层面上看，南京是现代化大都市。它在发展水平上的产业结构已居各行齐备之列。无论是科技水平、服务配套方面都可以称之为"同城采购"；它在经济水准上人均 GDP 早就达到全国的领先水平 4 000 美元，具有较强的消费拉动力。

　　从文化微观层面上看，这里是"六朝古都"，文化积淀深厚。古典文化元素丰富：六朝遗迹、秦淮文化、明清典故、民国建筑，星罗棋布。红楼文化旅游产品的参与，是顺理成章的血液融和，有机结缘。

　　从产品的自身结构而言，"三大板块"本为一体——它是完整的红楼文化体系，它圆满地回答了"从哪里来，在哪里住，回哪里去"这一人世、宇宙的哲学运动、自然循环的道理。这当然也是《红楼梦》一书的命意。明于是理，怎能将红楼梦的文化旅游产品割裂乃至或缺呢？如同材料·生产·销售一样，"三大板块"对于"红楼文化产业"也是缺一不可的三个要素呀！

　　从消费者角度而言，他们可以最小的成本获得最大效益。——花钱到南京旅游，可以看六朝古寺，访明孝陵，登明城墙，瞻总统府，谒中山陵，游秦淮河，品红楼梦，一举多得，一旅多游。

　　从投资经销角度而言，同城投资"三大板块"——放大了广告效应！

　　从旅游学上来说，《红楼梦》的"三大板块"的内容组合具有得天独厚的"黄金分割"效应。

　　——任何一个整体，要想得到最优最美的分割，它的内部必有一个"均衡"分割点。

　　就是说：红楼梦"三大板块"景区，名分上是"合三为一，不可缺一"，实质上又是"同城三景，分在三地"——而这三景三地，既不是遥隔千里，却也不是近在咫尺。它们的方位处在大江之北、江城中区、主城之南三处，它们之间的距离是"恰到好处"的"均衡"分割：从"六合太虚幻境"到"城中大观园"，地铁车程不会超过 1 小时，再从"城中大观园"到江宁"红楼庄苑"，也不会超过 1 个小时。当然，如果要享受"红楼三园"套餐游，驾马车、用舟楫则另当别论。

可以这样来描述这个旅游项目地：它们的间距"不远不近，又远又近"——这样，正是获得最大旅游消费效益的"黄金分割段"。这其中又有道理：

假如太近——三园紧连则：①在旅游观赏者的心理接受上没有大空间的壮阔感。②在旅程时间上的太过紧缩，迫使游客缺少景观转变所需的心理调适空间，降低了审美有效率。举例而言：如同第一餐的美味佳肴尚未来得及充分消化，便来第二餐，这首先是营养的浪费；再者，前景的审美，尚未被咀嚼和进行必要的储备而又换一景，就会发生前景的印象被后景覆盖的现象。结果，就是"熊瞎子掰苞米"效应——掰一个、丢一个，再掰一、再丢一……最终，只落得末了掰的那一个。③适当的时间拉长，可以促进一份边际消费，这乃是意料之外的小收获。其明显效果便是："住两宿"的消费扩大。

当然，如果距间太远，那对游客的不利因素就是明显的了。总之，我们是主张有适当距离的相对集聚，而非狭义集聚，这样才能更加具有增值效应。

另外，"红楼三大板块旅游景园"的"相对集聚"也是符合美学原理的。

不是"零距离"，而是"小额距离"——距离产生美。这个"美"就体现在对美景的更为有效地储存消化上。

它不是紧紧挨临或集结一园的"无缝对接"，而是"有隙对接"——一位总装技师曾对我说："我认为，机械总装的最高心得就是在各部件之间的组装紧固上留有精确的间隙。"该技师之言，已达到了科技美学的至上境界。

西北的悬空寺，几十米高，搭建在岩崖山体上，它的木制结构梁柱之间的榫头、榫眼以及梁柱栽插于岩石的洞眼之间都留有一定的间隙——这一建筑奥秘被当今的科学家揭晓，于是才知道了这一历史文化建筑遗产历经千年而能经风摇、抗地震，依然屹立之原因。就是说，该寺是震而微摇，摇而小晃，晃而不倒。其共振率在保险系数之内。

——该古建筑结构的"间隙"、微距离产生的"美"已充分体现在它的历史寿命的超乎寻常，直到今天，仍存在于供人类审美的价值之中。

于是乎"太虚幻境"、"金陵大观园"、"红楼庄苑"三大板块景苑之间，同城三地的距离所蕴涵的美学价值对每一板块的审美、惊喜的充分储存，然后反刍消享，诚为我们应该明了的集聚效应辩证论。

2013 年 8 月 9 日

二稿 9 月 1 日

红楼大景区的"文化洇晕圈"效应

一滴水滴落在纸张上迅速向四周洇化。

一颗石子投向池中,水波呈圆圈向外围扩散。

日光、月光被冰晶云层阻挡折射而形成的以日体、月体为中心的圆形光环。

一位名医,他的医术高明,其口碑声名也如同光环、水波、墨洇一样,形成了他的名声的方圆范围内的洇晕效应圈。

那么,在此地建造一座"金陵大观园""红楼庄苑""太虚幻境",则在该游园景区的四周是否也会形成这样的"洇晕圈"效应呢?

回答是肯定的!

任何大型、优秀的旅游景区,包括"红楼梦旅游景区",都具有固有的"文化洇晕"效应。

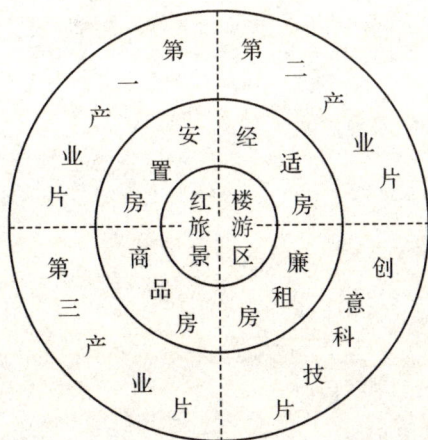

从核心部位的"红楼三大板块"每个景区向四周规划发展,直接承受到文化效用的价值外溢。

所以这个"红楼文化"洇晕圈内的楼盘,其较之于没有中心大文化景致的地盘所造楼房,其性价比无疑要高出许多:因为这里的楼盘又叠加了景观性、人文性、文化自我意识性等等的价值元素。它的宜居性、生态性价值概在其中，差不多是世界上少有的高位文化生态性的住宅区。

而更外围的产业连片区有序分陈，互补而座。因而也同样地沾了红楼文气之光而成为名副其实的花园工业区。因为它们在洇晕圈之内，完全浸泡在红楼文化里——这也许将是以后房地产开发商的固定应用模式。——不过，那可要付给创意费呵！

2013 年 8 月 19 日—9 月 2 日

旅游消费循环说

　　在人们的生活中，对某种或某类物品十分看好，因而会多次购买，重复消费，这在文化产品方面，尤其引人注目。

　　儿童看动漫，玩"欢乐谷"，看了一遍看两遍，玩了一次再一次；青年、白领游了大峡谷、雪域西藏被震撼，玩一次想一次；世人对故宫、长城、平遥、丽江、罗马、佛罗伦萨礼赞向往，往往重游多次，尤其表现在当地人之普遍行为中。

　　凡此种种，都是对旅游产品的重复需求，我们称之为"循环消费"。这一"循环消费"呈多层次、多类别形态。主要有：个体的再次循环某单项项目；大众的、对一系列项目的交叉循环。比如有组织的每年多次的全国或全世界的旅游团队对各游景的分批、交叉消费。

　　还可分为特定群体，如中老年群体旅游消费、文化工作者群体消费、学生集体消费、驴友旅游团队……

　　旅游消费的目的地、项目也可以分类，分为：（1）自然山水；（2）文化遗迹；（3）人文景区；（4）科技游乐景区。

　　在这些大类项中，其具体项目地点则是任选的。但是，从宏观上来讲，由于稀缺性和精品意识的作用，所以，总是那么几类、几个地方项目最受欢迎。因而，这就自然而然地形成了大框架内的"循环消费论"。对这些个人或群体有循环消费旅游的促成因素也是多种多样的。

　　一、开阔见识。这一因素多以家长对儿童的意向而表达的行动。

　　二、充电要求。比如，我还不熟知鲁迅、安徒生，那就要到鲁镇、到丹麦去走一走，这样，才不至于在工作岗位上显出修养漏洞。

　　三、情感表达。情侣、新婚之必要的亲密表达，生活的必要放松。

　　四、品位显示。接触经典文化，看博物馆，游罗浮宫，玩可可西里，大观园红楼深度游……这些，对于大批的企业家、中产阶级以上阶层是必行的去处，这是身份的象征，同时也可以提升品位、素质。因此，他们对这些项目是要经常"循环光顾"的——以至于成为必要的"休闲"。

五、怀旧情绪，使之循环旧地。

这是一个"年龄圈"现象，特别是到了壮年之后的年龄段，对故地重游的情绪就浓重了。我们可以把年龄段更加细化，这样会有利于对消费对象的定位分析。

青少年：14 岁以前

青　年：15 ～ 25 岁

大青年：26 ～ 35 岁

老青年：36 ～ 40 岁

中　年：41 ～ 50 岁

壮　年：51 ～ 59 岁

初老年：60 ～ 69 岁

老　年：70 岁以上

中壮年之后，追求新异的心态差不多已完全消失。风华、风雨已成经历了，欣慰和感慨并存。于是，怀旧情绪渐行渐浓——终于由"情绪"固化为"心态"。如果再旅游，则自然而然地会选择"故地重游温旧情"。——而且，往往表现为"专一项目的选择"。

六、意识形态的作用力。这可以分为两个层面：

1. 我是中国人，对长城、张家界、天坛、红楼梦……能不深入理解吗？

2. 面对外来文化潮水般涌入而至泛滥，每个国家政府大都会实行"文化产品配额"制度，这是从消极方面的堵塞。而积极层面上，会加大力度宣扬本土文化产品、游乐项目；加大财政力度，打造、修葺、创新诸多景区项目；优惠政策、价格管制等一系列措施——这也提升了国人对自家旅游产品的重复循环消费的行为频率。

如江苏省有关部门制订《江苏省国民休闲纲要（草案）》，提出要把国民旅游休闲逐步纳入社会养老福利范畴，提出"让全省每人年均出游至少 3 次"——这更是促进旅游产品被大范围交叉循环消费的重大利好因素。

假如全省每人年游 3 次，这一指标为有效消费，则 8 000 万江苏人是多大的旅游量。随即的问题便是：他们都会去哪些（且说国内景区）景点呢？

○迪士尼，欢乐谷，方特——这类别的游乐项目是激发思维的项目，是青少年的去游项目地；

○自然山水景，丽江、黄山——这类别的景区项目有放松心情、愉悦精神的功能；

○"清明上河图"园区、西安文化园区、红楼梦景园——这些项目则是在观赏、愉悦之外，而更加有文化收获、情操陶冶、国学濡染、文化传统的弘扬传承之功效——寓"效"于乐。而尤其是"红楼梦太虚幻境、金陵大观园、红楼庄苑"其文化内容的丰富，消费内容的全面，绝非一般文化旅游产品可比拟。其中，文化蕴意的营养、建筑景观的欣赏、物质产品的享用、情感文化的体会……是其独具的稀缺性。因此,更加值得一游再游,这些多种多样的消费内容具有成为交叉"循环""消费"之强力底气。

最重要的,我认为:因它是东方文化的经典百科全书,它是文学的、哲学的、宗教的,它不仅仅是产业经济的,它的价值绝不是普遍存在的那些低俗化、娱乐化、市场化的文化产品!是缔造中华民族民族性、民族魂性质的重要实验基地。

因此,你多玩、常游"红楼文化园景",你会更加深刻透彻地理解中国文化,你懂得了《红楼梦》文化,你就可谓懂得了中国文化精髓的一半,你多玩几次红楼景园,就必然会通明世事,乃至怡情悦性,必能使你延年益寿!

嘻嘻!此地诚为宜乎常来"循环"之地也。

总之,"旅游循环说"这一法则,不论是对国际入境游客,还是国内各地游客的"互动",尤其是对于本地区休闲游客,都是适用的,都可体现出来的。因而,循环旅游,是一项不可忽视的消费市场。

2013 年 8 月 10 日初稿
9 月 31 日三稿
于野羊谷草庐

有关"红楼梦文化旅游"三个板块开发的具体内容,在 2008 年 12 月 22 日《扬子晚报》和 2009 年 12 月 28 日《金陵晚报》上均作了新闻报道(见下面两页复印件)。

大观园原型在江宁

红学家建议在江宁花塘重建大观园，开发十二金钗花卉和刘姥姥蔬菜

读过《红楼梦》的人，对其中的大观园自然不会陌生。近年来红学家考证，南京市江宁街的花塘村的种种遗迹与传说显示，这里就是《红楼梦》中大观园的重要原型——昨天，全国首个农民《红楼梦》读书小组在这里成立。在省红楼梦学会同天举行的《红楼梦》研讨会上，红学专家建议可以在此地建起"大观园"，同时进行多项开发，例如十二金钗花卉和刘姥姥瓜果蔬菜都需要更多佐证。

花塘"地名密码"暗合红楼梦

88岁的曹洪德是花塘曹上村年龄最大的老人，他说祖父曾经和他讲过他们是曹雪芹的后人，但因为族谱在"文革"中被毁，所以难以查证。花塘村要和《红楼梦》"攀亲"，似乎还需要更多佐证。

红学"新考证派"专家、湖北鄂州大学童力辉教授曾对花塘村做过详细的考察，他告诉记者，根据文物记载，曹家祖籍时期曾在江宁购置多处田产作为"香火田"，因此不难推断曹雪芹曾跟随家人来过此地，而花塘村的"地名密码"更是显示了与《红楼梦》的关系。童教授说，曹上村、小庄、薛家庄合了《红楼梦》的四大家族，其中"曹"即为书中的"贾"；观东村和观西村暗合了大观园的"东西门"，另外一些地名，如北家、甄家、铁槛寺等，也能和实际一一对应，更巧的是，这些村落的实际方位，相隔的距离都与书中的描述一致。

当年的"大户"曹家还在如今的花塘留下了一些遗迹，村里上了年纪的奶奶——指绘记者看：那个土坡是"饭来墩"，是曹家唤下地干活吃饭用的；花塘湖中心的小岛上曾有书中用的"水泊凉亭"；花塘庙以前是曹家祠堂，院里的堆建两棵银杏以前都唤作宝玉和宝钗……

红学家建议重建大观园

北京、上海、济南，如今全国这三处都建有大观园，而《红楼梦》的发源地——南京，与大观园关系密切的江宁花塘却不见《红楼梦》原址遗迹，这让作为红学家们加普及《红楼梦》研讨会的红学家们深感惋惜。"一直以来红楼梦的研究都是纸上文章，现在应当同应用红学对接变。"省红学会研究了20多年《红楼梦》的王兑昨天正式提出了这个观点。

对于如何复建"大观园"，王兑也有了规划与设想。"首先依据村落的分布建起大观园的主要景点，一些遗迹也可以加以利用，比如花塘庙遗址可以建成宝玉妙玉的银杏庵。"光有建筑还不够，王兑正提出了大观园"立体"的发展计划：在村落间可以发展花卉和农作物产业，并乘势打出红楼品牌，宝钗牡丹、黛玉水仙、湘云海棠等"十二钗花卉"肯定是独此一家，瓜果蔬菜也可以打着刘姥姥的名号，贾府常得称字的珍馐菜也可以作为特色产品推出。

同为省红楼梦学会会员的严中则提出了建议。"在资金充足的情况下作为旅游业建大观园我并不反对，但是大观园毕竟只存在于曹雪芹脑中，何处为原型的提法要更为审慎，应该获得学界的认同。"他的说法也得到了不少红学专家们的支持。杨彦

江苏省红学会会员：
建议南京打造红楼文化旅游宫殿

□本报记者 施婷婷

本报讯　11月初，上海迪斯尼项目申请报告正式获得国家有关部门核准。在昨天的2009年红学年会暨庆祝南京云锦申遗成功座谈会上，江苏省红学会的王克正提出，江苏南京可以打造完整红楼梦意义上的红楼文化旅游宫殿，与上海迪斯尼形成中西文化互补的创意产业。

南京有完整红楼文化

有关"大观园"到底在哪里，红学家们一直都有争议。有一种说法是，大观园即南京的随园园故址。其实不管在哪里，不可否认的是，《红楼梦》与南京都有着千丝万缕的关联。

王克正表示，南京可以利用这一说法，将随园园故址利用起来；同时，在六合，既有"通灵宝玉"道具即材料的铜矿山，又有顶山的古地质风貌绿柱石锥，恰如"太虚幻境大观山"；在江宁，曹上村、八卦洲、贾家山子、史家庄等地名，还有如花家、甄家、薛家四子，更家正暗合《红楼梦》四大家族。而曹家当年在江宁郊外确有田产、庄园，不妨开发成红楼庄苑。

沿大运河处处有红楼缘

"《红楼梦》的籍贯在江苏南京，包括作者、人物、故事、地点等。"王克正说，京杭大运河申遗也于今年正式启动。大运河在江苏流经数百公里，途径宿迁、淮安、扬州、镇江、苏州、南通，家家都有红楼缘。如扬州为黛玉在此别父探亲，镇江为妙玉逃难入洲渡口，苏州则为妙玉、妙玉等人的老家。只要充分挖掘，就能拉出更多的红楼元素。而南京作为江苏红楼文化的龙头、机杼，更应该大力开发红楼旅游产业。

太虚幻境·六合红楼文化旅游开发

"通灵宝玉"·雨花石

《红楼梦》"金玉"姻缘，"金"——薛宝钗的"金项锁"，史湘云、贾宝玉的金麒麟；"玉"——贾宝玉的"通灵玉"，史湘云的"玛瑙白玉碟"。

"通灵宝玉"，是贾宝玉的命根子，也是他的爱情信物。——这是从太虚幻境中来的，故这块通灵玉石具有仙风道骨气味。

实质上，哪有什么仙味灵气？——一部伟大的现实主义小说，只不过是作者的生花妙笔赋予了这一道具以美丽的文化意蕴，使之成为爱情的象征：爱如玉之纯，爱如玉之坚，爱如玉之美，爱如玉之贵。寓意可谓丰厚矣。

再者，又哪有什么太虚幻境？——一个南京籍的作家，自小生活在金陵大观园（织造府花园）里，写的是南京的人（金陵十二钗），写的是发生在自己家中自己身边的故事——于是，曹雪芹随手拈来，信笔泼彩，捧出故乡的绝世特产——金陵雨花美石，赋予其情感色彩、表达出美学命意、人生哲理，如此而已。

大凡作家、诗人、画师、艺匠，作其文、绘其画、出其艺，谁不是汲取自己身边最最熟悉的生活、物事作素材，谁不是所写之事、之人、之物、之景、之情多为亲历亲闻亲见？即如曹芹公，他写《红楼梦》，要用一枚美妙奇石作道具，他当然会用自己家乡的雨花美石了。这是最一般的创作方法——源于生活。

可知，《红楼梦》中的"通灵宝玉"，实在是作者曹雪芹以南京的雨花石为原素材，以"假语真言"敷衍出来的一款绝世饰品。

按雨花石，属石英石。矿物学家已从化学结构层面上论证了它完全是宝石级别的质类；而以中国文化学的语言说它，那当然是"石之美者"，堪称"宝玉"的。

但这枚宝玉，又不是汉白玉、翡翠等等。书中交代得明白："只见大如雀卵，灿若明霞，莹润如酥，五色花纹缠护"——请问，这不是咱们的金陵雨花石还能是什么其他的世上奇石。"大如雀卵"——形；"灿若明霞"——色；"莹润如酥"——质；"五色花纹"——纹。单就这款宝玉的外像：形、色、质、纹四点，正是历来藏家所重、雨花绝品的"七诀"要素之首要几位。

且金陵雨花石，乃是当年梁朝云光法师鼓动如莲巧舌，讲经说法，直说得天花乱坠，落花如雨，于是乎雨染石，终于是美石成宝了。

可见，大观园中通灵玉，原是仙师雨花石，这，庶乎可成定论了。

但是，仍然有人责疑：不一定，"蓬莱仙境"也有七彩美石。是的，齐鲁东海长山岛，确实也有球石美绝伦，也是五彩缤纷，花纹细腻，变幻多姿。而且宋代大文豪苏东坡也抱笔为文，作《北海十二石记》。文中大加赞叹，称其圆石"五彩斑斓，秀色粲然"。

看来，要打抢注品牌的笔墨官司了。

不必紧张！大家还记不记得《红楼梦》中谁人说过的一句话——"总没有个舍近求远的道理罢"——这就是了。刚才我们作为论据的固是创作论一般性原理！而现在，作者曹雪芹自己站出来说话了，《红楼梦》书中的话该是最有分量的吧：不去舍近求远，随手就地取材，我家乡就有现成的！

是的哩！谁还能绝对否定：曹家的这个宝贝孙子从小就真的爱玩美丽的雨花石，脖子上真的就挂着一个价值不菲的云光仙寺雨花石哩。

——据此，《红楼梦》通灵宝玉是雨花石绝对无疑了。而且，你看，为了吻合这一石块的"仙味"要素，作者也特作安排：让太虚幻境的一僧一道携带女娲氏的补天圣石，下凡落草，幻化为通灵之宝玉。

原来，雨花石与通灵玉都与高僧玄道有关涉，都占得仙风道骨的。

那么，东海蓬莱仙境七彩石就没有来历吗？当然不是。王一帖呵呵大笑说：那一天，宝二爷看破红尘遗红去，一怒之下，举手把那通灵宝玉扔了，扔得远远远远的，扔到哪里了？落在了蓬莱仙境长山岛……

（2008年5月12日上午，风和日丽，为文以怡情；竟不料下午便有四川地震大灾。）

以上行文至此，关于贾宝玉的这枚通灵宝玉——雨花石的话也就说得差不多了。岂料，1956年初夏，一位沉睡5 000年的中华老祖宗偶然被吵醒了，他给我们说话了。他说：

在我家这块阴阳老宅子上（南京鼓楼北阴阳营的家中）你们都看到了哪些东西？

东西还真不少。计石器工具十一类600多件，陶容器制品六种460多件；

还有贵金属铜器弓箭。"这些都是我们的生活、生产用具和武器呀！"

老祖宗和我们都激动起来，感慨万千！

所有这些都由当时的考古学家们件件过手，由赵青芳详细记录在 1958 年第 1 期的《考古学报》上。

更让我们赞叹的是：

除了这些生产、生活工具等生命必需品之外，他们还有美化生活、装饰自我的文化用品，奢侈饰物！

计：玉玛瑙 283 件。

玉玦，多在于人骨耳边——耳饰；玉璜、玉管，在人骨的颚下、胸腰间，作为项饰佩带……

真是爱美之心，人皆有之，装饰之道，古人行之。多么让人赞叹！

而最让我们惊异且为文废墨的是：

在这一新石器时代的人居、墓葬群中竟发现了"花石子"59 件——考古发掘报告上这样记载：

"花石子均为小颗粒，多数为半透明体。有红、白、黄、紫、黑各种颜色，有的带有彩纹。和今日雨花台、六合灵岩山所产花石子同样。"

中国科学院院士地质学家南京大学教授王德滋亲口对笔者说："我当时一看就知道那就是雨花石！"

这可是 5 000 年前我们的南京老祖宗就把玩、宝藏的美丽之物啊，花石子，雨花石！——现在，这一考古发掘的雨花石子小颗粒已在南京博物院的展柜中展出。

下面，让我们红学研究者更瞠目结舌的事实是——"这些花石子有的放在人口中"。

噫嘘唏，美乎妙哉，妙乎美哉！可以毫不迟疑地说：任何一个人都会立刻想起宝玉出生时，"说来更奇，一落胎胞，嘴里便衔下一块五彩晶莹的玉来"……

真叫人不知如何下笔行文了，美不胜收，缤纷炫目。一则在古人丧葬口中，一则在生人出世口中……

按中国古代丧葬文化理念来看：待死如待生。——人们总是把最美好的东西、最重要的东西给死者作为陪葬品，用以寄托对故去人的哀思，以之表达敬意，以歌颂死者生前的美德，以纪念其生时的丰功伟绩。其葬品中有大量的贵重物品，如金器、玉器、宝物、锦衣，自不必说；就口中含物这一风俗而言，有的含玉如玉蝉，有的含珠如祖母绿，有的含钱，方孔铜钱，有的地方在故去者的口中含以米粮！——总之都是人们在对丧葬仪礼上的文化表达，都是人们将认为最值得宝贵的物品用以陪葬。而谁曾见过、谁曾想到咱们南京的地方特产——雨花石也在其宝其贵之列！

这就一下子使人揣想，曹雪芹在创作贾宝玉时，他也把雨花石塞到了宝二爷的口中去了，且美其名曰"通灵宝玉"。其用意何在呢？

大家知道，贾宝玉的通灵宝玉其作用那是大大、大大的！

第一，它可以祛病驱邪。第二十五回宝玉"魇魔逢五鬼"，病了，病到将死的地步。这时，一个和尚一个道士来了，把那通灵玉拿在手中，念了几句偈语，又摩弄了一回，然后叫贾家人好生悬供，说：三十三天之后，包管身安病退。

——可知这块有了灵性的雨花通灵玉是贾宝玉的命根子。

还有第二，它可是贾宝玉这个情爱至上的公子哥的爱情、姻缘的重要纽带。请看——

宝玉 / 黛玉——他她二人并称"玉"，是天生一对的爱情天使在意识形态层面上的纽结；

宝玉——通灵玉
宝钗——金项锁　　他她二人首先成就了"金玉"姻缘的明朗线索。

宝玉——通灵玉
妙玉——绿玉斗　　他她二人暗恋得多么明朗，多么深切！

宝玉——通灵玉·金麒
湘云——白玉碟·金麟　　他们二人成就了另一次的"金玉"良缘。

总之，玉——通灵玉——雨花石，对于贾宝玉的"金玉"情缘是如此之重要！

至于是，终于让我们知道了：

无论是新石器时期的南京古人，还是到了 5 000 年后，具有高度文明发达的大观园近世，还是在当前，今天，人们对一切美的东西、好的东西，对美丽的雨花石，都是一直宝贝着的。

古阴阳营人拿雨花石陪葬、收藏、鉴赏、把玩、祝福、祈祷；大观园人拿雨花石喻爱如石之坚贞，爱如玉之纯洁。而今天一块顶级雨花石，据说卖到多少万元了，乖乖，吓死人！

2012 年 4 月 6 日

太虚幻境·六合红楼景区的开发

——兼论创意和品牌的价值

六合"红楼梦·太虚幻境"旅游娱乐休闲市场是很有趣味的。

供给方：情天情海"意淫"师太警幻仙姑掌门的"警幻仙境"股份公司。

需求方：1. 旅游大众中具有古典情结的老少爷们及老太、主妇；2. 后现代的帅哥、酷女；3. 燕尔新婚夫妻、金婚和谐夫妇；4. 旅途中的露水情友；5. 婚恋失败、屡败屡战的白骨精和王老五们……

产品品牌：名满天下的《红楼梦》。

特供商品：

○青埂峰千年古茶烹熬的"千红一哭"茶。一啜失魂、二品生情。

大荒山灌愁海水酿造的"万艳同悲"酒。一饮落魄、再饮得爱。

○云想衣裳花想容的锦服宝饰……

○红楼故事十八雕：艺术雕塑，皆为天上人间之大师所作造。如：神瑛侍者灌溉绛珠草、潇湘妃子还泪贾宝玉等十八尊群雕。

○"天书"大师韩美林先生的大作：摩崖石刻《石头记》"红楼文化谷"。

这一摩崖石刻以无比巨大而惊世骇俗，十二方丈，也就是一百二十中国市尺宽长，合 40 米度量之巨。

这一摩崖石刻《红楼梦》文本创作，是以天下唯一的"天书"体书写、刻石——《天书》是美术大师韩美林集全国各地古岩画、刻岩文字、符号及史前文化遗迹信息，历经几十年的收集整理，再加之作为大书法家的他，行笔用纸，归集成册。其作品可谓"美轮美奂"，堪称绝世墨宝，必成世界文化瑰宝。韩美林先生此书，令启功先生盛赞为"天书"——因以为名。仅此一端，以天书——大多数人无法辨认，但却特具中国书法抽象美的古文字符号书写的《红楼梦》文本这一点，就足以使世界游客、世界旅游协会、各国文化组织、联合国教科文组织惊叹得狂叫！

若有余力，则此"幻境"处的山崖石峪，大可辟化为：集天下大书法家献艺之作场,每人书写一回《红楼梦》文字,真、草、隶、篆悉备的景点——名满天下,墨存永久,称为中国碑林第二,现代书法国库,实非浪名!

如此,太虚幻境游客能不人满为患吗?

这是六合·太虚幻境的第一大亮点,也是第一大创意。

第二大亮点:"永世联播爱情坊"——这又是一项文化创意。

这是一个大牌坊群,只有开始、没有结束的牌坊群。

起始的第一座是"孔雀东南飞情爱坊";第二座是唐玄宗·杨玉环的"马嵬爱情坊"……直到现在的 2010 年的一位女警官因其同为警官的男友为公献身之后至今多年不嫁,为她建造爱情牌坊;以至明天的当代忠于爱情的"梁山伯""祝英台"们,由我们为他们这些情圣制造爱情牌坊!——又一文化创意。

众所周知,当今,文化创意在经济学中的意义非常重大,而作为《红楼梦》整体中的一个重要组成部分的"太虚幻境"是极具创意的旅游产品。而这一创意,具有巨大的消费市场。

作为文化产业的"红楼梦旅游产品"是把小说《红楼梦》中的虚实两重、存亡二体的故事场景全面地融汇、复苏起来,更是创意,这是一个具有全新意义的结构、包装。我们说"虚实两重"是指太虚幻境和大观园;说"存亡二体"是指现存的原作八十回和佚失的后四十回。就太虚幻境而言,它本是作者虚拟的场景,是对小说的浪漫化映照和比拟性的创意构想。太虚幻境的虚体存在,更便于表达小说主旨,以隐晦方式表达不便明写的政治避讳的内容、意义。首先,这就可以让作者有所借口,我这是真真假假之"假"。其次,于艺术而言,可收月朦胧、花朦胧、人朦胧、情朦胧的美感效果,使在大观园现实中的人和事之有碍部分在太虚幻境中微露真谛,小示丝迹,亦可影射后来故事中的大事小事、美事丑事等等。

而这一浪漫主义的文学创意,正是我们今天复制"红楼"使成"文产"、成为市场的最具广阔空间的一个所在。

而同时,我们要特别强调的是:这个创意文化市场具有巨大的品牌地位!

而这一红楼品牌的原始创造人就是作者曹雪芹——正是有了他的《红楼梦》这一文学作品名满天下的"母品牌",才有了以后的所有以《红楼梦》为本的"红楼梦文化品牌产品"——包括物质的和非物质的。《红楼梦》的品牌文化基因给予了后来的红楼文化产品以先天的品牌价值。

我们知道,"品牌"的结构包括:1. 优质;2. 历久,这是时空两个方面的因素;3. 知名,这是消费需求而造就的、众多消费者认可的,这是时空之外的意识上的形态，是品牌之所以为品牌的外化表达式。而"红楼文化产品"的品牌推销、上市形成等各方面的工作都由曹雪芹等前人给我们做好了。现在，我们这些文化后来人要做的就是：在不违背《红楼梦》大框架、遵照一般哲学规律、吻合大观园的内涵外延要求，来制作出"红楼文化"产品。这方面已有若干出品。如王扶林导演1987年陈晓旭版电视连续剧《红楼梦》，堪称经典。

如旅游类的"红楼"产品——京、沪两地的"大观园"。这两处虽是内容残缺的"红楼文化"产品，但在大多数人没有充分认识其残缺、没有完整意义上的"太虚幻境""大观园""红楼庄苑"三大版块红楼景园出现的历史阶段下，乃至不以为残缺，以饱眼福于先，实为无奈之事。——对它们，恕不称其为"红楼文化旅游"的品牌之作。

所以，"品牌"之谓，我们明白，它具有两重因素：1."原作"肇始的《红楼梦》文化元素；2."再创"注入的新元素。"再创"——可以在原作母体基因内或复原所缺失，或合理地补正、加工、扩充新内容作为新的注入因素，使之衍生出新产品。

而我们今天把长期没有被人们认识到而被忘却了的"红楼梦太虚幻境"开发出来，对比一个孤零零的"大观园"红楼景园项目，不是立马会火爆起来吗？为什么？因为它是基于原始"红楼梦"品牌之下进行二阶层的创意整治而得的文化产品，是"品牌"效应的叠加，是美上加美。从来，一提玩赏"红楼"就是"大观园"，而现在，忽然蹦出个被人忘了的"太虚幻境"，快走，看看去！

当然，作为市场，作为某项商品的专营市场，如专营"红楼梦·太虚幻境"的旅游产品市场，要想令其成为品牌市场、品牌产品，它的专营各种消费商品都必须是十分丰富的。那么，在500米宽长的太虚幻境红楼园中，除了太虚崖谷、大荒山、青埂峰，还有放纵情歌的"放春山"，还有游戏恋情的遣香洞……应是满园春色应接不暇的游乐所在。

——而这些建筑设计，正是检验建筑大师们的能量、展示大家的才华的创作。因为是"幻境"，是"虚拟"的，所以大有想象空间。因为谁也没有见过，谁想的独到新奇，谁的设计就中标。

《石头记》中的"太虚幻境"——以石材为主料：红岩石、白玉石、大理石……是不是可以借鉴西方味道的古典文艺复兴建筑元素呢？抑或有着浓厚的印度古建筑南亚古典建筑的色彩呢？如，太虚境十二魔女歌舞的大戏场；如，警幻宴饮宝玉的琼楼大厅；又如，馆藏"金陵十二钗之正册、副册、又副册……"的档案资料室，各科室如"痴情司"、"结怨司"、"春感司"、"秋悲司"……

凡此处所，尽可让人随喜畅游，尽可让王一帖们前来测字、看相、八卦胡侃，亦不过博得众人大笑尔。——这里也是文化旅游大市场的热闹之处。

总之，谁在"红楼文化旅游园景"的开发中，率先补上"太虚幻境"、补上"贾史王薛红楼四大庄苑"这个大漏洞，谁就立刻会把游客拉过来——因为，这是把《红楼梦》文化元素、消费内容完整地开发出来，从而，充分地满足了消费者的需求，故而，大家都来买票。

总之，六合"太虚幻境"景致可谓十分丰富呀！

何况，这里还有，"精美的石头会唱歌——雨花美石通灵玉"。何况，这里还有三千万年棱柱岩，真可谓得天独厚，简直是天造地设。

六合，抢抓先机，时不我待！

2013 年 9 月 30 日下午 二稿综合

大荒山·青埂峰·灵河岸红楼故事雕塑群

——拟请雕塑大师吴为山先生操刀之目录简陈

欧洲文艺复兴的雕塑巨作令世界惊叹。

现在,东方中华文化"红楼梦故事巨型群雕"耀眼出炉,矗立在世界文化资产的 T 台上了。

八组"红楼故事大型雕塑"围太虚幻境的大荒山青埂峰四周置放,目录如下:

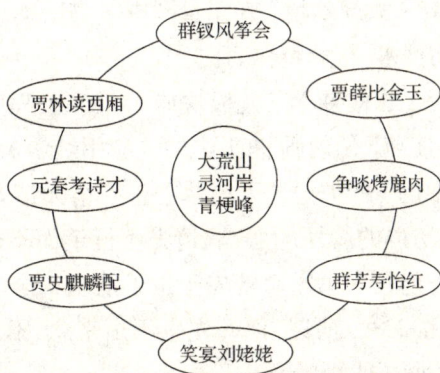

群钗风筝会

贾林读西厢　　　　　贾薛比金玉

元春考诗才　　大荒山灵河岸青埂峰　　争啖烤鹿肉

贾史麒麟配　　　　　群芳寿怡红

笑宴刘姥姥

人物形象一律依王扶林 1987 年版电视剧《红楼梦》人物真形为模板。有请吴为山先生创作雕塑。至于选材、立像体积问题,由吴为山大师最终定夺。

——这必将是红楼梦旅游景区中一处耀眼景点,游客必到之处。

对于这一构想,如实施操作,首要考虑的重大问题是:这涉及人物肖像权是否被侵犯的问题——这可是大问题了。

本意拟作一份致 1987 年版《红楼梦》电视剧全体演员公开信,以说明本意、征求意见。然而,一想及陈晓旭君便寂然而止……

2009 年 8 月

致韩美林大师信稿

——关于"红楼梦·太虚幻境""天书"文化巨制创意与大师笔谈

"天书"书法大师

工艺巨雕大师　　　韩美林先生大鉴：

国画美术大师

　　兹有关于"红楼梦·太虚幻境"人间景园中一书法项目是绝对必须请先生做的一项大工程、大功德事，在此特作简白。

　　按"太虚幻境"是《红楼梦》三大板块旅游景区工程中的起头一项，它与"金陵大观园"、"红楼庄苑"的勾画、布局均在《应用红学》一稿之中。

　　惟"太虚幻境"中的"石头记""天书"笔迹、"情天情海大石峪"及境中的巨景——太虚幻境牌坊群的牌坊题额，非请先生行笔而不可！"天书"者，惟天人、书仙可识可书也。连凡人书家启功先生也不能全识全书；那仓颉先师固可以识得，然而他不在凡间——所以，你韩先生不出来念、不出来写、不出示墨宝供千秋大众日后临书，那还能指望谁？舍君无二也。

　　再有，"太虚幻境"中，警幻仙姑驯化的那一帮警幻魔女舞队、歌伎，声可裂石、舞姿迷人、仙容烂漫——这群仙像，我们谋计是要立仟于太虚境的荒郊野岭、青埂峰头、三生石畔、灵河岸边到处皆有。而这群警幻仙女的圣像又不同于拟请吴为山大师所主刀雕作的大观园正殿"省亲别墅"外廊所立的"金陵十二钗·六十女像柱"之形象——那六十位大观园中十二钗人物女像是规定全要以1987年版电视剧《红楼梦》中的人物形象为标准的"写生"之雕作；这里的"太虚幻境·警幻人物"形象，因有别于凡间人物，乃是"真中有变、变依本真"的壶奥妙道之雕，你说，不用你韩先生之雕刀，更待何人？

　　声明：此项大工程并不是区区在下之请，那是谁？

　　——是曹雪芹文学大师之请；

——是八百万南京大众与十三亿中国民众之请!

谅先生不至违命,必欣然命笔也。

1988 年

以上草拟短文与书法大师笔谈并未发出,聊作一笑吧。

金陵大观园·老城区红楼旅游开发

大观园的景点布局与《随园记》之山川地势

《随园诗话》说："……雪芹撰《红楼梦》一部,备记风月繁华之盛,中有所谓大观园者,即余之随园也。"那么,袁枚的随园究竟是什么样子呢? 他的《小仓山房诗文集·随园六记》有具体记载:"金陵自北门桥西行二里得小仓山。山自清凉胚胎,分两岭而下,尽桥而止。蜿蜒狭长,中有清池、水田,俗称干河沿。河未干时,清凉山为南唐避暑所,盛可想也。"这个避暑胜地由南唐至于今,应是延绵不断的。这一情况在文中也有记述:"康熙时,织造隋公当山之北巅构堂室,缭垣牖……桂千畦,都人游者,翕然盛一时……后三十年,余宰江宁,园倾且颓弛,其室为酒肆、舆台欢呶,禽鸟厌之不肯妪伏……"

就是说,到了袁枚手上时,虽然清池未干尚有水,但是,避暑胜园荒废,当年园室楼阁已沦为酒肆,一点也不雅静了。所以他后来就要修葺……综合以上文字,这处从清凉山为原始胚胎,分为两条长岭而下的狭长地带中有清池,有水田,有桂畦,有供时下贵族和平民都避暑游观、民众来此酒肆消费的楼阁店铺等等建筑物。

据此,则隋赫德从曹家手中得来时,仍承南唐景胜之构架是合理推测。

再据此而比照《红楼梦》书中的艺术化了的苑囿似乎更有一丝与隋园——随园剪不断的关系。且看大观园的地理形势及诸家裙钗所分居的院落居所。从大观园工程竣工,贾政他们那天来验收的概览各处之描写文字来看:

第一处先到潇湘馆;第二处即到稻香村。这个"稻香村"的坐落环境是:"倏尔青山斜阻,转过山怀中——隐隐露出一带黄泥矮墙……里面数楹茅屋。……"

——可见,稻香村是在"青山斜阻"的"山怀"之处的一处苑中田庄景点。但这就让人们足以惊奇! 惊奇什么? 惊奇的是:这一文学作品中文字描述的花园,其中居然有真山真水——而绝非其他小说、园囿游记文章中所特别强调的那种"叠石造境"的堆石假山。这里的"青山斜阻"和后来二十七回所描述的

"凤姐站在山坡上招手叫红玉"来看,想必为真山!

好,暂且放下此处,我们继续前行,游览大观园胜迹。

下面,经过一带数百米长远的花林彩墙大风景荼䕷架、木香棚、牡丹亭、芍药圃、蔷薇院、芭蕉坞,渡过一座板桥之后,"便见一所清凉瓦舍。那大主山所分之脉,皆穿墙而过"。

好! 且住——我们居然又见大观园中的一处山脉! 我们知道,这个处所就是蘅芜苑。原来,蘅芜苑也在山势之间,而且作者还特特地点了一笔:那"大主山"所分之脉……这就不由分说地更令人联想到这个大观园中的"大主山"会不会是袁随园中的"山自清凉胚胎"的胚胎之本"清凉山"的写照呢? 本来,我们仅看前一段稻香村处的"青山斜阳"之"山",犹可认为是曹雪芹的顺手一笔、敷衍点染之文,而在一文一园之中两提"青山",一点"主脉",无论如何不能不让人对大观园的山水形势布局等等缜密思考——并且,"蘅芜"此山也相当可观——竟然可以从芭蕉坞"从山上盘道亦可以进去"(蘅芜苑),可见委实不小。

由此,在我们文学读者的心目中,应该立即就有了一幅山川苑囿形势图了:大观园中,大主山所分之脉成两条向前延伸;一侧是"斜阳"稻香村的山坡、山怀的一岭"青山";另一侧便是蘅芜苑所在的大主山之脉岭,它们——这两个景点,"稻香村"和"蘅芜苑",它们各据"大主山所分之脉"的"左昭右穆"之形胜态势;而且,既在"所分之脉"的二岭之间,则必然在两条山岭之间有着低谷平畴乃至清池,——而这正是当时袁枚所购之园的山形地势——山自清凉胚胎,两岭分下;蜿蜒狭长,中有清池、水田、桂树、畦田……而这,又正是"红楼"大观园中的总体艺术布局——在"稻香""潇湘"和"蘅芜""怡红"这两侧系列建筑之正中北端的省亲别墅——正殿之前,便有着大观园中的大面积的水池园景——也就是贵妃元春省亲时登舟游园及平日里宝玉裙钗他们所嬉游的水池!

何其相似乃尔! 隋园——随园——大观园之山水形势。

至此,人们将曹家(被抄的)花园——袁氏所购之隋公之园——曹雪芹"红楼"书中所构述的大观一园,进行图文对照察看,豁然胸臆洞开:大观园,是完全具有雪芹大师幼时所玩的自家花园,亦即袁氏随园的山形水势的大格局的心理参照系数值而敷衍构建出来的艺术园林,只是后者源于生活而高于生活;后来,曹雪芹写作《红楼梦》是在又到了北方且自有诸多对北方王府花园的访造,而加注许多奶水元素也!

现在,我们可以大体勾画出大观园与袁随园二者的山川地势的格局形制示意图来。

随　园

东岭　　清凉山　　西岭

木桥　□　　清池水田（干河沿）　　酒肆　□

大　观　园

山脉穿墙　　大主山　　青山斜阻

蘅芜院〇怡红院　　□　水池　≈　≈　　稻香村〇潇湘馆

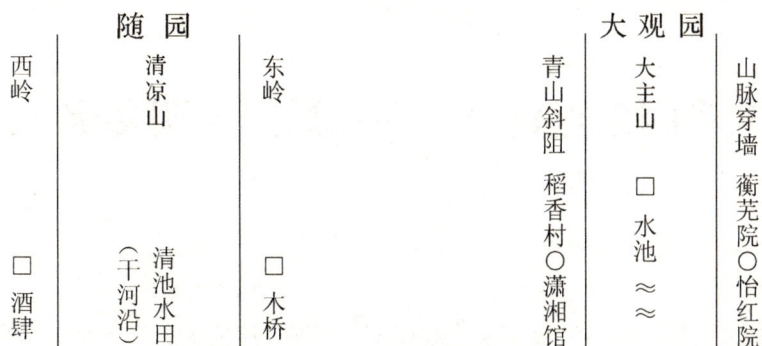

当然,我们对大观园的臆画,只是中国水墨写意,绝不是西洋油画建筑透视。谨此说明。

但仅此,却给我们提议在南京的"随园旧址",今五台山修建金陵大观园的红楼梦旅游大工程提供了颇为有趣的资质证论。

2013 年 2 月 22 日初稿

7 月 31 日二稿

8 月 2 日三稿

新建大观园景点建筑平面布局图说明文字

　　凡热爱《红楼梦》者，莫不对大观园兴趣浓厚、着意玩赏。而对于开发红楼文化旅游、建造金陵大观园之应用红学，大观园的建筑设计、园中的各主要建筑的平面布局则是首要解决的任务。

　　关于这一课题的研究由来已久，后来，在 1981 年由顾平旦编辑，把有关的文字、图形资料全部包罗在《大观园》一书之中。其中有几幅是清人所画的《大观园图》《增评补图石头记·插图——大观园总图》《痴人说梦·插图·大观园示意图》——这些图画尽可不论。它们多是绘画的艺术想象性作品。只论现代人曾保泉 1980 年绘三稿的《大观园的位置及面积图》及 1963 年戴志昂设计、杨乃济绘制的《大观园配置图》，葛真制《大观园平面示意图》等具有设计意义的图纸等。可以告诉大家一个事实：

　　所有这些图作差不多都犯了一个同样严重的错误——

　　省亲别墅之正殿的位置与蘅芜苑、稻香村、潇湘馆、怡红院这“四大处”的位置布局，完全错乱了。包括未收入此书的台湾关华山教授的著作《红楼梦中的建筑与园林》及湖北鄂州大学童力群教授所制作的“大观园平面图”也都是如此错法。

　　现在，人们要问的是：多位先贤、时俊为什么会犯这种同一模式、同一性质的错误呢？原因很简单，我们都被曹雪芹的行文巧技给蒙骗了，误导了——这就是：大家都是按照《红楼梦》第十七回“大观园试才题对额”的文本中所描述的，依照当初贾政、宝玉等一干人首游大观园的行走路线为指南，而导致如此之错的。

　　考查贾政他们那天验收工程游览园子的行踪路线，文中是怎么记录的？游走了哪几处大景点呢？

　　第一处——潇湘馆；第二处——稻香村；第三处——蘅芜苑；第四处——正殿；第五处——怡红院。

　　案上提的各位制图人，依据的是这一原版权威记录，一步未错，一处没落——因而,错了。把大观园中的这几大紧要处的布局弄错得可谓一塌糊涂。

若有人问:你说大家都错了,那么你说说正确的是什么样子?——图示如下:

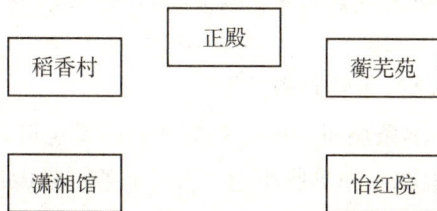

```
                正殿
  稻香村                    蘅芜苑


       潇湘馆           怡红院
```

相信,端上这幅大观园主建筑的平面布局图,将会立即引来一片鄙夷嘘声。反驳的理由不假思索就可以举出一大摞来。

1. 腐朽的封建指导思想——突出封建主体。

2. 陈旧呆板,毫无创意的建筑设计手法——左右对称,这难道是美丽艺术的大观园? 曹雪芹怎会这么做呢?

3. 毫无根据,信"手"雌黄,企图制造炒作效应。

4. 鲁迅早就说过:自从有了《红楼梦》,一切传统的写法都打破了。

——是啊,论说《红楼梦》的任何一个大小课题,都会触动千万根敏感的神经。这真令人油然而生敬畏之心,乃至却步而不敢为。直令所有握笔之人,须具"三思"之虑,慎而又慎,切莫敢于轻易行文、断义。否则,岂止贻笑大方,口诛笔伐,唾沫水能淹死你——没有足够的证据、充分的论述,岂能造次?

事实也是如此,即使是笔者本人在进入红学之门初始之时,也还没有现在持有的正确看法。当时我写的第一篇红学文章《欣赏大观园的四大处》时也曾即兴作了一幅大观园平面图,也是同大家所犯同样错误——正殿偏于左方——当然心中不大舒服,总觉得不合审美习惯,但却毫无办法:贾政、宝玉、清客们初游大观园就是这么走的,曹雪芹就是这么写的,白纸黑字!

但是到了 1998 年,事情有了正确的转变。——是两条脂批,作为刚性的支柱,一扫我心中的不畅与无奈。此二脂批在第十七回——

(一)在"说毕,命贾珍在前引导,自己扶了宝玉逶迤进入山口"句下脂批文曰:"……按此一大园,羊肠鸟道,不止几百十条穿东度西,临山过水,万勿以今日贾政所行之径,考其方向基址。故正殿反于末路写之,足见未由大道而往,乃逶迤转折而经也。"

(二)在众人见到崇阁巍峨、面面琳宫时,贾政道:"这是正殿了",句下脂批文曰:"想来此殿在园之正中……"

正是这两条脂批，令我敢于毫不犹豫地宣布：在大观园重要建筑的平面布局上，诸多同志是错误的；基于此，我也就毫不胆怯地向红学界及广大红楼爱好者献丑——我个人的纠错之后的大观园平面布局图和效果示意图（影印图纸见书后插页 1）。

现在我们来解读这两条脂砚斋批文。

第一条脂批——本条脂批，对于大观园中总图建筑布局之指示具有提纲挈领的意义。首先，说明园中羊肠小道"几百十条""临山过水""穿东度西"，也就是说，你可以从任何一条小径，随便可达到任何一处处所；其次，明确告诉大家：今日贾政他们行走的途径、路线是不可以之定各处建筑的方位顺序的；最后，"故，正殿反于末路写"——今天是从小径，拐弯先到蘅芜苑，而后到正殿的。

第二条脂批：说得明明白白——正殿在园之正中。

——当我们据此而确定大观园中之正殿居于园之正中，那么其余如"四大处"——潇湘馆、怡红院、稻香村、蘅芜苑的左右分列，两两对称之大局便可大略于心；而其他诸如秋爽斋、藕香榭等等就可以迎刃而解，不致大错了。

人们心中定会疑问：作者为什么这样写来——来一个先后次序与建筑方位颠倒而不严格按照大观园的正确方位，依次顺序地向人们展示大观园的主体格局呢？

答案只有一个：作者如此写法，完全避免了行文板腐，在人们的文学意念中产生并不对称、灵动变化的美感。也正是鲁迅之谓：自从有了《红楼梦》，一切原有的写法都打破了。如果按部就班地写——先到潇湘馆，二到稻香村，三到正殿，随后，四至蘅芜苑，五至怡红院——这岂是石头记之文笔？

——看来，若是没有这两条脂砚斋批文，那问题真的就大了。看来红楼文笔实在是事在意料之外，竟在情理之中；事在情理之中，竟在意料之外……"永远没有逻辑"的真谛了！

——但是，我们在此可说：世间万物终有大理在焉。只不过看"红楼"可特殊对待，要从宏观上把握，取之以道，依系统性元素，作综合考量，终究还是会找到真理真相的——在下试作努力，以多重的文化元素作为研红指导方略。

一、以封建皇权的政治伦理作准绳看大观园建筑布局

1. 盖大观园是今上恩典，作贾妃省亲之用，故贾妃鸾驾座殿，受纳皇家大礼的礼堂正殿，怎能不在园之正中？否则将是不合国家礼法的。

2. 此园乃奉旨敕造,若贾府使妃子之殿偏位而居——贾家找死啊!

二、以封建宗法礼义家族长幼伦常作准绳布局大观园建筑物

1. 按同样的封建伦理法典,则其贾府宗祠当然应是放在长房宁府那边;而大观园园内的榆荫堂、嘉荫堂作为本房——荣府之宗族鼎礼处,完全应当在大观园的东西两厢位置,维持左右对称之法则。

2. 我们知道元妃省亲只是一时之用,而后不久,这个大观园是要作为红楼梦故事的主要人物的活动场所,在此园中各处轩馆居住的。且看:

李纨居住稻香村——她是老太太之下第三代长孙媳,寡居。户主:贾兰。

宝钗,居住蘅芜苑——她是日后宝玉之妻,第三代次孙媳,无子。

特别要提出的是:这两处房舍居主,贾宝玉的辈分要比贾兰高,所以蘅芜苑在东,稻香村在西——这符合宗法长幼、左昭右穆的定制之外,又照顾到实际情况。

又因为寡嫂李纨与宝玉、宝钗夫妇是同辈分,所以,稻香村与蘅芜苑两处院落,在大观园平面布局图中,其位置基本是在同一条纬线上的,只比元妃所幸的正殿的纬度方位略下一筹。

稻香村、蘅芜苑安排好了之后,就要考虑十二钗中的另一重要人物——贾探春居秋爽斋。探春的身份,就目前而言:不久即为临时家政之主持人,大搞改革的经济家;日后的身份更为显赫,她将贵为王妃——所以,她的秋爽斋,紧挨在正殿之下;就其纬度位置而言,自然是要高于迎春、惜春的;其建筑面积的规格与蘅芜、潇湘等均不相上下。

3. 位在秋爽斋略下一度的紫菱洲,惜春居住的藕香榭、蓼风轩,仅从字面上看就知道是放在水色之间的。而藕香榭,有一特殊点需要加以说明。在藕香榭这一建筑单元中有蓼风轩、演艺台——这是一个组合。尤其这个演艺台,日后生活中在此演戏有史太君在缀锦阁下听戏,故作为正殿的左右护侍之建——含芳楼、缀锦阁应是对称布排,与水阁中的演艺台不远,故贾母她们才能在此看戏。而追溯此前,元春省亲,游幸大观园,彼时,在正殿中行礼,赏赐,运墨题额,作诗之后,元妃也听戏的——故可知:元妃于正殿落座听戏,则池中演艺台必是正对着元妃正殿之座的。

所以,我们今天的建筑家们,应该把演艺厅与正殿放在同一中轴线上,而左右的藕香榭与蓼风轩应是扶侍左右、护卫戏台的。

又因为我们应该充分考虑大观园中歌、戏、舞台要适应现代观众游客之需,所以我们应把圆形演艺台相应扩大——且在蓼风轩、藕香榭中也可以陈座以视听。再加之以近处正殿的雁翅双翎,含芳楼、缀锦阁,其座位票房的容纳量颇为可观。

——凡此,我想,在当初山子野筹划造建之时,对其实际应用元素也应该是有充分考虑的。

对于贾宝玉所住的怡红院、林黛玉所居潇湘馆,这二所双双对称的建筑物之所以被摆在了大观园园内的第一进的位置上,无疑是作者曹雪芹对人物创作的人文关怀元素的体现。此话怎讲?

黛玉孤苦,体弱多病,她的住处必须是愈靠近贾母之所愈好,方便看望、照顾;而宝玉,天性爱热闹,哪能喜爱住在偏远冷清之大西北、大东北,更何况,又要与心爱之人林妹妹天天厮混,愈靠近愈好,愈合其性格、心事。

再说了,林是第一女性主角;贾是第一男性主角,她他二人是本书的主题:"大旨谈情"的品牌广告——当然是要摆在最前边、第一显眼的地方。

——这样的居所位置安排,也是"突出主题"的文化因素之技法运用。而就人物的身份、性格与居处方位的吻合上考虑,也只有清心寡欲的李纨与自律风范的宝钗才适合在大西北、大东北那地方落户。

三、艺术贵在"独特",大观园的设计是有个性追求的范围,其中有最值得注意的部分

1. 稻香村——其景观与周边的其他建筑物相对照,追求的是:极大的反差,格格不入的风格——草舍、泥墙、土井……

——愈"土不拉叽"的愈符合曹雪芹大观园的真实原味。

——愈显其"人力穿凿"之与周边环境不协调,才愈吻合宝玉在验收当场时对"稻香村"从建筑文艺学的理论角度上所作的批评(见《红楼梦》第十七回)。

2. 潇湘馆——"合着地步"的个性化、特异性。

当时,人们入馆所见室内家具都是"合着地步打就的"——可见其馆是为"异型",所以,家具才要"合着(馆舍的)地步"。

3. 怡红院——其精致富丽自不必说。在此,笔者只提出一点:有哪家设计院能设计出叫人走进去就摸不着门出来的,则这家的设计方案就中标。

或者有同志问道:有没有可资借鉴、获得启发的资料存世呢?

——有!可以高兴地告诉大家:现藏于台北故宫博物院的几十件清帝康、乾所赏玩的精致国宝玩具箱——"多宝格"就是我们设计贾宝玉怡红院的最好的启迪借鉴的资料档案。

怡红院是迷宫呀。该建筑物的隐含旨义是：人生如梦,亦真亦假,宛如在梦幻般的迷宫里经历了一场富贵荣华,到头空空一梦呀。

四、数学概念要素的不可缺失

1. 大观园有多大? 按文中说:"从东边一带……转至北边,量准了三里半大。"——是这样:就着宁、荣二府北面的围墙起丈量,绕了一个方圈,也就是实测了三围总长的数目,三里半。大概平均每一边长一里有零——150丈许。换算成今制:150×10尺 ÷3尺,为方便起见,列式为:约500米 ×500米。

约500米边长的方宅院又是怎样一个概念呢? 大家心里就想着5倍于百米赛跑的跑道这么长。当然谈不上巨大,但是也足以安排大观园之四十处馆舍景点了。这么大的一块地方,对于当今的大都市而言,也足以让决策者们犯算计了。

2. 大观园的四十余馆舍景点,布局于250 000平方米总面积中,怎样把握其疏密的合理度呢? 这也是一个数学概念的问题:各个不同建筑,大小不同,各占多大地面? 这些问题,对于身为建筑专家的关华山先生来说,他的制图是严格意义上的设计图纸。但是,我们看葛真先生、童力群先生图中对"荼蘼架、木香棚、牡丹亭、芍药圃、蔷薇院、芭蕉坞"这六大系列花卉园圃的地积安排、疏密布点的控制,就是"数学概念缺失"了——他们都把这六种花卉园圃密密集集地窝在充其量仅几十米长之内的、园之西侧的一隅地块上。

如此看去,殊非大观,更加失理。

需知,作者如此集中地叙述了共六种花木景观带,这是在众人已看完了稻香村——这是大观园西北隅的犄角了——从此点开始,就要转向了,转而西行了。在这一点上,山子野是有总体性考量的:在东西二角的松树、桃林之间的数百米长的后院墙的地带上,没有建筑物可布了,即将荒凉冷落了。正好借助于花木彩卉,造作一道长约400米的七彩花林。必须有如此的大手笔、奇构思,才能让临界于后院处造成繁华热闹、鲜花着锦的气氛;贵胄苑囿、花林成墙,方成蔚然大观,具有巨大的花林视觉冲击力! ——园圃的深广度,万紫千红景无边的感觉就出来了。

以400米长地分植六种花卉,每品种皆足有70来米地面,而绝不是几十米地的空间,挨挤着六种花木,则每种花木只得十来步地积——连当前街道花岛上的规模格局也不止于此。

须知:作者在此虽是以文字一口气叙述下来,但绝不等于这六种花木就一口气地密集挨挤在几十米地之内呀。

3. 大观园中各馆舍亭桥等建筑物长宽大小的数字概念也是极易为非建筑

业的文学人所忽视的。

我们看戴志昂先生绘制的《红楼梦大观园鸟瞰示意图》——他的大观园之水池面积，大约占去园地总面积的40%。仅此一端，还怎么保证其余大小四十余建筑场景的合理用地所需呢？所以，若据他这图，下面就不好谈了。比如：你还怎么安排正殿面前、省亲别墅牌坊下，元妃銮驾进殿，太监、女官、彩嫔的布列，贾氏宁荣二府上下人等恭行叩拜大礼的排场的那块场地？你对四大建筑的院落规格如何设定的？即便是潇湘之馆，其院落之内还是曲折游廊、数楹（起码三四楹吧）修舍、千百竿竹、上面三间房舍、后院，又有两间小小退步，院内盘旋泉沟，这都要占用建筑面积的……

——需要说明一下，古时显贵之族，房屋建设标准绝不会是今天的城中套房的高度长宽：得缩小处便缩小，要节约用地用料的。所以，戴先生的图作，其大观园中的水池面积与实舍占用面积的数字比例是大可商榷的。如果大观园中的水池面积太大，则其余诸建筑物必然会被缩小用地，或被排挤到大院的贴墙周边，这是严重的建筑设计上的数学比例失调。

因此，本人特制一幅《红楼梦大观园建筑布局测绘地积平面示意图》（见书后插页2），以彰莫失数学概念之用意。

尚望方家指教。

末了，说明两点。

1. 本大观园布局图之制作，采用地积实测格式：每方以50米×50米计量，得科学施工之确，摒红学"悟道"之误。

2. "大观"一园建筑，曹雪芹采取的法则是：整体布局，暗合"绝对对称"；具体馆舍，明用"绝对变化"。

作者以生花妙笔，使千万人感到：大观园内，处处新景，馆院村苑，各个不同。噫嘘唏，倍儿棒！

"省亲别墅"正殿 "红楼十二钗" 五册 六十人物女像柱论述

在大观园的几十处具体建筑中,正殿是重中之重,是最特殊的贾妃省亲所幸之所。书中描述:"崇阁巍峨,层楼高起,面面琳宫合抱,迢迢复道萦纡。青松拂檐,玉栏绕砌,金辉兽瓦,彩焕螭头。"

无非豪华金碧,巍峨壮丽,至于细部造构则没有落墨,这就给了我们今天的新建以表现舞台:

一、宫殿大屋顶、驮梁瓜柱,是中国标准古建筑形制。

二、具体的形制细节可以加以合理的补充想象:

1. 巍峨之高:10 米(气魄);宽长:待定。

2. 四面歇山顶双层、重檐外形:

第一层:①6 米高——以足够的高度,使厅堂的地面与天顶之间具深邃感;

②天顶上的装饰画、纹是施展建筑才艺的展台;

③建议借鉴西方教堂的内厅骨架式结构。

第二层:3 米高度——以增加作为当今的实用性建筑面积。

创意——正殿四围以正册、副册、又副册、三副册、四副册共六十根十二金钗女立像为支柱。

①正册十二钗在正面,副册十二钗在东面,又副册十二钗在西面,三副册十二钗在后面,四副册十二钗在二层楼上正面。(此为草案。)

女像柱的建筑应用本是雅典厄勒克西奥神庙之式给我们的启示。在中国的建筑中尚无应用。这完全可以"拿来",相信《红楼梦》中六十金钗的东方女性美,一定会羡煞天下来宾。

②有此金陵十二钗女像柱才更加切题:一是吻合《红楼梦》的"大旨题义"——为女子立传;二是切合贾元春游幸大观园之"顿悟之义"。

这是东西文化的交融,但又是经过中国化的融汇,更是红楼文化旅游的需要，题目的亮点。

这座配上"金陵十二钗"六十女像柱的建筑楼将是未来的文化遗产。

——试想：红楼女像柱雕拿来作为正殿四围外廊的六十支支撑立柱，这是何等的景点，弘扬中国文化、红楼文化，尽在一睹之中而令人惊心动魄，来游之客，永生难忘。

③会有人持反对意见的。但是我只要援引巴黎西方古典名作罗浮宫前的贝聿铭大作现代玻璃金字塔为例，庶几可以服人。

假如我们一味地墨守成规，就毫无惊人之笔可言。并且，我们有《红楼梦》文本的旨义作为依托，那就是元春当时之所见的内心独白：但见园中香烟缭绕，花彩缤纷，处处灯光相映，时时细乐声暄，说不尽这太平气象，富贵风流。——此时，自己回想当初，在大荒山中青埂峰下，那等凄凉寂寞；若不是癞僧、跛道二人携来到此，又安能得见这般世面？（见《红楼梦》第十八回。）

一、天上的太虚幻境与地上的大观园是"一而二、二而一"的两个世界，既是现实的，又是虚幻的，既是历史的，又是现代的……

二、在当天元春归省之际，她的心中之幻觉与眼前自家的敕造园，又有谁能说得清是现实建筑还是浪漫主义呢？

六十支金陵十二钗女像柱的刻制范本论述

这六十个人像林黛玉、薛宝钗、史湘云等究竟有谁看见过？没有。各人是各个模样，仅是文字描摹，毕竟无影像资料，怎么办？

大家不要简单地说：画家、雕塑家万万千千，这个问题还是问题吗？——要是这样想问题就大了。

千百个画家、雕塑家，有千百个不同的十二钗人物图稿。但对每一位人物，画家、雕塑家都会以自己的风格为范式。我们且举一例看：即便如陈逸飞之大家创作的油画人物，他个人的审美范式大多是那个模样，标准的中国美女——瓜子脸、杏目、樱唇，但是若看他为别人所作的定购肖像，那就不同了——各人不同；必须像"我"——这是预订画像签约的首要条件。

所以，我们今人之作曹雪芹笔下古代美女之像则有一个更大的难处——那是文学艺术描写的形象，而我们又怎样凭空地依各读者之见去想象呢？看来办法只有一个：找实体人物形象。而实体，只能是红楼梦艺术作品的实体。现在中国有现成的：

● 1987 年版王扶林导演所拍的电视剧《红楼梦》十二钗群像；

● 刘晓庆出演的电影《红楼梦》十二钗群像；

● 李少红新拍的电视剧《红楼梦》十二钗群像；

● 其他《红楼梦》影视剧作的十二钗人物形象。

短话不必长说，在下的意见是：

完全选用王扶林版《红楼梦》十二钗人物形象作为今天大观园正殿之六十金钗女像立柱的模特原型。

理由如下：

①三十年啦！最"古"。

②人已熟知，众多认可。

③人称 1987 年版《红楼梦》为"经典"——此称确否？恕不回答，但起码其余后来之作在这个文题上，很难说有超过它的。

尤其是 1987 年版《红楼梦》剧中，人物形象所赋予的"典雅文气"是其他作品都没能总体超越的。

有视众闲杂之人称：在《红楼梦》影视剧作中，如果其人物形象的"典雅文气"没有了，那它就不叫"红楼"，称为"青楼"了。

请问后来有哪一位林黛玉饰演者能如已然作古的陈晓旭君的人物气质呢？

假如雕刻家的红楼十二钗群像之雕作能够完美地雕作出如 1987 年版十二钗气质的神、形兼备之像柱，也可堪称存世之作了。

另，有关大观园中的雕塑之作还想说几句：对于贾宝玉所称之"鱼眼睛"的女性人物是否也可以单雕，分布于园中各处呢？诸如：

贾母、王夫人、薛姨妈、尤氏、刘姥姥、老田妈、老宋妈、秦显家、邢夫人、赵姨娘等。

这些女性人物在《红楼梦》中都是有故事的。

所以在完整意义的大观园中，虽不能人人俱在，但这些女性人物还是可亲的，有代表性的。故可以立像于花旁、树下……

大观园正殿建材选用

目标：显示其华贵，耀眼，富丽堂皇。

一、墙体用材：

适当应用玻璃或琉璃为主墙体用材之一——闪光夺目。

立柱选料以彩玉或白玉。

墙面用材：拼贴白玉、大理石等。

二、瓦面廊檐——红黄绿琉璃瓦。墙体用青砖、门窗木质。

三、框架结构用白水泥。

"省亲别墅"正殿四面环抱大台阶为大理石。

1. 台阶净高度：地上 3 米（台基内体可作其他用场），多级台阶。

2. 玉柱栏杆，艺术雕柱头装饰。充分布置人体像柱。

3. 四围台阶每面皆石雕，各面皆造有残疾人通道。

2009 年初稿

2011 年 8 月修改

"曲径通幽处"——大观园中第一建筑群

（专卖商品经销特许区）

这个"曲径通幽"处的"第一建筑群"，长期以来被所有"红楼"读者、红学大家所忽视。看原文：

那天，贾政等众遂命开门，只见迎面一带翠嶂。众人都道：好山，好山！……逶迤进入山口，白石留题之处便是"曲径通幽处"。

进入石洞，只见佳木、奇花、清流一带。再进数步，"平坦宽豁，两边飞楼插空，雕甍绣槛，皆隐于树杪之间"——请注意我们所称的"第一建筑群"仅为寥寥二十一字。

一因叙述文字太过简略，笼统概写，不引人注目；

二因这一群"飞楼插空"皆隐于树梢之间，视线为其所限隔；

三因这处乃是开门启扉之处所，并非书中人物之所居处，怎比得接下来的园中院落那么精致富丽或清雅宜人，且都是重要人物所居住的。读者大众都被那么热闹非凡的场景、感人至深的故事发生地给夺目了。

所以，这里初一进园，隐耸于白石峻嶒，鬼怪猛兽的翠嶂之间的"两边插空飞楼"相比之下，被遗忘了。

但是，它却是万万不可忘却、忽略了的大观园第一建筑群。

原因是：第一，它具有文学意义上的"欲以扬之，必先抑之"的写作技巧上的必要性；另外，对这一开门见山的"插空飞楼"这个制高点，它同时具有与后园坐落的巍峨正殿遥相呼应，使之前后高度平衡的整体和谐的美学作用。

这一建筑群不是书中主人公所占据的建筑主体。本当一笔带过，而以后大观园中的其他建筑处所才是要大写特写的，所以只好略写此处"飞楼插空"了。

第二，这里既是书中所记叙的第一处建筑群，那么，它就具有"物有所用"的价值含量。这一点，在我们的"应用红学"中特别具有开发利用的意义。

你想：人们在游玩观瞻金陵大观园的过程中，可以观览潇湘馆的清秀小巧，想见林黛玉的为人、故事、情爱生活，可以感受"省亲别墅"的皇宫富丽堂皇，可以欣赏怡红院的精雕细刻、瑰丽奢靡，可以在大观水池的水中榭亭上听戏赏曲……

但是，这开门第一处的飞楼建筑群，一登飞楼，便可以在此感受登高先览全局园景之气概。同时，也可以在此选购一些红楼茶饮、红楼小零食，可以在这里购买消费纪念品、红楼工艺品、中国书画、文房四宝、丝绸、蓝布、红楼小姐化妆品及游园指南。

一句话，这里的一群大观园中之建筑可以放手作红楼文化产品的商业经营。这既是投资家所必需的，也是深含经济学元素的著作本身《红楼梦》所允许的。

——当然，这里不宜经销外国香水、比基尼、苹果手机、牛仔裤之类。广告如下：本店全部国货，商品悉数红楼，品牌纯正，货真价实。实为"红楼商品专卖店"。

你看，此处大观园第一处建筑群的营销、商业价值多大！而你假如在潇湘馆、怡红院、蘅芜苑里卖东西，摆摊位的话，那还不被世人骂死了——这算什么东西！这哪里还有一点点红楼文化气息？

两条说明：

一、辩证法。《红楼梦》这部社会大百科全书，其中充满了经济元素——此在以后文中，随时插播——虽有经济活动，却又不能泛滥营销各种商品、普设店铺。

二、具体景点处所，具体分别对待——专项商品，特许商区，绝不容许逾越雷池。确保"红楼游品"的纯正品牌！

2013 年 2 月 27 日初稿

8 月 7 日二稿

于野羊谷草庐

稻香村——大观园中不和谐风格的追求

任何一件作品——文艺作品、文化作品、建筑作品等等，毫无例外地都要追求作品整体风格的统一性、和谐性。整体风格不统一，那么你这件作品差不多就是失败之作了。至少，该作品的局部某个零部件是失当的。我们看，南京总统府内那座为临时大总统所特建的办公楼，是采取西式洋楼形式，便是略显失当之作。

而在《红楼梦》大观园中也有此例。

不过这一大观园中的不和谐建作乃是作者的特意追求，是为了说明文艺建筑学原理而特意举出的失当之作的实例。

当然，这是文学叙述作品，而到了我们将要建造红楼文化旅游产品"金陵大观园"的工作中，这就不能不是"应用红学"上一个必须讨论的问题了。

大观园中有众多景点约四十余处。我们先细审几处有代表性的景点建筑。

——"只见正门五间，上面桶瓦泥鳅脊，那门栏窗隔皆是细雕新鲜花样……一色水磨群墙，下面白石台矶凿成西蕃莲花样。左右一望，皆是雪白粉墙，下面虎皮石随势砌去。"——此乃正门外观。

——开门进入"曲径通幽"石洞之后，再进数步，便是园中第一处建筑群。但见："两边飞楼插空、雕甍绣槛，皆隐于山坳树杪之间。"

——出亭过池，就到了潇湘馆。"忽抬头看见面前一带粉垣，里面数楹修舍，有千百竿翠竹掩映"（《红楼梦》第十七回）。"翠竹夹路""中间羊肠一条石子墁的路"（《红楼梦》第四十回）。

——行不多远，来到省亲别墅正殿。"则见崇阁巍峨，层楼高起，面面琳宫合抱，迢迢复道萦纡，青松拂檐，玉栏绕砌，金辉兽瓦，彩焕螭头"（见《红楼梦》第十七回）。

——观览蘅芜苑建造："但见一所清凉瓦舍，一色水磨砖墙，清瓦花堵。""步入门时，忽迎面突出插天的大玲珑山石来，四面群绕各式石块……""只见上面五间清厦连着卷棚,四面出廊、绿窗油壁,更比前几处清雅不同。"

——所有这些景致建筑,都是传统官制、公制的繁华富丽建筑样式,标准的城市砖瓦建筑。

但是有一处就不同了,请看:

倏而青山斜阻,这里就是稻香村了,转过山怀,"隐隐露出一带黄泥筑就矮墙,墙头皆用稻茎掩护……里面数间茅屋。外面却是桑、榆、槿、柘各色树稚新条,随其曲折,编就两溜青篱。篱外山坡之下,有一土井,傍有桔槔辘轳之属。下面分畦列亩,佳蔬菜花……"(《红楼梦》第十七回)

好了,对于这几处建筑,读者们自然明白地看到,"稻香村"这一建筑院落,与大观园内的砖墙瓦盖、楼阁辉煌或清雅装饰的各处建筑馆舍风格迥然有异,形制格格不入。它是黄泥、稻草、篱笆、土井……

人们不禁要问:曹雪芹为什么要在他的文化大作中独独取一极其土气的农村庄户放在富丽堂皇的宫廷官院的建筑小区之内呢?他又不是不懂得"文艺风格统一论"的人。

原来,这是作者的特意而为。你听,贾宝玉是这样来评价稻香村的:

此处置一田庄,分明见得人力穿凿扭捏而成。远无邻村,近不负郭,背山山无脉,临水水无源……峭然孤出,看去觉得无味,似非大观。争似先处有自然之理,得自然之气,虽种竹引泉,亦不伤于穿凿。古人云天然图画四字,正畏非其地而强为地,非其山而强为山,虽百般精巧终不相宜。

这正是曹雪芹借贾宝玉之口,从更深层次的文艺学原理角度来论述建筑美学的整体风格和谐美的本质规定。

因此,在今天我们新建旅游工程红楼大观园时,切莫辜负曹雪芹的一片苦心而重蹈旧病,却被贾宝玉嘲笑,此其一;其二,为了让我们现代人记住这一教训,我们要悉遵《红楼梦》中的文学叙述——将"稻香村"院落建造得"土里土气"——并且,使它与周边的"潇湘馆""秋爽斋""芳沁桥""滴翠亭"诸多园内美景的融和衔接联系皆一刀斩断,固使其突兀而在,峭然孤出——这才是"忠于红楼原作原意"也。

假如这一景点成后,进园游客竟然大声斥责"此景扫兴",或小声嘀咕"此处不雅",这就对了!若如此,则烦请我们的导游"丫头"或"小厮"略费一番口舌,向游客解释道:

当初,宝二爷陪着老爷来游园时就曾……

——像这样有临场发挥能力的导游,是要大发奖金的!因为她体现出咱大观园景区任何一位工作人员都是名副其实的"红学专家"！她也可再发挥一下：

我们有些现代的建筑学者自作主张所复建的红楼古典建筑艺术品是那么不伦不类，充分说明他们没有把《红楼梦》吃深吃透！

哈，看来这个导游不仅是红楼梦专家，而且还是建筑哲理学家。

2013 年 2 月 26 日上午

8 月 6 日二稿

大观一园好山水，腹中深藏鸳鸯宫

对于寸土寸金的新建大观园中的土地面积来说，任何边边角角、上上下下的空间都要最大限度地利用、开发起来。这是不言自明的。

而我们读有关"大观园"的描述，园中有山脉，有水池——这得占用多大的建筑面积啊？

当然，大观园景中既不能无山，也不可无水，景园无山则无威势，无水则缺灵气——而且《红楼梦》书中规定，需要有"青山斜阻"稻香村，还要有盘山曲道入蘅芜，再者，没有山，凸碧山庄又建在哪里？……

但是，难道这大体积的山体占地就这么"空山流水"地无所作为？要知道，我们今天的新建红楼梦旅游大观园工程是要处处讲究经营的！

因此，我们就不能不打起对"稻香村青山"和"蘅芜苑大主山之脉"的山体充分利用的主意来。——怎样对这个园景山体的所占地积作一景二用、一山多建呢？

百思之后，终于有了放之四海而皆行的主意来。现说出来就教于大家。

我们知道：凡建筑，必有掘基废土；

我们可以废土积成园中山体；

而在积土山体之内的山腹中，我们可先行建造框架结构馆舍；

即成为：大观园山体腹中深藏的红楼梦鸳鸯宫。

于是，我们大观园就有了"日夜两重天"、"上下二景点"。形成了地上地下两层同时经营的游园场所。

在设计中要遵照地面上的馆舍布局的大体方位，在每个房间的建造上也要与地上馆舍的建构、装饰保持一致。在稻香村至蘅芜苑的整个大山腹中的馆舍之间，悉遵规制：之间同样要留有甬道、小桥、花亭等等地上景致，令消费者感觉是在地上大观园的地下景观园中消费的。于是——

华灯五彩，迷迷蒙蒙的美学享受——在地下鸳鸯馆、情天阁中的小酌浅茗恍如隔世，洞中方一日、世上已千年之感油然生于胸臆。

一样的水榭歌舞；

一样的林潇湘家院翠竹，琴音袅袅；

一样的怡红哥院中海棠春睡，闲鹤渡步；

一样的惜春丹青，探春手语；

别样的可卿宫中的闺帏风情……

一样可以在夜宫中咏诗、弹琴、歌舞通宵摇红烛，嫦娥、吴刚恨短宵……

果真如此情诗兼备，谁家儿郎情女不来此苑办婚宴，初春眠？

可以预想的高消费！花烛喜宴鸳鸯房的指导价：可以预想每晚的费用是地上客房的双倍。

于是，白天在地上大观园中大摆新婚喜宴、宾客齐集；至于夜间，在山腹鸳鸯宫中的新婚洞房花烛夜将更加静宓——

这实在是新婚、金婚……别具风味的典礼处所。

大观园园中山脉我们如此这般地开发利用了，那么，在"大观池"的池水之下呢？如果有投资商愿意一试，同样可以打造一个大观园"凤池水晶宫"。

2013 年 8 月 4 日二稿

红楼庄苑·江宁红楼文化旅游工程开发

致江宁区领导函

——红楼梦文化旅游开发

江宁区委区政府：

建议江宁区开发禄口地区大格局的红楼梦文化生态旅游产业园。

这是转型发展、创新发展、黄金产业，是我们江宁区在高科技大工业之外的又一个新亮点，是集文化、农业科技、旅游、服务产业于一体的一项产业工程。

禄口地区（包括陆郎花塘）有着丰富的红楼文化元素：有《红楼梦》中四大家贾、史、王、薛及曹村等许多村庄。可供开发的项目如下图所示：

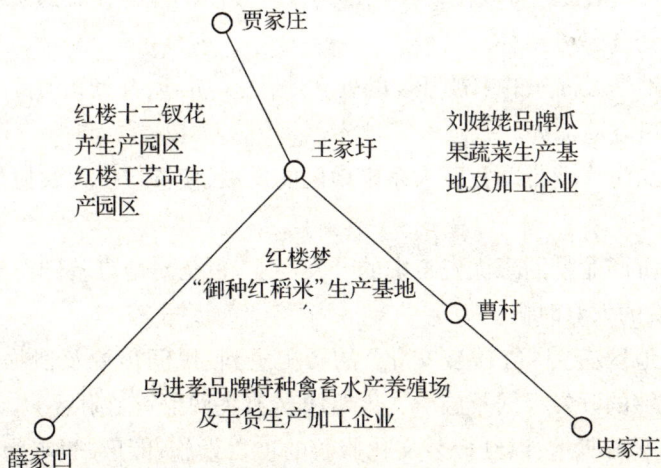

多年来，本人一直研究"应用红学"的课题。提倡在南京地区打造红楼文化旅游消费旗舰、建造"红楼"旅游三大板块工程：

六合——太虚幻境（雨花石艺园）
随园——金陵大观园
江宁——贾史王薛红楼庄苑

京、沪两地的"红楼大观园"旅游既没有"太虚幻境"，也没有"红楼庄苑"，所以南京的红楼旅游产业将具有最完整的文化意蕴、最强大的竞争性能和吸引游客的魅力。

而在南京"三大板块"红楼旅游产品，是各有特色的。但就其发展潜力、产业项目的内容而言，无疑，江宁的红楼庄苑是最大的、最丰富的。

在禄口地区的大格局红楼庄苑内，营建依据《红楼梦》文本之：

金玉贾府庄园
金色史家庄园
玉色王家庄园　　这四处仿古建筑是红楼庄苑独特的旅游卖点、亮丽景观。
银色薛家庄园

追求城市与文化共生，城市与自然和谐；红楼一条街可以拉动相关的各种产业：旅游服务、红楼美食、红楼工艺、文艺演绎……

在江宁禄口地区进行红楼文化旅游开发的优势及意义

一、只有如此大面积、大手笔的开发才足以展开，才可以形成规模、打造品牌、造成影响。尤其是可以拉动较大量的普通技能群体的就业，如农技生产、加工和旅游服务等从业群体。

二、此地是大面积的未被开发的处女地，无大拆迁，开发相对成本有优势。

三、禄口空港优势。

四、以旅游产业带动我区大东南地区的发展，使禄口广大农村与主城区的差距迅速缩小。

五、旅游产业是国家优先考虑的开发产业，也是对地方基础设施的铺排规划、开发建设的大好时机。

六、本地区有关"红楼梦文化"的历史资料、民间传说及遗物留存皆有。这就有了足够的开发根据及旅游文化趣味。（有关两份资料附后）

七、如下图所示，以红楼梦文化旅游的项目设施、园区、景点为红线，尽显青山绿水、农耕文化、大自然、大生态的风光带的风采之同时，也把该地区原有的红色旅游资源，如粟裕将军住地、横山抗日民主政府、新四军军部旧址等革命光辉历史、爱国主义教育基地红色旅游，全部串联起来；并且把该地区原有的"护驾坊、排驾口、驻驾山"等历史遗址、"卷蓬古民居"遗迹、王羲之后裔聚居地——山阴村、曹村的"落星塘"等文化历史资源全部串联起来。

于是，就形成了全市少有、江宁独特的二十里长的文化旅游大型风景线！

禄口地区红楼梦文化地名圈大格局分布开发示意图

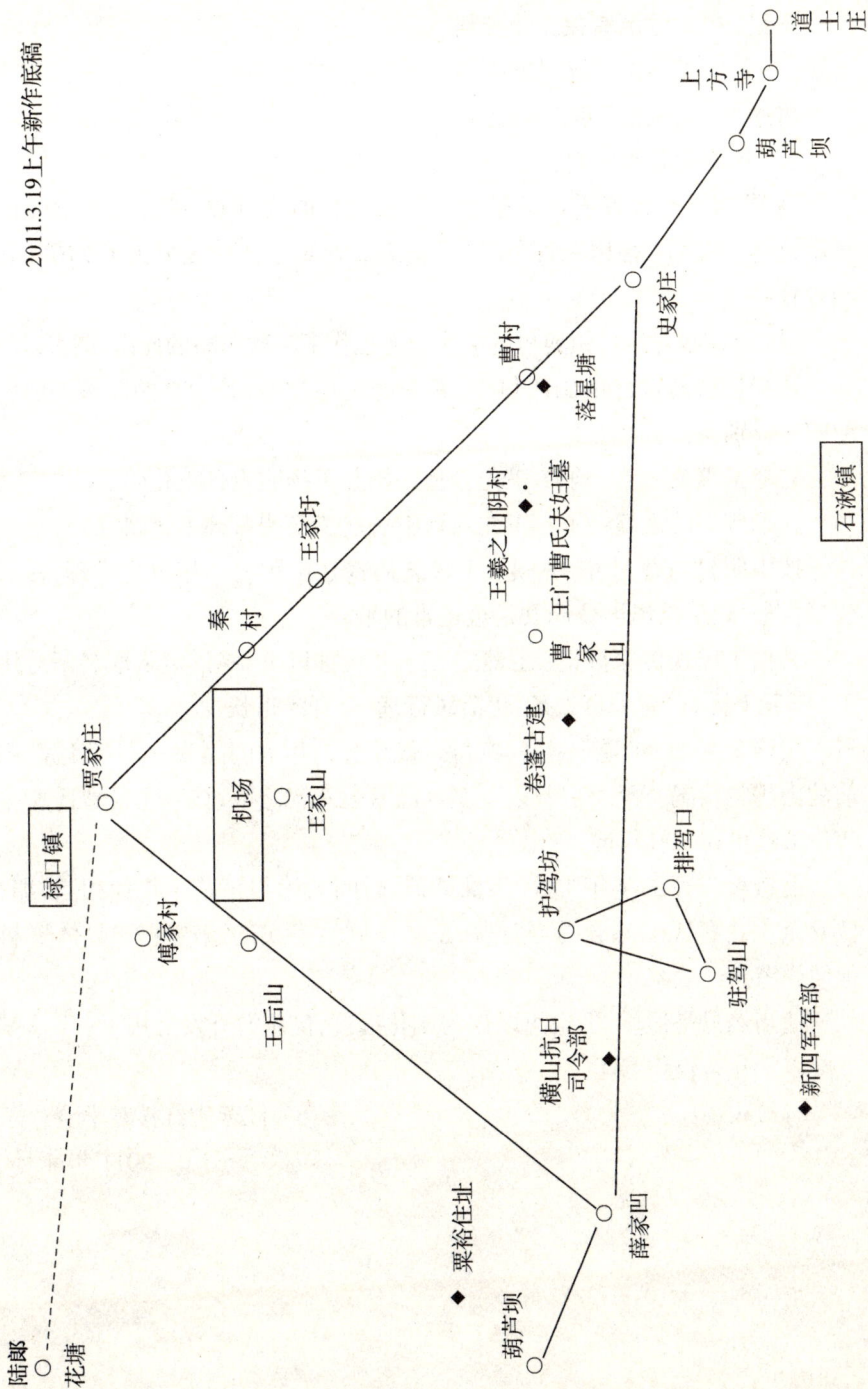

2011.3.19上午新作底稿

禄口镇

石湫镇

机场

道士庄

上方寺

葫芦坝

史家庄

曹村

落星塘

王家圩

秦村

贾家庄

王羲之山阴村

王门曹氏夫妇墓

曹家山

卷蓬古建

排驾口

护驾坊

驻驾山

王家山

傅家村

王后山

横山抗日司令部

粟裕住址

葫芦坝

薛家凹

新四军军部

陆郎

花塘

附记：禄口地区有关文化资料

一、民间文学：《曹光志的传说》（网上点击）

讲述人：王化银（铜山文化站站长）

二、历史记载等资料：

《红楼梦》作者曹雪芹家祖上在南京为官四代近60年，在江宁有田产；现藏南京博物院的"香林寺庙产碑"还记载着曹家曾在秣陵关买了270亩田施舍给香林寺。

三、近期我对禄口镇曹村的文化积淀也作了一次粗略的探访、调查，发现：

在禄口曹村社区的山阴村中，有一处土墓葬群，其中有两座墓，并列，其墓前碑文分别为：

先考王惠荣之墓　子　王先六孙王扬起王扬明重孙王化路

先妣曹　氏之墓　子　王先六孙王扬起王扬明重孙王化路

按山阴村与曹村并在一起，王羲之后裔住山阴村。按事之常理，古时，王、曹二村相邻，王氏男娶曹氏女是很正常的事。

又据王氏现传家谱记：王羲之三十九代孙以下，修谱定下取名辈分用字如下：廷元上彦直 亮采惠先扬 化洽风行远 云开泽甫长。

按该墓主是为"惠"字辈，按每一代辈分的年岁间隔为三十年计算，则到目前的山阴村状况，"惠"字辈以下至今已有七八代之隔，该墓主及曹氏所生活的年代大略可在200年前。

而按曹雪芹的卒年1763年推算，其时间大约与该墓主年代相当，那么，这位女墓主之曹氏会不会是当时曹、王二氏联姻事实的遗迹呢？（具体资料待时得便详考。）

这当然只是假设，但也可以作为文化痕迹，供旅游开发之用了。

以上建言仅供参考。

江苏省红楼梦学会　王克正

2011年4月29日

与江宁区委区政府派来的文广局、旅游局干部谈话提纲

经济的持续、稳定、高速、优质的发展、增长,最终是要靠深厚的文化底蕴的。我们江宁是五郊县中第一强的工业经济区,但是,文化底蕴的开掘利用尚有巨大空间。

一、以文化、文学为主导元素的产业开发在外界各地的状况简说

○浙江绍兴的鲁迅文化元素产业;

○西安的汉唐历史、文化的旅游开发产业:大唐芙蓉园:"长恨歌"作秀歌舞表演……

○杭州"宋城"——世界三大名秀之一的文化产业;

○外国的如英国莎士比亚文化节;丹麦安徒生文化节;西欧的奔牛节、愚人节、啤酒节……

○上海与《红楼梦》毫无内在联系,却办了个"定山湖大观园"——成为4A级景区,举办了多次"红楼梦"文化节;现在国家又批建迪士尼科技文化游乐园。

二、南京

包括城中、江宁、六合都蕴含着丰厚的《红楼梦》文化元素,但却迟迟没有开发利用。

《红楼梦》不仅仅是一本小说,更是可以开发成产业、具有巨大的社会效益、经济效益的百科全书式的中华文化矿藏。比如:

○旅游观光:大观园,红楼庄苑,贾府宁荣一条古建街……

○红楼佳肴、美酒、蔬菜、瓜果、花卉、米粮……服装、首饰、工艺品……的商品消费。

○红楼产品的生产、养殖、深加工企业的创建。

——这些都是对《红楼梦》的很好的利用。

三、开发红楼梦文化产业的意义

提升江宁档次，增加经济收益，扩展第三产业从业人数；把传统的农业提升转型。

四、江宁的《红楼梦》文化元素资料

曹家档案、实物留存（香林寺碑）、陆郎花塘及禄口地方的民间传说、神秘的红楼地名圈……如此，足以供我们今日开发利用了。

江宁创建红楼梦贾、史、王、薛四大家族庄苑旅游开发项目详述

旅游产品项目

创意亮点在于：在游客的游览中，处处发生着当年的红楼人物故事。游人在一部活着的红楼梦书卷之中行走。

一、红楼庄苑四大府第家院游览

——以江宁区域的曹村、贾家村、史家庄、王家村、薛家凹为基点，造建各具特色的古建庄院，明清风格；形成江南小镇、水乡码头——充分利用江南山水地貌；有真山则依真山，有遗迹则复遗踪，有流水则设舟桥，有池塘则用池塘；小山磴道，小镇商埠，路亭牌楼……

——四家庄苑连通的青条石路道上：人轿、驴马、骡车、牛橇……

——河水风帆、竹筏、渔乐项目游戏……

——途中驻足，春看桃林、杏花、樱花，秋尝梨栗瓜果……

○举办春花十二钗吟诵会、惜春书画会……

○游客着装——演绎黛玉葬花……故事。

○游客着装——演绎风筝会……

二、烈马奔腾：玩八百里加急

○骑马射箭狩猎游，游客驾车赶驴游……

○引进名种汗血马、马术园。宝玉贾兰骑射游乐项目。

○演绎平安州柳湘莲武打流贼救薛蟠故事。

——随时停脚用餐：刘姥姥水饺、乡村土菜……红楼小吃……

○看二丫头纺车纺纱演示。

三、红楼品牌花卉苑游观

七彩花卉——红楼品牌——馈赠礼品：探春玫瑰，黛玉粉莲、黛玉水仙，宝钗牡丹，湘云海棠，宝琴红梅……

——驻足赏花银杏庵

○游客着装：欣赏、演绎宝玉、妙玉折梅,暗相恋故事……

○游客着装：演绎参与玩"香菱斗草"故事。

○游客着装：教学淑女,插花艺……

○演绎大观园女郎祭花神活动。

○举办四季咏花唱花赛事活动。

四、红楼瓜菜、果木苑

○刘姥姥卖瓜果、鲜干野菜：灰条菜、葫芦条、老倭瓜……

○游客自行采果乐。

○春赏桃红梨白,夏作荫凉避暑,秋尝佳果美味,冬……

○红楼美食：品尝荷叶羹,开发百花宴……

五、中华传统农业耕作文化体验游

——千亩御种红稻米、碧粳米、五谷杂粮。

○游客互动,参与、参观春耕（牛耕牛耙……）、夏耘、秋收、冬藏活动；脚踏车水、赶牛、拉碾、连枷传统劳作演绎。

○秧歌、山歌、脚踏水车歌、歌手赛

——百亩茶山、游客进馆品茗。

○游客参与采茶。

○演绎体验红楼人物饮茶故事——妙玉、宝玉、黛玉、宝钗栊翠庵饮茶戏。

○演绎乌进孝进贡宁国府银两、米粮场面故事——懂得历史,懂得生活的经济货殖。

文化产品项目

在红楼庄苑这个绿色天幕、七彩花卉、香甜鲜果的大舞台上举办各项文化活动。

一、情感文化活动

《红楼梦》是"大旨谈情"的著作,情感文化内容丰富,可以开发,形成产业项目。

——举办四季情侣节：金婚节、银婚节；歌舞、宴饮……

○承办喜礼大宴。

○把《非诚勿扰》节目搬到这个大舞台上来。

○演绎元妃省亲大典。

○宝钗、黛玉助情人：宝玉应制作诗的故事。

○演绎探春远嫁故事。

○举办红楼美丽文化活动。

○红楼选美大赛——红楼服饰展示、时装发布——金陵歌舞大赛。

○红楼工艺品展销。

二、红楼宗教文化游观

○演示贾府老太太来到郊外清虚观打醮的故事场面。

○演示张道士布施金麒给宝玉(及宝钗、黛玉各人物)的故事。

○宗教慈善活动——救助、捐赠、放生……

三、自然形成红楼影视(拍摄)城

此地的有利条件:春夏秋冬四季分明,春花秋月、骄阳冬雪样样俱全。这将是任何一个出品人、导演所看中的外景内景地。

○演绎女先儿、评话说唱。

○戏曲演艺。

○书画展览。

物质产品生产项目

一、农植产品、养殖产品

1. 生产刘姥姥品牌的瓜果、蔬菜,时下人们讲究的是水果、时鲜、绿色、环保、保健、养颜。建造野、鲜生产基地。建造保鲜、干储、深加工企业

○大观园厨房:烹饪时鲜、品尝、教练、大赛活动。

2. 生产金陵十二钗花卉:

花卉企业处处皆有,情感红楼文化品牌独此一家。

○举办春夏秋冬四季红楼赏花、吟花、画花大赛。

3. 生产(大面积)胭脂米、碧粳米,文本中有叙,史料上有载:所谓御种红稻米,红楼贡品米;内销、出口——名品牌,高价位。(申请科研立项:彩色、营养、产量)

当红楼品牌的御种红稻米能进入平常百姓家的餐桌,那么,我们国民的生活幸福指数将有大幅度的提高。

大米主粮,永远是生活指数的主干指标。

而乌进孝进贡的北方米粮、五谷杂粮,更具当代人追逐的条件。

○春耕春播、夏耘、秋收、冬藏之四季中的农耕文明在大田中的活动在前文已述。但我们可以对其传统的劳作方式方法,作为一种教育课程,在田庄、渠

头、花圃、菜地实地操作,讲解——这尤其是对青少年的素质教育之必须:民以食为天;春种一粒粟;粒粒皆辛苦……

4. 生产乌进孝品牌的特种禽、畜、水产品。

建成红楼庄苑的养殖基地。所产首先供应游客食宴之需。

二、农产品深加工企业的建立

如花卉——提炼香精、花油,如玫瑰油、桂花油等化妆品;

食品添加"绿色品牌"。

三、红楼工艺品生产

作坊、加工厂、企业——手工制作是劳动密集型企业。

○如花艺制作、瓷泥制作,是可以引入游客参与的活动。

举凡,云锦、布艺、纸、花卉、雨花石、石雕、木雕、葫芦、糖画、面人……均可在红楼庄苑长街上立足谋生,开拓民间小商品产业的大世界。

红楼庄苑文化旅游的新格局、新理念

这是一个旅游独特创意项目——享受"红楼"文化,消费"红楼"产品,打破传统的形式、格局——打破以集中一处的单元建筑为游览主体,冲破独立封闭的庭院程式。

红楼庄苑游是全新的开放型整体格局形式:大自然、大格局、大面积、大系统工程。

一派明清古道、山坡、小桥,通车四家村
一律马帮、骡车、牛羊、山鸡,结伴阡陌行 } 以 10 公里计,千亩地计。

红楼贾史王薛四家庄苑,如四颗明珠掩映在万紫千红花香之中,沉醉在千亩稻田、百亩茶山果林之间。

路通到哪村,哪村就热闹;船划经某桥,某桥就是景点;车行到何处,何处就有消费。整个工程是一个系统工程:游人、居民、从业人员;庄苑宅院、小镇街道,大面积产业化,鲜花蔬果、稻谷科学合理布局。

一次游苑成一次与大自然的亲密拥抱。

让一帮游客在红楼历史社会的画卷里做一回剧中人。

这才能收获瑰丽的中华文化宝典的闪光效应和巨大的旅游经济效益。

南京的旅游之所以没有强烈震撼力,就是缺少旗舰、大景园。

投资论证:可行性概率、效益预测(略)。

江宁优势——充裕的建设用地。这一点正是市区内的瓶颈。

项目特色：第三产业、文化旅游与农业科技、手工、企业紧密结合。

产业链的延伸拉长，从业人员，就业空间——产业结构。

安置拆迁居民房

1. 家家住在一条街，保有一间门面店。

2. 保住当地老户村民、人文、文化之原脉、原根。

省市的总体布局对江宁的厚望——当前，国际经济危机，而对于中国正是大力进行基础建设（包括文化旅游项目设施）、扩大内需之极佳良机。

这一巨大系统工程绝非仅仅文化界红学界所能胜任的，以红楼梦文化为依托、以产业经济为思想指导、以弘扬中华文化为宗旨的规划，旅游、轻工、农业科技、建筑、绿化……各个部门通力合组综合顾问，方可圆满。

——《红楼梦》是"大百科全书"，其中的任何一项文化内容都可以开发出来。

在红楼文化苑地上的游览休闲，可以"充分的演绎、长久的复制"——它是永不枯竭的可再生资源。可以保证：

园中每天有节目，花傍树下处处有景观，时时有活动——可以极大地调动世界游客、普通民众的消费因素。是投资家的传世金库，也是张扬人性之美，弘扬"红楼"文化的大舞台、大屏幕。

江宁红楼梦贾史王薛四大庄苑不予抓紧，更待何时？

2011 年 8 月 2 日

关于江宁禄口、陆郎地区开发贾史王薛四大家族"红楼庄苑"若干细节

一、大格局理念、特异型布局

红楼文化旅游产业工程是一项大体系工程，要求大格局布局。必须在这个大区域内，用足够的大面积，以大自然为背景，来规划实施方案。

打破传统的"圈一块地，围一堵墙"的生硬分割、封闭的陈旧理念。

1."大格局"概念

1）江宁"红楼庄苑"要有若干平方公里政府规划的产业面积。

比如：2 000亩"御种红稻米、碧粳米、五谷"；

　　　1 000亩"刘姥姥"品牌蔬、果；

　　　1 000亩"金陵十二钗花卉"；

　　　特种养殖、加工区企业用地。

2）只有如此之大规模，才能形成品牌效应，才能形成旅游日常消费的生产、消费服务产业，才能较大程度地接纳那些只具有一般性技能的待岗群体的就业。（如韩国泡菜、涪陵榨菜都能形成产业，成为全民性或地方性的普遍型产业。）

2.特殊的布局规划要求

三足归心、三线分割、三片产区、三路连通、三条老街。如图所示：

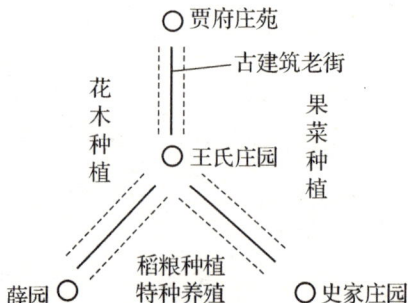

①○————○　四庄苑距离每条路长2 500米以上；

②〇═══════〇　古建老街每条路宽 30 米左右；

③行道分为步行人道，马车畜道，奔马御道，三行并列；

④道傍河流——舟行水道。

3. 道路街道特色

①四庄三条通道：青石板条铺路；

②四庄三条老街：明清建筑；

③商铺经营：红楼文化、应用、消费；

④其间点缀小桥、路亭、碑石、庙宇；

⑤车、马、牛、驴、舟楫，步行或环保车。

4. 产业特色：传统农耕文化

①初级生产：鲜果、干菜、鲜肉、水产、水稻、杂粮……

②高级加工，如桂花冈、玫瑰油、茉莉露，以及卤、腊、风干食品加工。

5. 产业带的划分

以三条道路为轴线，呈条状、带状分布：

①近路为生态种植：分花、果、蔬、粮……为第一产业带；

②次近路为加工作坊、企业用地，为第二带；

③最远路线为高大乔木风景防风绿化带，之外，才是商品房建筑、工业园区。

6. 四大庄苑建筑特色、观光亮点

①贾府庄苑——金碧堂为主建筑

②王府庄苑——玉璧楼为主建筑

③薛府庄苑——白银殿为主建筑

④史府庄苑——枕霞阁为主建筑（雕木镶嵌水晶楼）

依据《红楼梦》中对贾府在城外有田庄之描述作补充。

7. 消费内容

①文化消费：各种文化活动。

②红楼庄园的生鲜消费。

③红楼庄苑三条街上的消费：餐饮消费；购物消费：工艺品、服饰、旅馆。

8. 形成四大庄苑各具特色的居民群体专业村

藏技于民，藏富于民，藏文于民。

9. 规划、操作及先期的宣传工作

建议政府召开一次高级别的红楼文化旅游产业研讨会。从规划开始，即经各方专家（红学、旅游、文史、规划、企业家）组成的顾问组参与。严重吸取"大行宫江宁织造博物馆"的"无'红'顾问"的规划——设计的教训！

10. 目标追求

①弘扬"红楼"文化；

②增加就业；

③打造新型旅游龙头产业。

二、完整意义上的"红楼文化"旅游产品

《红楼梦》文化是涵盖百科的。我们提出"完整意义上的'红楼文化'旅游产品"是针对京、沪等地只有一个孤零零的"大观园"——他们没有深刻而正确地理解《红楼梦》；没有回答"从哪里来"的"太虚幻境"；"归何处去"的"红楼庄苑"。因而，那是残缺的"红楼文化"，是没有充分满足游客需求的旅游产品，是未能充分开发《红楼梦》的内涵宝藏——经济含量。

所以，我们南京江宁，既有其构筑贾府被抄家后（曹家被治罪后）又回到城外乡下过着乡间农村性质的田园生活之"红楼庄苑"的文档、史据的资料，又有丰富的民间传说、乡野资料，这是何等充足、丰富的开发宝藏资源呀！

《红楼梦》是一部写了大清王朝之落日景况的文史。全书写了从繁盛走向衰落的过程，书中"护官符"明确注说"贾家、王家、史家、薛家"四大家庭，皆联络有亲，所以，"一荣俱荣，一损俱损"。"红楼庄苑"也必须是"四大庄园"齐全的旅游景区。

贾府庄苑——贾政……贾宝玉

史侯庄苑——史老太君……史湘云

王族庄苑——王夫人……王熙凤

薛家庄苑——薛姨妈……薛宝钗

——庄苑，都是这些皇亲贵戚在他们家族鼎盛时期置办下来的。《红楼梦》第十三回秦可卿托梦给凤姐说：

"如今咱们家赫赫扬扬，已将百载，一日倘或乐极悲生，若应了那句'树倒猢狲散'的俗语，岂不虚称了一世的诗书旧族了！……否极泰来，荣辱自古周而复始……但如今能于荣时筹划下将来衰时的世业，亦可谓常保永全也……莫若依我定见，趁今日富贵，将祖茔附近多置田庄房舍地亩，以备……便是有了罪，凡物可入官，这祭祀产业连官也不入的。便败落下来，子孙回家读书务农，也有个退步，祭祀又可永继……"

不仅是四大家如此,即便是薛家的媳妇、薛老大的老婆夏金桂,她家号称桂花夏家。七十九回有文曰:"他家本姓夏,非常的富贵,其余田地不用说,单有几十顷地种桂花,凡这长安城中桂花局俱是他家的,连宫里一应陈设盆景亦是他家贡奉。"所以我估计:这家也是于富贵时在乡下置了田地庄园的。

——后来,不幸被言中:无论是贾史王薛家还是作者曹雪芹自己家,果然"有罪、败落、入官"了——终于,又回到了农村,过上了与刘姥姥那样乡下农人贫困的生活。

结束语

对于作为十朝都会、大都市南京的重要之区江宁而言,处在当今盛世之机,在国家政策大力调整产业结构,把旅游产业作为重点产业之一的经济发展的背景之下,我们所要兴建的是江宁织造之曹氏人的文化巨著红楼梦文化旅游——红楼大产业——绝不是那种小手小脚,划一块 1 000 米 × 1 000 米的方框围墙之内造个木乃伊式的所谓游览观光景点,我们要么不搞,要搞就要搞大格式、大自然、大规划、大产业的专题文化——江苏南京籍贯的《红楼梦》之"三大板块":红楼文化旅游项目:六合——太虚幻境;随园——金陵大观园;江宁——"红楼庄苑"。就江宁贾史王薛四大家族红楼庄苑而言,势必需要开拓若干平方公里的大产业区域!这才是适应形势的、符合经济发展科学规律的举措。

只有如此的大规模,才能形成大规模品牌效应,才能显示产业结构转移——在大力推进南京科技软件外包服务产业之外而显著显示另一种日常旅游消费服务产业。这才能较大程度地接纳"一般性技能的待岗群体"就业,而显示其效应。也只有如此,才能成为我们这一代人为祖国、为中华民族给后世留下一份永垂于历史的世界文化遗产。而更有意思的是:江宁率先逐鹿红楼三大板块之一——"红楼庄苑"项目,这就必然激起六合的"太虚幻境"、五台山"随园旧址·金陵大观园"后发情绪,急起而直追江宁,乃至全面完成"红楼梦"旅游三大板块的文化丰碑工程——若能如此,不也是我们江宁人的过人胆识、先机捷足、值得自豪的地方吗!

红楼故事(江宁)曹上村

　　2005 年 3 月 23 日《金陵晚报》载文介绍江宁陆郎有一个神秘的红楼地名圈。作为南京人，自然对此有极大的兴趣。凭着对《红楼梦》的初步探究，立即有所触动。感觉到这里的地名及一些很有趣的村民传说与《红楼梦》的内容有着极为深厚的关联。

　　关于"红楼"作者曹雪芹祖上在江宁有地产的说法，应该是没有问题的。既有田产，便有庄园房舍，以为管理人员的居所。这在《红楼梦》第十三回文中秦氏托梦给凤姐说得明白。秦氏道：……"莫若依我定见，趁今日富贵，将祖茔附近多置田庄房舍地亩，以备祭祀，供给之费皆出自此处，将家塾亦设于此。合同族中长幼，大家定了则例，日后按房掌管这一年的地亩、钱粮、祭祀、供给之事。……便是有了罪，凡物可入官，这祭祀产业连官也不入的。便败落下来，子孙回家读书务农，也有个退步，祭祀又可永继。"

　　（另外，在第十五回中还有一段明确记载有关秦氏停灵的铁槛寺的文字：原来这铁槛寺，是宁、荣二公当日修造。其中阴阳两宅俱已预备妥帖，好为送灵人口寄居。不想如今后辈人口繁盛，其中贫富不一，或性情参商：有那家业艰难安分的，便在这里住了。有那尚排场有权势的，只说这里不方便，一定另外或村庄或尼庵寻个下处，为事毕宴退之所。）

　　——如此看来，当初富贵的曹家，或败落之后的曹家，在城外家庙、祖茔附近的村庄、尼庵之间流布有族中子孙，果真是有来历的。《红楼梦》这部带有作者极浓的家世影子的小说，其中的内容对于今天的陆郎乡花塘曹上村周遭的这么多的红楼文化信息不是非常精妙的注释吗？

　　我们首先把这一基础性的规定说清。以下，再看书中其他的内容是否与此地的风物地理，野人传说也相关牵联。

　　据该文报道，此地有两棵古老的白果树，村民传说是宝玉与妙玉二人的化身。这就更有意思了，也更让笔者惊异称奇了——因为这与书中故事宝、妙二玉隐秘而深厚的恋情完全吻合。

读"红楼"的人稍加留意就会知道宝、妙二玉的暧昧关系的。(妙玉的生命生活大纲《红楼梦曲·世难容》中的那句词"又何须王孙公子叹无缘"其"王孙公子"实质上就是指的宝玉。)他们两个的暗恋故事在栊翠庵品茶中表现得最透彻。那天妙玉一时忘情,失于检点,竟然在黛玉、宝钗两人的面上"仍拿前番自己常日吃茶的那只绿玉斗来斟与宝玉"。大家可以想一想,妙玉是那么高洁孤僻的人,她怎么会拿自己日常所用的杯子斟茶来招待一个异性呢? ——答案是:一个女的心爱那个男性,还嫌啥? 而且是"仍拿",可见是宝玉时常来玩,每次她都是用自己的茶杯侍候茶友,授受不亲,彼此不分,亲密无间了,而更能说明这其中暗恋的意思的是在吃茶之后的形状:

妙玉正色道:"你这遭吃的茶是托她两个福,独你来了,我是不给的。"

——这就一语而露马脚了:这是多大的事? 还要"正色"地声明! 其实,这个"正色"是做给另外两个女人看的,这话实在是故意说给那两个女人听的,尤其是说给林黛玉听的。真是此地无银三百两。

可见,妙玉与宝玉的恋情是十分浓重的,所以,后来宝玉在《访妙玉乞红梅》这首诗里更明朗、深刻地表达了这份情意。诗中说:"酒未开樽句未裁,寻春问腊到蓬莱"——急急地到蓬莱仙境栊翠庵来寻春问腊了;"不求大士瓶中露,为乞嫦娥槛外梅"——又追忆了上一次的吃茶、品茗梅花雪,表明今次又来向妙玉讨要红梅花了;折了妙玉的紫云梅花之后,宝玉在诗的最后说:"槎枒谁惜诗肩瘦?"——谁怜惜我这多愁多病、善感善情、身形瘦削的诗人? 是"身上犹沾佛院苔"的妙玉君你呀。

八句小诗有六句是直接说的妙玉——可见宝、妙二玉的情缘瓜葛有多深! 同时可见这个带发修行、留着世俗情丝的妙姑,爱欲是多么浓重!

而这些生活形景,会不会是曹家城里的大观园和城外的庄园里的人,全家都知道家里的这位小公子与家庙里的妙玉小姐的"婚外情"而代代相传呢? 难怪直到今天,曹上村的乡民们仍然热情着这么美丽的传说了。

现在,这两株大银杏,理应被政府挂牌作为文物古树名木加以保护。而且其价值已经远远超出"名木"之"古",更加增加了有关巨著的文学艺术性的含金量。

假如说,当地人说这二株白果树一是宝玉,一是黛玉或宝钗,那么,这种假倒容易造得出来,假得颇地道;而现在,村民们却只传宝、妙二玉的传说,如果不是曹氏后裔代代口传,那至少也应该在花塘村里曾出现过一个深刻理解《红楼梦》的古人红学家。——因而可以反证:宝、妙二玉雌雄银杏树,真是当年故人今古事的活化石呀!

　　总之，有着这么个传说的花塘两株古银杏，此地与红楼就结下了深厚的缘分，这里就毫不含糊地贴上了"红楼"标签了。

　　在此地以树木与红楼结缘的还有一种树值得提出来，这就是栗子树。

　　翻开江宁地图，在花塘下方咫尺之处有一村庄名为"栗树"，这里面有着更加深隐的内在联系。"栗树"，谅必此村过去或现在必当有此树木。如杨柳村以杨柳得名，柏树村以松柏命名村落。但柏树与杨柳在南京均为常见树木，家前屋后、山坡庙宇间绝不少见。而栗子树，虽然在南京也可以存活，但是，此树应是南京地方的"稀客"，而正是这一南京地区并非普及寻常之树，《红楼梦》中却特别提到了它。并且，在此树身上隐藏着有关书中的另一重要人物史湘云的重大故事。书中第三十七回故事：

　　原来，宝玉这一天特意给湘云送去几样礼物。其中有一味家里做的甜品小吃，是"桂花糖蒸新栗粉糕"。

　　栗子果实磨成粉，加糖加桂花卤，蒸成糕，送与史湘云尝新。栗子，取谐音，寓意"立子"；桂花，中国名贵花木，以之为配料制作糕点尤为香甜。这是未来的新郎官宝玉给新娘子湘云送来"立子"糕，"贵子高升"糕了。

　　——所以，这个"栗树"村的栗树，真给我们帮了大忙了。

　　当年，宝玉与湘云最终有了他们的金（麒麟）、（通灵）玉的姻缘故事，作者竟有取之于自家苑囿里的果木——栗树作素材。有生活，才有文章，有文章，必有生活，这不正是现实主义作品《红楼梦》与栗树村的生活现实的互相映照吗？

　　（若问宝玉、湘云二人婚后生活是在什么样的环境背景中，当然不会是在已被抄家没收了的"织造府大观园"，那么会不会是在郊外祖茔附近的家学、田庄呢？这些都是极易令人想入非非的话题。）

　　要说这是他人、后人的造假、附会，恐怕绝不容易拿并不常见的生活物事、在本地很为稀客的栗树作素材，与深为世人所难透视的书中深藏不露的宝、湘结合、情感礼品以"桂花栗子糕"作纽带、桥梁的吧。

　　总之，这个"栗树"，今天可算是花塘的又一位铁证当事人，来庭证陆郎花塘曹上村与《红楼梦》之间解不开的风流孽债了。

　　更为离奇巧合的地名还有。我们注意到，在该地域圈之内有两个以"和尚"命名的庄子：一个是花塘西南向的三溪庙附近的"和尚庄"，另一个是位于东北角鸡笼山下的"小和尚庄"。

　　在同一地域范围内且相距并不甚远，有这么两个重名的村子，这不由令人浮想联翩,这与红楼书中所写的贾宝玉两次当和尚的事有关涉吗?

宝玉第一次当和尚是在与宝钗婚后,这是对无爱婚姻的逃避,是对于亲口向林黛玉的表白"你死了,我去当和尚"的践诺;而第二次当和尚是因为新妇史湘云"展眼吊斜晖,湘江水逝楚云飞""终久是云散高唐,水涸湘江",宝玉他被人生中的三次情感的挫折彻底杀伤,他简直受不了了,心灰意冷。这一次的惨痛令他彻底悟空,去鸡笼山或是什么山的庙中去再做和尚吧!这真正是应了当时林黛玉的谶言——第三十一回:宝玉说,你死了我去作和尚,林黛玉将两个指头一伸,抿嘴笑道:"作了两个和尚了,我从今以后都记着你作和尚的遭数儿。"

——关于贾宝玉做两回和尚的情节,因后文佚失,永无对证。这又是一个红楼内容隐藏极深的谜。而在这里,在陆郎的红楼地名圈中,两处和尚村恰巧给予了诠注。我们不禁在想;这究竟是作者曹雪芹因自家庄园附近原就有的二处和尚庄给予了他创作启示,抑或是他的生活原状确实如此因而有了后人对红楼故事的附会而有两个和尚庄的呢? 二者必居其一。

总之,不管是哪一种情况,在陆郎花塘,这么多的红楼文化信息已足以让这块地盘深具文化经济开发的价值了! 也许不久,这里将有一个"红楼梦贾史王薛大庄苑"的大观所在出现哩! 那参观门票,定价颇为不菲。

2005 年 6 月 2 日

"2008年陆郎花塘红楼文化工程"大会发言

今天，就有关江苏南京的红楼梦文化产业的策划开发，提出一些不成熟的看法，敬望各位领导和各方专家赐教。

江苏省红学会在2006年双沟年会上正式提出了"红楼文化与江苏企业经济"这一主题。这为"红学"这一学科的文化学术活动与经济建设融合，开启了一条全新的正确的路子。可以说这是在红学会何永康教授的主持下，对江苏红学具有开创性、里程碑意义的举措。近几年，沿着这条红线一路走来，缘于此，我个人也向政府领导提出若干建议，这就是《整合奥运会——大运河——红楼梦——上海世博会各项资源》的建言等。

红楼梦文化经济产业的开发有多个系统，今天着重谈两个。

第一，就是京杭大运河江苏段的红楼文化开发的纵向系统。

在此系统中的简图上，标明了大运河沿线八市区，它们与《红楼梦》的关涉及可开发内容。

这一策划构想无论在红楼文本还是史迹资料的根据上，都是充分的。

"策划"对《红楼梦》的文化内容的广阔的地域涵盖性作了明晰的提示。

也为大运河申遗对其深厚的文化积淀的发掘，除人文历史、经济运营之外，又注入了另一文学艺术巨著的巨大含金量。

更为开发利用这一东方文化遗产、文化研究、旅游观光、第三产业的建树，展示了其可操作性，提出了具体的工程指向。

第二，是南京地区的"红楼产业"三大版块系统。以下分别简述：其一，城中版块，城市随园旧址造金陵大观园；其二，六合版块，造太虚幻境。

现在，略为详细地说说江宁版块的策划方案。

但叙述之前，我们有必要对此加以学术论证，并廓清一些认识上的问题。

关于江宁地区的曹（贾）、史、王、薛地名圈，早年已经有多位专家的论述，如高国藩教授、童力群教授。而我本人则在《红楼梦》文本内容与该地区的村名及其民间传说上的对应吻合这一角度上加以探讨，我有《红楼故事曹上村》

一文专为论证。该文主要内容有如下几点：

1. 第十三回秦氏出殡的故事给予史料（曹家在江宁有田产）以强劲的支持、生动的演绎。

2. 此地的两株雌雄白果树，村人传称分别是贾宝玉和妙玉——这一传说对书中的宝、妙暗恋故事起着深刻的印证作用。

3. 在这一地区中有一自然村落叫"栗树"，这更与书中深隐不露的宝湘最终结合有着深切关联。

4. 在此地域有两处重名的村庄，即三溪庙附近的"和尚庄"和鸡笼山下的"小和尚庄"，这似可看成贾宝玉后来两次做和尚，有着"生活与创作"、"创作与生活"的相互作用的内在联系之意等等。

但是，我们唯恐仅有如此的具体论证尚不足以纠正人们在认识上的某些偏颇糊涂这一本质性的问题。在此，我想以下面的说法，提请文化界、红学界等方面的朋友注意：

今天在座的大家都是《红楼梦》的"来宾"，对吧！那么，无疑，我们都得听《红楼梦》的，对吧！请翻开第五十一回看——

众人闻得宝琴将素习所经过各省内的古迹，作了十首怀古绝句。众人看了都称奇道妙，（唯）宝钗先说道："前八首都是史鉴上有据的，后二首（指《梅花观怀古》《蒲东寺怀古》）却无考；我们也不大懂得，不如另作两首为是。"黛玉忙拦道："这宝姐姐也忒胶柱鼓瑟，矫揉造作了。这两首虽于史鉴上无考……难道咱们连两本戏也没见过不成？……"探春道："这话正是了。"李纨又道："况且她原走到这个地方的。这两件事虽无考，古往今来，以讹传讹，好事者竟故意的弄出这古迹来以愚人。比如那年上京的时节，便是关夫子的坟，倒见了三四处。……自然是后来人敬爱他生前为人……无考的古迹更多。……这竟无妨，只管留着。"

太好了，就这小小一段文字，透露了多少大信息、大理论，给了我们考证古迹、营造新观以强大的理论支持——原来古人中就有"真假、新旧"古迹之争，原来黛玉、探春、李纨这帮古人都接受并无史鉴的假古迹。面对这一事实不是大有意趣吗？

就江宁地区，营建"红楼梦"旅游景观的这一具体方案而言，不必说已经有了如此诸多的论据，即仅以"听曹雪芹的话"就是足够的理由。现在我们要自问：

在薛宝琴时代已经有了她的古人，据《会真记》《牡丹亭》两部文学作品，弄出许多无考古迹，而今天的我们为什么不能据《红楼梦》弄出将来的古迹呢？

作者为何要让这些人议论这一话题呢？应该是先贤曹雪芹他谦逊大雅，他当然不会明着直说，叫他的后人依据《红楼梦》来营造胜迹，老先生只是借题发挥，旁敲侧击，点到为止。现在的问题是：

古人已为今人作了这么多有考或无考的古迹，这是他们的文化功绩，而作为今人的我们为未来的子孙后代将留下哪些真迹古董呢？

昨天的生活就是今天的历史，今日的新建将是明日的古迹，我以为，这才是我们应该秉持的历史辩证古迹观。

好了，行文至此，疑义既已廓清，开始言归正传——关于江宁的红楼文化产业的开发策划简述如下：

1. 对于陆郎的小范围内的贾史王薛村庄与江宁大版块的四姓村庄的关系问题，其史料根据：曹家有八处庄园。所以其庄园完全可以在或远或近的两处地方。

其文本根据：第十五回：后辈人口繁盛，因贫富不一，或性情参商，各分住处。——"陆郎"住处与"禄口"住处之分又有何不可呢？

2. 关于红楼工程的选址说明：在若干红楼工程板块中，六合太虚幻境和江宁红楼庄苑的开发空间是充分的。但城中大观园的建设用地就颇费斟酌了。

原则：尽量靠近江宁织造府。

首选地段：南京市第九中学座下

次选地段：原汉府街车站。——此地是最后一块适宜造建大观园的地块了。

汉府街与现复建的织造府相距千米，但《红楼梦》可以把两地连接起来——开造地下隧道：可演绎"红楼梦十二支曲"，经历情海迷津之景。

面积要求：20万平方米

舍不得投入大面积地块，只造一"小观园"，则无法充分展开园内诸景布局，这将是对顾客需求的大打折扣，对消费商品的偷工减料，最终结果是含金量——收益率的降低。

这是有"人均GDP与投资额匹配率"为理论根据的。

3. 最后提醒一下，关于科学规划、工程设计和专家顾问的责任问题。

1）红学工程的特殊性：深奥、复杂、专门。

2）专家顾问的学术责任：把关、当仁不让（如新建的江宁织造府的设计建造就有了问题）。

当前,世界经济衰退,中华一枝独秀。国家预算巨额投资四万亿拉动基建内需,其中文化设施投资也在其列,这正是千载难逢之机,正是我们江苏文化界、旅游界,尤其是红学界建园立业之际。旅游产业是朝阳产业,我们当然更不能失此良机,过了这个村就没了这个店。江苏不把红楼梦文化做好,还叫什么"文化大省"。而"红楼梦"也绝不仅仅是纸上文章、一本专著之谓了。这一文化工程,将是我们留给后代、留给历史文化名城、留给江苏大地的一个"明珠规划","金玉文化"、"赢利产业"、"功德工程"。

各个部门,举凡文史、规划、宣传、媒体（做一档红楼文化工程推介的节目,如"赢在中国,发在江苏",做一档极高创意、极有影响力的节目）、建筑、旅游、生产、经营各家通力合作,一定要把红楼文化产业尽快尽美地做出来。我们大家努力吧!

2008 年 12 月 21 日

草根农民要办文化大餐

——花塘红楼梦景区工程述评

2008 年 12 月南京江宁花塘人成立了"花塘农民红楼梦读书会"，举办了一场开天辟地以来草根百姓、平常农夫玩文化大学问的热烈活动。一时间，引得百鸟和鸣、万花献彩。而究其实，他们的热切目的是：搭红楼文化台，唱旅游经济戏，向世人献上一份江苏南京的文化大餐。

其实，花塘人之此举，可说是蓄势已久，早有历史根源。此地人世代相传，说他们这里是《红楼梦》的作者曹雪芹家的城外庄园家户居所——现有实证，我们这里的小王庄、史家村、薛家凹子，不就是王夫人、王熙凤的家，老祖母史太君、史湘云的家，薛姨妈、宝姐姐的家吗？你再瞧瞧：咱村的这两棵白果树，这一棵是贾宝玉的化身，那一棵是妙玉的留影——他她两个可是在暗地里深恋着哩。再有那边的栗树村——宝玉不是叫丫头给史湘云送去"桂花糖蒸栗粉糕"吗？那栗粉就是自家大观园里新结的果子作的，栗子"立子"，拿它做成了"贵子高升"糕哩！

你听听花塘人的话，有鼻有眼的！

而关于陆郎花塘地区多至好几十处的村塘地名与《红楼梦》书中文字相吻合，这一神秘现象亦引起高国藩教授、童力群教授等许多专家学者的浓厚兴趣，他们对此更有许多研究成果。

因而，花塘人自然知道：他们的这块曾经温柔富贵乡，实在是有故事、有情味的风水宝地。到了如今"发展是硬道理"的时代，这可是一堆财宝啊！既是财宝，就好好开发利用呀！

可是，一班农夫，一堆萝卜、白菜什么的，谈何高雅至极的文学巨著《红楼梦》？岂不令人哑然失笑！

不！今天的花塘人已不是百十年前的人民了。自从党的第十七次全国代表大会上，胡主席提出，社会主义文化要大发展、大繁荣，花塘人就怦然心动，坐不住了。年前 11 月,温总理在全国经济工作座谈会上,谈到关于当前的经济决策问题时指出:仅靠经验、靠少数人的智慧,不深入调查、从实际出发,仅了解本国、不了解世界,仅了解局部、不了解全局,仅知道今天、不知道昨天、不前瞻明天,是很难作出正确决策的。第一,我们必须广泛听取各方面的意见,广泛集中民智,加强政府和人民群众的沟通……这无疑又给花塘人决心开发他们家藏的文化宝典"红楼"产业提升经济,送来了一份热切的鼓励。总理说我们是"民智",多亲切,多深刻,多鼓舞!

是的,我们的党从来都是重视"民智"的。在各个历史进程的若干重大的转折点,无不是起自于农村基层的"民智"——小岗村人三十年前的"土地联产承包责任制",苏南乡村群众的"乡镇企业"的勃兴,温州人的"家庭小商品产业",今天六合赵坝人的"赵坝村村民议会"的创举,这一切哪一件不是来自最基层的"民智"——历史再一次雄辩地证明:人民群众是真正的英雄!从经济基础到上层建筑,各个领域,概莫能外。而现在又来了花塘人,他们要玩文学、用文化、创文财,书写新一页的文史了。

是的,当人均 GDP 达到足够标准的时候,恩格尔系数的悄然变化最终就明朗地显现出来。花塘老百姓,也要文化了。何况,这是一项具有充分的自我造血功能的"红楼文化"资源,是大有发展的、经济前景灿烂的文化产业,所以我们要只争朝夕,决心做好。

当下,我们的要务是:面对花塘人的这一历史性的斗胆举措,我们要做一些事:政府应积极地引导它、资助它、服务于它。因为花塘人在这一完全陌生的巨大文化产业工程上有太多的事情要做、要学、要探索。诸如:规划、引资、媒介宣传……花塘人也真诚迫切地请求社会各界出手相助,果真事成,咱们有情后为!——届时请大家来游览花塘红楼文化村——到咱们这"刘姥姥家"坐坐,一盏香茶话发展,如何?

2009 年 1 月 6 日

花塘村招商引资项目意向提纲

　　江宁区江宁街道花塘村热烈欢迎各方投资商前来本地投资开发。

　　本地区是一块尚未开发的处女地。此地是丘陵地带，环境优美，青山绿水，绝无污染，交通便捷（距禄口机场20分钟车程），并具有丰富的文化资源。

　　如：宗教文化积淀，朝阳山有康熙二十七年（1688）所建的朝阳庵，可先行复建。另有普觉寺遗址，也有文章可做。

　　再如：红楼文化积淀——曹雪芹祖上在江宁有田产的历史记录。《红楼梦》书中有关贾府庄园的描述，直至现在本地区还有许多关于《红楼梦》的传说，可供开发旅游项目。

　　所以结合我们花塘村有利的开发条件和文化资源，我们欢迎以下的一些项目落户：

　　1. ① 宗教文化——复建朝阳庙（经有关部门审批后，可以免费给予100亩的建筑用地，见书后插页3《重建江宁花塘朝阳庙构想图》）。

　　② 沿庙山之地脚沿边，双方合作建造一条古建筑风貌的朝阳山老街。

　　2. 生态农业旅游观光产业。

　　① 可以在此开发高附加值的瓜果、花木风光带。

　　② 特种养殖高效产业（不是普通的猪禽品种）。如骏马、奶羊、獐子、野猪、梅花鹿等。

　　③ 特色茶叶的产业开发。如保健茶、妇女茶、艺术花茶等。

　　④ 竹木编织、雕刻工艺产业等。

　　3. 以此第一期投资项目的开发启动，引进更多资金进场，以期达到开发利用红楼文化资源，建造"红楼四大庄苑"，这一更宏大的文化旅游工程之目的。

　　4. 未尽事宜及其他优秀的引资合作项目，俟见面后共同协商。

　　【以下简介花塘村概况：花塘村地处江宁街道东南角，东临谷里街道张西村。全村总面积12.4平方公里，1 220户，人口3 220人，农田面积5 300亩，山林面积1万亩左右，塘坝面积3 000多亩。有陆谷路穿村而过，西距汤铜路1公里,距滨江开发区 5 公里,距正方大道 2 公里,距安徽省马鞍山市 15 公里。

朝阳庙地区有山林面积 3 000 多亩,有朝阳水库一座,水面 150 多亩,竹林 700 多亩,松树林 200 亩,杉树林 200 亩。】

花塘社区居委会

2010 年 3 月 10 日

关于红楼文化产业开发的呼吁信函

致国家旅游局领导的信

邵局长：您好！

今年全国"两会"期间，国家旅游局与江苏省签署了建立紧密合作机制备忘录，令人振奋、令人欣喜。江苏是经济、文化大省、强省。"备忘录"的签署必将推动已然蓬勃、风光斐然的江苏旅游业更上一层楼。兹建议：整合、创建——

京杭大运河申遗　　　　——互相融合、联动开发旅游新产品。
江苏红楼梦文化

旅游新产品是游客的永远追求；不断推出新产品是市场不懈努力的目标。只有新品层出，旅游市场才会连连火爆。

大运河遗产——清帝康、乾屡巡江南水道；漕运、经贸、商埠、古镇、风物等。
红楼梦文化——江苏红楼文迹：宿迁、淮安、淮阴、扬州、南京、镇江、苏州、
　　　　　　　无锡、南通九市区家家都有红楼缘。

按这二者的整合开发是极完美、极具潜力的旅游资源最佳组合。它们一则是中国历史的元素，一则是中华传统文化的综合仓储。其丰厚的历史文化内涵形成的社会、经济效益将会呈"乘数效应"扩展。其旅游开发可谓既是对中华文明、文化的弘扬，又可以拉动文化旅游产品基建的内需——这是文化和旅游的综合内需，当前乃至延续到未来长久的服务等产业之就业层面。这项工程是文化事业、旅游产品、创意产业的综合性的工程。

而且，以"大运河·红楼梦"结成的旅游黄金线还串联了大运河全线的既有的其他旅游景区资源。

只有具有深厚文化内涵的旅游产品，才是真正具有含金量的旅游景区。而《红楼梦》文化旅游项目正是这样的高品位、深具含金量的产品。它取之不尽，用之不竭。沿祖国的中华京杭大运河这条银项链，缀红楼梦宿、淮、扬、宁、镇、苏、锡颗颗金玉珠，它具有世界上其他大运河难以企及的文化遗产级的璀璨亮度。

多年来，社会各界都对红楼文化工程倍加关注，作了许多必要的学术论证和舆论推动，切待行动时机。在下亦就此极力呼吁：把纯粹文化、纸上红学尽快

推进到"应用红学"的文化层面上来。而红楼文化旅游工程,则是最最重头、最具开发意义、最能形成产业的大应用。

今本人特将"红楼梦·大运河文化旅游开发、南京地区之红楼景区三大板块工程策划大纲"寄上,供政府部门参考。

诚望该项目能乘"备忘录"签署的东风推动其尽快地获得国家立项,俾得招商引资、操作是盼。

谢谢!

江苏省红楼梦学会

南京　王克正上

2009.3.18

致省政府建议开发大运河流程江苏段的红楼梦文化元素信

梁书记、罗代省长：

新年好！

为把我们江苏建成经济和文化大省、强省，为把文化事业推进到文化产业的新台阶，进一步增强经济发展，兹有以下建议：

整合北京奥运会——大运河申遗——红楼梦文化三项强档资源，组团公关，邀请各界人士、世界友人、体育健将、天下游客来江苏——举"五环"大旗，乘大运河游艇，游览世界最长人工运河，观光江苏当代风采，品味中华文化大百科全书——《红楼梦》的深厚意蕴，在南京举办江苏红楼文化艺术节，为奥运加油，为江苏引资。

北京奥运是千载首逢的一次聚集世界目光的时刻，我们当然不能错过。而"大运河申遗、江苏责任重大"是我们的老书记李源潮同志说过的。此时此刻，正所谓"风云际会，春风送暖"。大运河流程江苏八百里，沿河八市区，更为难得的是：八市区与《红楼梦》区区有关涉，真是处处有看头，步步生财源。

下图：示意京杭大运河江苏段流程八市区与《红楼梦》的内在文化关联：

北京

宿迁 ●
　林黛玉·《五美吟：虞姬》
　曹寅在此赈灾、有政事等等

淮阴
淮安 ●
　薛宝琴·《淮阴怀古》
　曹寅在此造内河漕运船只、领铜勘关
　赈灾山阳、安东、清河、桃源等县灾民

扬州 ●
　林黛玉由此进贾府
　曹寅在此刊行《全唐诗》,办两淮盐务等

南京 ●
　曹雪芹出生地
　大观园所在地

镇江 ●
　妙玉,逃难至瓜洲渡口
　曹寅在金山寺敬悬御赐"动静万古"匾

无锡 ●
　大观园饮用惠泉酒
　江南手工艺泥人进入大观园

苏州 ●
　林黛玉、妙玉、十二女伶之老家
　江南手工艺品操办地、十里街葫芦庙

南通 ●
　曹寅在此办理盐务、青蓝布织造地

杭州

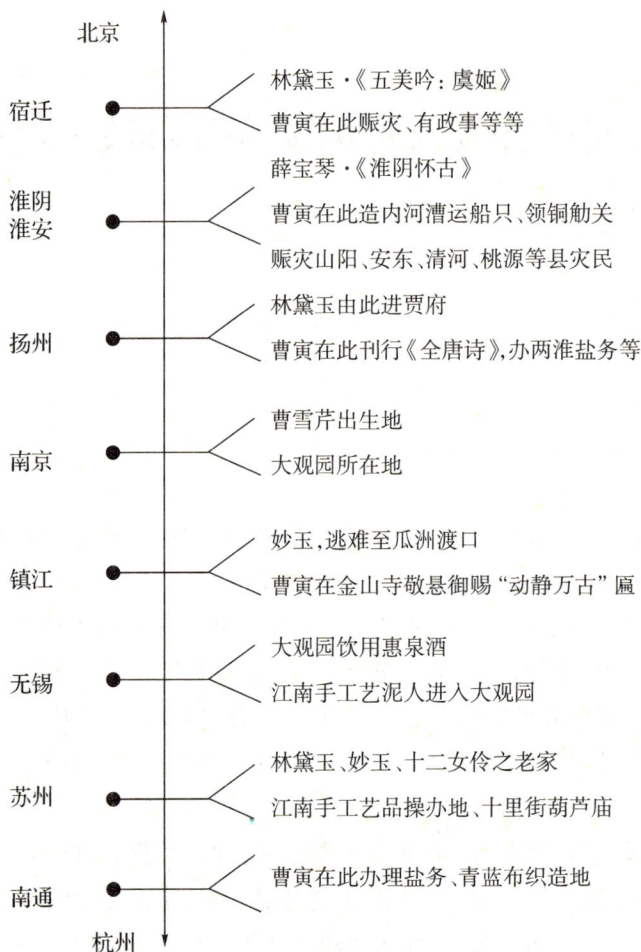

　　设想：可在沿大运河各市区就有关《红楼梦》的遗迹、遗存进行必要的修葺、复建,以彰显中国京杭大运河及文学名著《红楼梦》的丰富的文化蕴涵和紧密联系,弘扬中华文化的辉煌！ 如淮安市,本人 2007 年提案,现已在市区的大运河段,考研曹寅在当时的内河造船厂遗址,复建一漕运博物馆——这既是发掘弘扬了淮安淮阴的历史文化积淀,又是一处进行爱国主义教育的场所,也是一处供游人观光的景点。

　　这是一项巨大的系统工程,也是值得花大力气的工程。只是时间太过紧迫。但是,假如能在本年短短八个月的时间里以雷厉之势而风行实施,这无疑也是展现我们江苏人魄力和功力的一次良机。并且,以这一工程的操作、实践经验、成果,也将为 2010 年上海世博会的举办如何主动积极地承接辐射,怎样推介自己,先期积累宝贵的经验,历练我们的"闻鸡起舞、引凤来仪"的本领。

以上是本人的一孔之见,仅供领导参考。谢谢!

江苏红学会会员　王克正上

2008.1.6

附：江苏省文化厅复函

王克正先生：

您于 2008 年 1 月 6 日致梁书记和罗省长，提出整合北京奥运会、大运河申遗和红楼梦文化三项资源建议的信已由省信访局转省文化厅。经与省文物局协同阅研，现对您的建议答复如下：

一、京杭大运河是第六批全国重点文物保护单位，也是《中国世界文化遗产预备名单》项目之一，在其保护范围或建设控制地带内进行任何建设活动，必须严格按照《文物保护法》和《世界文化遗产管理办法》的要求开展相关工作。

二、去年，国务院全面启动了第三次全国文物普查工作，计划五年完成。省文物局将充分结合此次普查工作，进一步做好大运河江苏段沿线历史文化资源的调查、登记工作，其中也包括挖掘、研究与红楼文化有关的历史遗存，有条件的将积极公布为文物保护单位或登记为不可移动文物，并依法做好保护管理工作。

三、整合北京奥运会、大运河申遗、红楼梦文化三项资源对推动我省建设旅游强省目标具有一定的积极作用，建议你将此建议再提交省旅游部门研究，省文物部门将给予必要的配合。

接到您的信后，我们数次按您信中所留的联系方式"139×××4933 转呼"联系您，直到今日才接通该手机号，并通过机主得知您的通信地址。请对本答复的姗姗来迟给予谅解。

二〇〇八年五月二十六日

本文首次正式提出"应用红学"概念,并再次提出在淮阴地区开发生产"红楼梦花卉、果子酒"的建议。

致江苏省委省政府领导同志的信

梁书记、罗省长:

前不久,二位领导在全省各地考察调研,令人由衷感奋。书记在淮阴的视察并所作指示,尤其激发了我对故乡淮阴的思怀。兹有一份关于在

淮阴

大力发展果木、花卉科技栽培产业;

以之开发生产红楼梦果子酒、大观园花卉酒、饮品等产品(这在全国尚属空白);

并同时利用千亩果林、万株花卉开发绿、彩、香、甜的生态旅游业。

——三宗项目综合开发、联动招商、建园造厂、研发生产,以期在一定程度上调整产业结构,提升传统农业的科技含量和产品附加值,拉长产业链,带动较大量的乡亲们从业。

——这也是我近年一直对"应用红学"的倡议和追求。将文化结合产业、应用于生产,让文化直接转化为经济,为江苏的建设服务。

这一构设是立足于淮阴一地的基础之上的。请领导原谅我的"家乡观念,本位之私"。苏北淮安二十年来各县市均在腾飞:特色品牌、拳头产品。而淮阴虽也有不小的进步,但毋庸讳言,还缺乏令世人瞩目的兴奋点。而有关《红楼梦》文化元素的产品及旅游项目产业尤其是值得推荐的兴奋点。

梁书记、罗省长,请你们以对全省大局的宏观把握上,对我所持偏颇狭隘之见、疏漏乃至谬误之处给以批评指正。如果这一构想策划,或幸有一点、一条可资领导参考,且不适于淮安、淮阴而在其他市县可以操作,则也是我对"红楼梦与江苏经济"理念所作的尝试一得吧。谢谢!

此致

敬礼

江苏省红学会　王克正上

2008.8.18

致江苏省文化厅领导的信

关于开发江苏红楼梦文化及旅游产业
应当首先抓好红楼的龙头机杼南京的红楼工程
建议废弃南京五台山原体育场馆
在此随园旧址修金陵大观园

六合——依托 $\dfrac{灵岩山瓜埠山}{雨花石棱柱崖}$ 建造太虚幻境

江宁——连接 $\dfrac{曹家王家}{史家薛家}$ 四村 开发红楼庄苑

打造完整意义上的红楼梦文化旅游宫殿
形成与上海迪士尼中西文化互补的创意产业

章厅长：

　　您好！

　　2008年曾就整合大运河申遗、红楼梦文化等资源为建设江苏的经济、文化大省、强省向省政府呈上个人建议，幸得重视，获文化厅惠复，谨致谢忱。两年来，本人对江苏的红楼文化工程、产业又有一些新的认识、进展，谨陈愚见如次，尚望赐教。

　　目前正当红楼文化事业与红楼旅游产业相姻缘的大好时机。

　　11月25日，温总理召开国务会议，形成文件发布：国家要把旅游作为突出产业来抓；6月公布2014年大运河申遗正式启动；又，上海迪士尼高调开工。凡此种种、激动人心，故有以上建议。现简述理由：

　　一、南京现已有奥体中心，足以举办各级别的体育赛事，原五台山体育场馆的留存，庶乎已是资源的浪费。

　　二、南京五台山为随园旧址。袁枚《随园诗话》、明义《绿烟琐窗集》等均有记述：《红楼梦》中大观园即随园故址。而文史遗址，当然应殊材专用。

三、六合，其所产雨花石，本是"通灵宝玉"的道具取材；而瓜埠山的古地质风貌棱柱崖，恰如"太虚幻境·大荒山"天造地设之处。

四、江宁，有史料和《红楼梦》为据：曹家、贾家在江宁、郊外有田产、庄园。

——只有将六合·南京·江宁三处全部的"红楼文化元素"综合开发，才是完整意义上的红楼文化旅游的大产业。

——而京、沪等地只营造一座孤零零的所谓"大观园"实在是一件残缺品，只能称作"红楼无梦盆景"。而我们南京的大观园故址红楼游园将轻而易举地盖过"赝品大观"的声誉和客流。

总之，《红楼梦》的籍贯在江苏、在南京；作者、人物、故事、地点……京杭大运河江苏流程700公里，途经宿、淮、扬、宁、镇、苏、通，家家都有红楼缘。这似一条文脉红线，是全省七千万人民的金川，而南京则是江苏红楼文化的龙头、机杼，抓住龙头、运动全省、资助大运河申遗责任重大，分量不轻。且江苏不把红楼文章作好，岂非文化大省的重大缺憾？江苏不大力开发红楼旅游产业，岂不是闲了金陵十二钗、空抱金樽枉对月吗？

《红楼梦》号称"大百科"，里面的哪一项开发出来都是哗哗的"纹银"。

金品、玉品、云锦品，美酒佳肴红楼宴，尽美尽善。

何况，红楼文化旅游产业工程，巨大的基建、高额的投资、拉动内需、延长产业链、扩大就业面，是产业结构、经济方式的转变，这一工程绝不下三五年，它必将是江苏文化工程的一座丰碑！

恳请文化厅同旅游、文化、规划、经营等部门牵手、推动，会聚各方专家论证，庶乎可得以立项、招商云云，谢谢。

省红学会　王克正上

2010.12

致淮安市委市政府领导的信

丁书记：

　　您好！

　　月前曾就关于红楼梦文化与大运河经济开发事项致函于您，已由花主席及时电告本人，得知书记十分重视，特为批示酌办，在此深表感谢。我把这个令人高兴的消息汇报了省红学会何永康先生等同志，均对书记的态度表示敬佩之意。皆冀望能在文化领域里积极搭台，做点实事，为本省的经济发展贡献绵薄之力。

　　有关这一课题，我个人已有初步构想，不惮浅陋，在此先述。

　　苏北淮安地方白酒酿造工艺为世界非物质文化遗产，以此为契机，大力开发、利用红楼梦酒文化的宝藏底蕴，加以重新开发生产红楼梦品牌酒。如：

　　合欢花酒，

　　果子酒、葡萄酒，

　　桂花酒，

　　万艳同悲酒……

　　这些都是"红楼"书中明文提及的用酒。我们应该加以继承、开发、创新，届时，经由红学会进行学术文化论证，那么这一红楼梦系列酒品就完全可以作为——

　　2008年南京江宁织造府、红楼梦艺术馆、曹雪芹纪念馆建成开馆的指定用酒，作为特荐的"红楼品牌·情感文化"的美酒佳酿系列而畅销全国市场，亦可打入国际市场。

　　不仅如此，再者——

　　酿造红楼花、果美酒所用的各种花木、鲜果的原料需求，又立即形成花卉、果品的栽培、种植业的规模产业。

　　更有连锁效应——

　　比如，酿造桂花酒的桂花原料之需。假如我们淮阴地区能够开辟出百顷、万株的桂花苑则自然形成了一道景观，成为苏北大地新兴的赏桂名城圣地。于是带动旅游业、农业生态游的勃兴。

另外如淮阴古运河有关涉《红楼梦》作者曹家遗迹，也大有开发价值。比如——

曹寅在淮阴曾营建了一个供内河漕运的造船厂。如能把这个古造船厂遗址复建开发也是大有意义的：一、淮阴与《红楼梦》有更加实体的感性联系；二、将更加提升淮安的文化名气、历史积淀；三、又是一处爱国主义教育基地、弘扬国光的新场所。

凡此种种，不一而足。

热切希望故乡淮阴在新的世纪的头二十年腾飞发展，经济、文化比翼齐飞。在市委市政府的领导之下，以后发优势而得骄人业绩！

丁书记，望您在方便之时相约，学会方面或可即时派人前往拜访。时下年底，会长何永康先生近期较忙，特使我转致对淮安领导同志的挚诚问候！

顺祝

新年愉快

王克正上

2007.1.3

丁书记在本件信函天头的批复：

曹华富同志：王克正先生提出恢复淮阴古造船厂的建议，望你们研究其可行性，并答复王老先生。　　丁解民　2.13

（时任淮安市委书记丁解民同志，现为江苏省人大常委会副主任、副省长）

致南京市委市政府的信

南京市委市政府：

今谨陈关于南京红楼梦文化旅游三大板块系统工程操作实施问题上的个人建议如次：

一、政府研讨、论证、审批立案完成之后，招标方向，请领导是否可以考虑：三大板块、分项立标；每一板块招标一家投资经营商；各自投资建设经营一项工程，这样将会形成：

六合的红楼梦太虚幻境
随园的红楼梦金陵大观园　　　三家工程互相学习、互相竞争建设经营
江宁的贾史王薛四大庄苑　　　的良好互动结构

同时，这对于每一项目的十亿人民币以上的投资工程而言，也是相对减轻其投资负担，降低投资风险。

二、另外，对于三家投资经营商的择优问题，南京也当预作考量性的选择规定：

1. 择优国内一家优质投资经营商；

2. 择优港台一家优质投资经营商；

3. 择优外国一家优质投资经营商，或如迪士尼或新加坡等国家的投资商。

此举的目的在于：为日后的经营管理带给我们南京的旅游产业有较为全面的借鉴参考。

三、一旦招投标工作起步，即应——

成立由政府牵头，有文史专家、旅游学专家、红学专家、规划设计部门的专家共同组成的顾问组。

这是一项巨系统工程，涉及方方面面，所以，亟须各方专家集思广益、携手合作，为打造南京历史文化名城的旅游产业旗舰而工作。

四、三大工程的设计方案面向社会招标。

——这本是世界工程设计史上早已框定并行之有效的惯例。

　　我们尊敬名家,相信著名设计团体。但对于红楼梦文化旅游工程,它既是有工程的共性、一般性,更是具有其自身的个性、特殊性的设计项目,"隔行如隔山",设计新建筑、新别墅的高手,如果不对"红学工程"有相当精到的了解,则概莫能免出现如已成形的南京大行宫织造府工程的尴尬。当然每一位设计者都想设计出精品,但仍需"红"专才能达到目标,作出让文化、让红楼、让南京、让老百姓都能给出高分的作品来。

　　以上建言,或有不当,仅供参考。

省红学会　王克正上

2011.10.14

致浙江广厦集团函

——在江宁织造府前院增建一座戏楼的建议

广厦集团"江宁织造府"项目部：

　　日前，便足前往已在进行后期收拾的织造府工地。大体规模已现，赞词不乏，兹不赘。仅就现实已成的整体格局，略陈几点看法。

　　既然整个府第的后半部分，已被抬到三层楼体以上之高，而庭院的前半，正门的第一、第二进的两座殿堂就特别显得卑身低矮。就整体格局而言，轻重悬殊，绝不相称。

　　为今补救之计：索性在府院的前半部分，即在第二进厅堂之后尚有的空间处，加建一座两层高的双檐戏楼，以求得全园的整体均衡。其可行性理由如下：

　　一、旧织造府画图之中本就有戏楼一座——这是于史有据的；

　　二、又可以增加营运性功能的实用面积——这是于实有益有利的；

　　三、起到平衡前后建筑物高低轻重之效果——这是建筑学法则之所必需的。

　　以上是个人不成熟的看法，仅供参考。谢谢！

江苏省红学会　王克正

2008.9.22

简评一二

　　关于现代建筑设计家的有关《红楼梦》的作品——南京江宁织造博物馆——这座建筑，错误在什么地方呢？

　　1. 设计者没有准确的"文化定位"。需知，《红楼梦》姓"清"——所以它必须是清朝的古典式建筑风格，而绝不需要在上世纪20年代就出现的以吕彦直为首的一大批建筑学家的中西风格相结合的民国建筑作品。对于属于古典文化的，有关"红学"的作品，那就需要不折不扣的、纯粹的"中国风"。而不是如现在我们看到的这样"头顶瓜皮小帽，下穿西裤革履"的不伦不类、不东不西的东西。

——假设，要你设计"中华民族文化世纪坛"，你倒可以融之以中华古典元素和西方、现代等文化元素，因为"世纪坛"一要传承民族传统，二要融通世界、展望未来。

2. 设计心理分析："我的设计一定要创新"——实际上，该建筑成品就根本称不上创新，只能将其称为：生硬的中＋西。结果是 1+1<2。

3. 建筑学家不一定同时又是红学家，就像红学家不一定同时又是其他学科专家一样。

致广厦集团函

——改造江宁织造府北门面之议

广厦集团"江宁织造府"项目部：

"江宁织造府"殿堂向北面街门的问题同样严重。

如果说,府园在其整体格局上的前后建筑的两部分存在着高、低的落差,轻重失衡问题的话,那么,北殿面门厅则有着——

巨型的西方现代建筑的玻璃体、罩着一个小小的中国古典门厅,造成了沉重的压迫感,形成极不和谐的对比,二者之间巨大的体量差,使前者轻而易举地吞食了"织造府后殿厅堂"。由此,每一位来客立即受到了沉重的心理压力——卑躬入室。

还是要寻求补救之计,在下以为：

一、在玻璃体之外部墙幕、后殿堂门檐高度之上,可加饰"重楼复檐",以期对观众、顾客给以"视觉修复"。示意于下图——

二、在玻璃墙幕之外体加以廊柱或壁柱，作为中西合璧、古今过渡之结构。这一作法的理由是：

1. 其高大廊柱通天落地，所以可在一定程度上起到形式贯通之能事。

2. 所采用的柱式是至今尚有遗存的实体：在南京的六朝墓道上的望柱建筑，其柱体挺秀，柱体为凹槽棱柱形式，用白玉色建材。这样，修饰后的"织造府"，堪称是"中国古典建筑艺术奇葩的复兴"，完全可被市民接纳。

3. 柱头采用科林斯式，其卷纹花式是"向上"的；不宜采用爱奥尼式——此式的卷涡纹是向下的，会造成视觉压抑感。并强调：柱头花饰须有中国图案花纹元素。

——如此修饰庶几可让人感到：毕竟还是进入贾宝玉、林妹妹家来用餐的。

三、对于府园前半部分的拟补建古戏楼之施工方案的考虑：

1. 以地下层的基柱点作为地面上的戏楼墙脚结构的承重支点；

2. 戏楼主体当然是木结构的，体重相对较轻。

四、府园顶阁凉亭（现在当然也不能称其为"栋亭"了），其行人上下只建有唯一羊肠梯道，极窄——于是客家定会要求再增设一凌空梯道（或加宽重作此梯）。

五、府园建筑的内侧墙体，尤其是临碑亭巷的西楼体的内面墙上，何以留窗却无美丽的"窗眉"——此虽为小饰，却不应忽视因其工作微小而失"大观"之美。

六、也是这栋西楼，楼上内面的后墙长廊，何不作护栏式，或至少留以漏窗，以给园中红绿透入长廊之方便。这样，食客观众岂不更增雅意？

以上几条，仅是作为建筑艺术的学术探讨，或多有不当之处，仅供参考。

王克正　2009.12

2009年8月4日
杨民仆　版面；晓岑　校

江宁织造府博物馆
北门露脸

　　昨天，拉于长江路的南京江宁织造府博物馆北门露出了芳容，四方形的现代建筑中间，一个古朴的亭子被包含其中，两者相映成趣，形成鲜明的对比。
宋峤 摄

妄议南京江宁织造博物馆东侧面之修改

南京大行宫处的"江宁织造博物馆"的建筑造型被世人病诟的最大之处在于：其下半部分的"西装革履"。

一、这是设计部门没有对业主——南京市民的要求予以重视：该建筑是关于"红楼梦"的，毫无疑问，就必须是"纯正的"明清古典风格——其定位的丢失，必然造成设计的败笔。它不符合历史规定性。

二、没有吃透关于原江宁织造府图等资料。

——要知道：这是《红楼梦》作者家族曾长期主持的"织造府署"，是有史实资料的，而不是完全创新的建筑作品。

大行宫此作定位错了，又没参照史料图册，所以，十个南京老百姓有九个、八个会说：不伦不类！

在南京的建筑文化史上，中西合璧的作品典范比比皆是——早在上世纪之初，以吕彦直为首的一大批建筑学家们早有成就，今天何必要对关涉"红楼梦"建筑作品创新？只要老老实实"红楼梦"就行了。

就目前已成的建筑形态而言，私意以为：似可作修葺、补饰之功，以期文过饰非，尽快出新履职，兹仅简陈愚见——

一、环境状况考量

1. 该博物馆与南京新图书馆夹太平北路左右相对。

2. 该博物馆在路之右侧。其馆体墙基与太平北路的路边之间存在约15米宽间距，今为人行便道之用。

3. 两馆相夹之道路大约为140米长度。

二、在此140米长的路段上，造一堵与"西装革履"同高的"幕墙"遮挡洋式裙建

1. 设想中的"幕墙"不是墙片，而是：

切取墙幕的路边10米宽的人行道面；在10米宽、140米长的面积上新建"姓红"的古典建筑：一溜长排的临街门面铺房——作为"饰丑妆靓"之"幕

墙"——古典的临街面铺房。

2. 临街"幕墙"门面房的高度可以造成二至三层格式的明清民居建筑。——这样三层屋高约9米左右，基本可以遮掩了"西装革履"楼。

这一方案是唯一可行、速效之法，略可"遮丑"并又增加了营业实用铺面，是博物馆的营运动脉，是"自我造血功能"的提升。

3. 合乎主题规定的文化意象之"幕墙性楼宇"建成后，则在太平大道众目睽睽的这一侧面，庶几乎"新妆粗可见公婆"了。

三、临街新建铺面总体规定

1. 摒弃一排到头，大、小、高、低门面规划统一的格式，而是每间屋铺各有个性，间杂而立。

2. 木材料、砖材料、石材料建筑杂陈。具有历史真实感；追求精品装饰。

3. 留几个空间小隔巷以植红楼花木。

四、备案供参考选择

如果考虑到因添建"幕墙性铺面"占去了现行的人行便道10米之宽而令人感觉这一段140米长的路成了"颈喉之窄"而有碍观瞻，现预设两种方案供选：

1. 可将新建的"三层楼高铺面"的第一层进行架空无墙，使之仍为行人通道——这就削减了视觉受阻感。

2. 仍建三层楼高的铺面，但对太平路这一段路面进行隧道化改造，使机动车行地下层，地面层则为步行街。

这样的设计有以下几个方面要讲：

（1）增加了造价。（2）不但仍保持了三层的实用建筑面积，而且，机动车入隧道而行大大减少了噪音分贝——这无论是对于图书馆还是织造博物馆都是求之不得的大好事。（3）在两馆之间新的步行街上创造了南京文化一条街的恬静氛围，使整个街面上人民大会堂、新老美术馆、总统府、图书馆、梅园新村等历史人文的静谧气息大增。（4）更可以试触市政、公交设计的新格局思路——索性把目前行驶于新美术馆拐弯到总统府的公交、机动车辆一律隐行于地下，创造一个"安静的都市场"——世界宾客嫌中国都市一片喧嚷的观念，在南京的这一片区，净扫如尘。

此想近于科学幻想？笔者妄议，不知所云耳……

2011.8.19 改定

致江宁织造博物馆钟小毛先生信

——借馆内绿化之题，发红楼经济之义

小毛先生：

您好！

春风拂柳，花事当即。博物馆内养花、树木工程该提到日程上了吧！今日消停无事，愿与你闲聊几句红楼绿化之类。

既然该馆张挂了"红楼"品牌，所以，举凡馆中各项建树，总应以"红楼"为依据吧。此乃事之常理，学之准则也。笃怕不懂"红楼"壶奥之人，强词以创新；不按书中所言而行，胡绿而非为。结果把特定的"红楼"工程，化成徒挂其名而实不像样之处也。

——一听此言，或有不悦："你说谁？红楼梦，谁不懂？谁都懂！"——但我说：未必。

举例。比如：你说你懂《红楼梦》，那么，其中的经济学问你懂吗？宁荣街你去过吗？——人们大多不通此道，疏忽于此。

宁荣街上，店铺林立：诸如薛家当辅、酒楼客栈，有伪劣商品胭脂花粉店，有成衣作坊，有文房四宝彩墨丹青店，有茶楼、果铺、药堂香料铺面……大观园内，经济活动，天天忙碌。总经理王熙凤，府中之日常收支，柴米油盐，放账盘利，应酬打点，发放月饷，典当借还……大厨房里，厨司长叫苦：一个鸡蛋十个钱，每餐米饭，细米艰难，都是可着头做帽子……

更有史湘云明确提出"经济学问"；贾探春实践执行：开源节流，创新管理，分类承包，蠲支除弊，财务制度，减少环节……还听李纨、宝钗的经济理论："登利禄之场，处运筹之界，窃尧舜之词，背孔孟之道；各司其职，使之以权，动之以利，无不尽职。"——还有均衡获利，抑制收入差距之经济政策措施；等等。

另有贾府资助刘姥姥，并作创业项目指导：置几亩田地，或作点小本买卖；获得自我造血功能，以后别再求亲靠友；还有薛蟠长途贩运，商品流通……所有

这些不都是"红楼"中的经济内容吗?——还有更为不曾想之奇,就连情圣宝玉、爱神林卿,并皆懂得经济之道,你听——

宝玉道:"三妹干了好几件事,园子也分了人管,如今多掐一草也不能了;又蠲了几件事……"

黛玉道:"要这样才好,咱们家里也太花费了。我替你们算计,出的多进的少;如今若不省俭,必致后手不接。"

——这些经济学问固不易懂,但对"红楼"工程中的绿化事项,并非难懂之题,为何竟也不按章法、文不对题呢?——百思方得其解,概有以下缘由。

首先,要搞清定位。此馆姓"红"。所以织造府博物馆中的花木绿化,一定要是大观园中所有花木才好。要知道,这不是小区楼盘别墅群,你想栽雪松就雪松,你喜爱银杏就银杏;你要栽961就961,你想植169就169——特殊性、规定性,如何能够随意呢?

其次,要选品种。按"红楼"全书,计出237种花木果蔬植物。方寸之地非"大观园",是种不下这许多花木的。但我想:只需在此择选几品,略表其意即可了:一片竹竿幸已有;再植数本绿芭蕉,特需一棵女儿棠;几株夭桃,以听落英之吟;移来楝树,聊符高亭之名。再有就是大石山上,多布异草藤萝,以便袅娜摇曳,招风入院……不可乔木参天,遮荫蔽日,有碍游人骋目,难赏凤阁全景,那就反为不美了。另外视其地盘,桂花当有,梅花毋缺;果树宜栽梨、栗,池边勿忘垂柳……鸳鸯、锦鲤、仙鹤、鹦鹉,另添动态情趣,以迎大众客游,庶乎差强人意矣。就此搁笔。

顺颂,春祺!

王克正上

2009.3.6

解答一位云锦企业家的问题信

W 经理、L 厂长：

关于为南京青奥会制 120 米长卷清·孙温绘《红楼梦》图放大版云锦作品，我为什么持不同的态度？以下说说原因：

一、这不是订货产品。如果国家青奥会组委会已有适当的付款意向或者给予贵厂以某方面的"青奥"商品经营权（这是允许的、合法、合理的）的话，那倒是可以的。

因为任何一个企业、成本投入及营业收入是必然要考虑的。投资总额 900 万元造此产品，成本太高。

二、120 米长卷云锦"红楼故事"作品，完全不符合《红楼梦》作品的内骨子。

要改成 120 市尺即 40 米"长卷云锦红楼图"更合适。理由：

（1）120 尺，"尺"量单位才吻合《红楼梦》的、我们中华民族性的文化内涵，才真正与《红楼梦》一百二十回有对应之义。

我们中国人都知道的：120 尺是十二丈，这正是《红楼梦》书中明确写出的太虚幻境大荒山"情根峰"下、女娲补天石——通灵宝玉的高径十二丈之数字。而"米"是西方的度量单位。依据洋文化元素来演绎中华古典文化瑰宝《红楼梦》的云锦产品，不是让全世界朋友嘲笑我们没文化吗？这不是对我们的两种国宝"文化遗产云锦"和中华宝典《红楼梦》的双重亵渎吗？

（2）造 120 尺，降低了三分之二约 600 万元成本且不说，40 米云锦长卷也已经足够震惊世界、领衔云锦界了；120 尺云锦礼品也足以表达"天宫云锦"对青奥会热情支持的诚意了；足以为本厂树立形象了。

三、任何企业的产品都必须采取"分级竞争"的设计生产营销的规则。

什么叫"分级竞争"？举例说明如下：

话说齐国大将田忌和齐国王族公子们经常玩赛马、赌输赢。他们各家的马都是分等级的，分上、中、下三等级。每回赛马大家总是以头等马比头等马赛第一局，中等马比中等马赛第二局……田忌的马总是比人家的略差一点点，所以他总是输。

这情况被大军事家孙膑看在眼里。他发现,这些人的同等级的马跑起来,速度都是大差不差的。于是,孙膑就对田忌说:下次赛马你下大注跟他们赌赛,我有办法保证你赢。

他叫田忌第一局拿自家的三等马跟那些人的头等马比赛——这一局,输了;第二局比赛他叫田忌拿自己的头等马跟那些人的二等马比,第三局拿二等马跟那些人的三等马比,这后两局,当然都是田忌赢了。

算总账:田忌之马二胜一负,净赢 1 000 金——这就是"分级竞争"的古典范例。这个故事在《史记》上有明确记载。这个故事在今天说明什么问题呢?

如果其他云锦厂只能生产 39 米的最长卷,那我们生产出 40 米长的就已经是破纪录、赢定了。为什么一开始就要拿出特大号 120 米长的产品呢?

这 120 米长特大号产品留待以后与"119 米"的云锦厂较量,使自己永远保持在"最后一步快 1 秒"的速度上,长期保持冠军纪录,这才是最正确的永保优势、树立形象、最经济、最科学的经营策略。世界上的大企业如"苹果"、如"奔驰",他们总是保有领先世界一级或者好几级的产品。但是他们总要有技术、产品储备,绝不会一开始就拿出最先进的王牌产品上市。等后面的人追得差不多了,择机度势,再拿出新产品。这叫可持续发展的营销策略。

这就是"分级竞争"的经济理论。

鉴于现在你们已经开始运作,花了一些成本了,或者已向外界公布了消息,就只好按原计划做下去吧。但以上的一些意见,供你们在日后的工作中参考。我讲的也许会有错误之处,请指正。

我个人始终认为:要做一个真正的红学家,第一,要把《红楼梦》真正吃透,谨慎发言。第二,要把"红学"推向"应用红学"的台阶,要为企业家、投资人献出科学的"红楼产品"方案。在懂得"红学"之外,还要懂一点经济企业学、营销原理等。第三,要学《红楼梦》中优秀人物的优秀品质,如要学习贾探春、史湘云等人"无话不可对人说"的为人坦率,做人真诚,对人负责。

——这才是真正的红学家而不是"红学混"。人家已经花钱"雇"你当顾问了,必然要有问于你。但作为顾问,你不能"雇而有问、问而瞎答、答而害人"! 顾问的水平总不能犯 1+1=3 的低级错误吧。

谢谢。

王克正
2012 年 6 月 1 日儿童节

红楼梦文化旅游、工艺产品开发

红楼文化与江苏经济〔淮阴篇〕

　　科技是社会第一生产力,文化是经济增长根本支撑点,农业是苏北淮阴的传统产业。如何把农业、科技、文化进行有机化合,造就出全新的综合产业经济,这是人们致力探索、着力追求的一个课题和目标。

　　高科技、富士康工业城建成功之后,把传统农业科技化,使之文化型,就显得尤为迫切、重要、新鲜、可贵了。兹建议淮阴:

　　——开发生产红楼梦花卉、鲜果系列酒〈营造千亩果林带、万株花卉园
招商投资兴建花卉、鲜果酿酒厂
贴上红楼十二钗文化品牌

　　——开展花果饮料、食品、化妆品深加工

　　——发展花木特色旅游等产业。

　　其可行性理由——

　　1.淮阴与《红楼梦》有着密切的文化关联、深厚的历史渊源;

　　2.酿制花、果低度酒,对水资源的要求不是如"非美人泉不行"的白酒业;

　　3.花卉、果木的成果周期短,栽培只在三五七年之间,渐成规模(这与泗阳的二十年形成的杨树产业规模相比无异于是高速马车);

　　4.招商建厂、开发研制、栽花植果可同步进行——

　　至于在目前几年内暂无自产的鲜果作酿酒原料,则可先行在外地订单采供,以期不失商机,先立品牌,占领市场;

　　5.花卉、果林的观光旅游与花、果酿酒,深加工是资源的重复利用,是循环经济效应。

　　应用"红楼梦"文化名片打造〔红楼〕品牌产品是许多地方的处心积虑之计。而我们淮阴,应用"红楼"品牌则是师出有名、底气十足。资料根据如下:

　　(1)《淮阴怀古》是《红楼梦》中的薛宝琴写的一首诗。

　　(2)林黛玉由扬州进京,薛家由南京进京,建造大观园到南方采办物资皆取水路大运河,必经淮安、淮阴。

（3）曹雪芹祖父曹寅在淮阴办漕运造船厂；承办包括淮安在内的五关铜觔；奉旨治理洪泽湖水利工程；在押送赈灾物资中对淮安府的山阳、安东、清河、桃源等县灾民发放赈灾米……

据此，我们两淮地方运用"红楼"文化品牌为今天的经济服务乃是名正言顺、有根有据的。而如果我们弃而不用或知而不为，那么，则是对文化资源的极大浪费，经济效益的巨额亏缺，政绩、民情的十分遗憾。

反观有些地方，与《红楼梦》极少或根本没有关联，却大打"红楼"文化牌，大搞红楼旅游，大造"红楼梦酒"，从而获得丰厚的经济效益。（当然，他们也是在弘扬"红楼文化"。）

至于"文化"的品牌价值、经济效益有多大是不言而喻的。而以世界名著、人爱人痴的《红楼梦》为品牌，其魅力就更是巨大无比的了。如"今世缘"这一品牌，它融进了友谊、爱情的文化元素……假如我们淮阴酿造出"金玉良缘"红楼果子酒、大观园娇娃果子露、十二钗桂花油、荣国府合欢酒……那要让多少人闻香沉醉呢？

总之，其市场前景预测是令人乐观的。

设想：淮阴地区开发生产红楼梦系列花卉、果子酒及其相关栽植业、旅游业策划提纲

《红楼梦》，中华古典文化大宝库，可供人们从各个方面开发应用。本策划分以下几个子项目：

一、建造红楼梦花卉、鲜果酿酒厂

酿造红楼花神酒、爱神酒、仙果酒、福寿酒……

书中提及的花果酒有：

1. "合欢花浸的酒"——（《红楼梦》三十八回）

2. "屠苏酒"——（《红楼梦》五十三回，以上两种皆有保健作用）

3. "桂花酒"——（《红楼梦》七十八回，即"诔晴雯"文中所写的"桂醑"）

4. "果子酒"——（《红楼梦》九十三回。举凡蜜桃、酥梨、杏仁、苹果、红葡萄、白葡萄……皆可开发研制成低度美酒）

5. "蜜水儿似的酒"（《红楼梦》四十一回，刘姥姥的口感。可想而知，八成是一种果酿酒才适宜贾母、王夫人及女孩子们行令欢饮）

6. 按《红楼梦》第五回"饮仙醪曲演红楼梦"文中所说，警幻仙姑招待贾宝玉的酒"乃以百花之蕊、万木之汁，加以灵髓之醅，凤乳之曲"酿造，称"万艳同杯"酒。

中国历来以白酒为正宗；啤酒是外域进场的低度酒，但现在占了半壁江山。为什么会这样，是不是因为低酒精少烈性，可以豪饮不醉，微醺不殇，故而销量特大？而如果有大宗的各色优质低度花卉酒、果子酒上市，定将国内酒业扳成三足鼎立之势，抑或更丰富了国人的酒文化内容。

花香果味、酒味鲜明、口感爽人、红楼品牌，必将是小康市场的大宗酒类、迎宾喜庆、家居节日首选，保健不醉之琼浆玉液。

以酒品质量树立形象，获得口碑，以文化情感笑脸迎客，以系列产品、品种丰富震撼市场。这一策划开发——惟捷足者先登。

二、营造千亩果林带、万株花卉园

——为酿酒的花、果原料之需，要发展花卉栽培、果木栽植产业；

——凡牡丹、玫瑰、桂花、合欢、秋菊……可入药入馔的花卉皆应栽培；

——凡桃、梨、桔、杏、葡萄、苹果、枇杷等美味水果尽需栽植。

酿酒属工业，种植业的投入，使之产业链拉长。从业人数增大，且，收入结构变化，收益增加。改变苏北一贯以粮食为主产的单一品类的传统农业面貌。

三、发展花卉苑、果林带的四季美景旅游业

旅游是黄金产业；农业是国本产业；花卉、果木是绿色、彩色、香甜的特色产业，二者是劳动密集型、服务性产业。淮阴的土壤状况是碱性、酸性、中性皆备，沙壤、黏土杂陈，适宜于栽培各种花卉、果树，形成万紫千红、百果百香之美景。

淮阴地处苏北平原，有水缺山。扬我之长，树造花果旅游美景是为适宜之计。"千亩、万株"——必须上规模，才能形成震撼人心之景，才够酿酒用料。

再加之以淮扬菜肴，红楼玉液，民俗古风……真是怡愉人心，大可游观之境！

四、在旅游建设用地规划中综合其他资源因素

——把花、果林带与淮阴区的大运河段、黄河故道、淮水入海五龙汇口进行整体布局——以码头古镇为起点，二十里花果林带夹黄河故道而西，与京杭大运河帆影并行——顺手打造黄河故道的"黄沙大漠风情带"，重现半个世纪以前的苍茫野趣，可得苍鹰驼铃、驴友玩沙的古风新意。

——春游桃红梨白，夏尝酥梨瓜果，秋醉桂、菊、蟹肥，冬赏白雪、红梅——全天候，多品种，无淡季——于是：龙口水势、古镇人文、花香美果、大漠苍凉，必将心灵震撼，敢不说是平原一绝！

五、花卉、水果深加工——高科技生物制品

——如桂花油、玫瑰露、茯苓霜、蔷薇硝……价比黄金的保健品、化妆品；

——果汁饮料、花卉美馔……其附加值实乃本人的数学水平所不胜计者。

按此策划颇适于与已有规模的酒业公司洽谈。然而人皆有私，我未免俗，首先考虑的还是故乡。窃窃之意以为：如果此案可以操作，绝不想让淮阴失此机缘。设家乡父老能在这一项目上有活干、有业就、有钱赚，则是区区梦寐之求。美我乡景，富我乡亲，文我乡风，还有什么比这个更让人高兴的呢？

以"两淮"所处的苏北中区的地位优势，深厚的历史文化底蕴，必能在政府

的正确领导之下,经三五年努力而得国色天香、佳果美酿。盖如所预,乐以能与泗阳杨林绿海、金湖荷花水色、洪泽蟹黄虾鲜、"美人""国缘""珍宝"——诸美比肩而并驾齐驱,群雄竞起而分庭抗礼。后发奋起、优势竞争,各展其长、和谐相依。一个丰姿绰约的综合经济、联合群体的苏北大市区倩影,宛然在望。

加快提升苏北的发展,方针既定,形势给了我们大好的机会。据我所知,我们江苏,包括省会南京,对于开发"红楼梦文化旅游产业",以文化促进经济的更快发展十分积极,已着手先期的调研探讨工作。诚望淮阴能在这一机遇上有大收获。

以上所言,仅是一己之见,仅供故乡同志参考。

红楼梦文化题材金、玉、瓷工艺产品开发策划方案

　　企业要进一步攀升，必须在文化上做文章，特别是在"金文化"产品的开发创新上下功夫。而把《红楼梦》文化注入金·宝企业，更可强化企业"金"字招牌的含金量。且《红楼梦》文化的品位更高，底蕴更深，更加具有市场亲和力，形成消费冲击波。

　　众所周知，《红楼梦》是世界著名文学典籍，华夏文明、古典文化的大百科全书，内涵博大精深。它不仅是文化，更是可以付诸实施操作而成为"可再生资源"的产业；《红楼梦》的主题标签是"金玉良缘"——它是情感文化；以之为红线，它又是中华民族各种精华文化之集大成者，这就给予企业的产品开发以极大的空间和恒久的商品消费时效。

　　本策划案，就《红楼梦》的"金玉文化"系列产品，构建开发生产框架，兹简列如下：

红楼梦金玉良缘文化产品 ⟨ "金"品——金项锁、金麒麟等
　　　　　　　　　　　　　"玉"品——通灵宝玉、玛瑙玉器等

　　其中又分为许多细目：

1. 情感文化产品 ⟨ 金项锁 —— 正反两面，八字吉谶（不离不弃　芳龄永继）
　　　　　　　　　金麒麟 —— 赤金点翠，雌雄一对（道士所赠文彩辉煌）
——其挂链分别以金梗圈、珠玉璎珞做成。

2. 富贵文化产品 ⟨ 金如意 金佛手——（福如东海，寿比南山）……
　　　　　　　　　金手镯 金凤冠——（老中青层次分段，加入时尚元素）
——此档产品主要定位于祝寿喜庆等买家。

3. 吉祥文化产品 ⟨ 长命锁、寄名符——（长命百岁、四季平安、贵子高升）
　　　　　　　　　状元及第金锞锭——（蟾宫折桂、金榜题名）
——本档产品用于幼婴儿满月及考试中榜之赠礼。

4. 佛门文化产品 ⟨ 弥勒金佛——（普度众生、大肚能容、笑口常开）
　　　　　　　　　观音大士——（观音送子，净瓶圣水）

5. 大观园艺术类产品 ⟨ 金玉玻璃（大小）屏风
金画作品——大观园图,金陵十二钗、红楼故事

举凡《红楼梦》书中所及物事,皆可分批分期开发研制成为上市产品。

红楼金玉文化产品的工艺用材多元化:

1. 建议研发部在新产品中可以扩大用材范围

如:金丝八宝攒珠,赤金盘螭璎珞圈,这就要求有珠、玉之类的材料加入;

再如赤金点翠金麒麟——其中的"翠"就不是"金"了,且这一学术议题,至今尚有二说: ① 是指翠鸟之羽,用以装饰; ② 是在金麒麟上嵌镶绿玉石之类材质。

但作为我们的企业,则正好可以增加产品的丰富度,可以生产两种不同的产品。因为顾客各有所爱而供其选择。

如此,则其金玉产品的工艺手段也要求更加多样化、科学化,镏金、镀金、贴金、镶嵌……

2. 红楼金玉文化艺术产品的起稿多元化

① 循古的——可以采用清人古作

② 创新的——当代艺术家的新作

总之,《红楼梦》文深似海,美化无穷;但也正因如此,所以,其"金矿"开采量是无限丰富的,我们要把《红楼梦》"金玉文化产品"尽情发掘,并加以合理化的创新,以满足市场的最大化需求,舍我其谁? 此其己任也。

开发细目

工艺生产企业,需要在产品开发上寻求一个底蕴丰厚的文化载体,以之为依托,以此,求得更高更新的发展。无疑,《红楼梦》就是这样一个载体。

任何一家企业的产品,要想获得市场,具有市场震撼力,则它的产品必须具有新意、新的理念,规格系列成套。而《红楼梦》中的文化元素就完全具备着可供开发而成系列产品的性质。

《红楼梦》的大旨是情爱,贾宝玉的"金玉良缘"是主线。所以这正好是"金、宝"企业开发产品的主导根据,本案"红楼艺品"设构系统、产品细目如下。

1. 宝玉·宝钗情爱金品 ⟨ 金项锁:不离不弃　芳龄永继
通灵玉:莫失莫忘　仙寿恒昌

通灵玉、金项锁是他们的爱情信物，正反两面各有四篆字，合成两句吉利话。

2. 宝玉·湘云情爱金品：

雌雄一对金麒麟 ┬ "宝玉金麒"又大又有文彩
　　　　　　　└ "湘云金麟"是赤金点翠式

3. 板儿·巧姐婚缘金品 ┬ 板儿金佛手
　　　　　　　　　　└ 巧姐金柚子

王板儿是刘姥姥的外孙 ┐
　　　　　　　　　　├ 他她二人后来成就了姻缘。
贾巧姐是王熙凤的女儿 ┘

而在贾府兴盛时，刘姥姥带着小外孙到贾府去玩，当时板儿玩的是一个佛手。一会儿，巧姐也来了，她手里抱着一个大柚子玩，一见板儿的佛手，她就要；所以众人就哄着板儿与巧姐换了，板儿又得了贾巧姐的柚子——此为谶兆：今时一对小儿女、互赠日后订亲礼。

4. 贾蔷、龄官情爱金品礼物

这二人是《红楼梦》中的小人物，但却是作者用以以小喻大的人物故事。他两人的性情，就是贾宝玉与林妹妹的性情翻板——贾蔷与戏女龄官二人自由恋爱。这一天，龄官生病，烦得很，贾蔷为了给她病中解闷，特地到市上买来了会衔旗作戏的小鸟"玉豆金顶"，他她二人的感情是至爱至深的。两个女孩——林妹妹和龄妹妹都是可爱的。

故而，金饰鸟笼装玉雕"玉豆金顶"小雀是十分有意思的小摆设，情爱礼品。

5. 林黛玉情诗金笺（或金卡、金屏风）

林黛玉是"东方爱神"，是大观园里的爱情诗诗人，她与情圣宝玉的爱充分地表露在她的诗中。

爱神黛玉《题帕诗》三首（《红楼梦》第三十四回）

女神林黛玉《葬花词》金屏风（《红楼梦》第二十七回）

爱神黛玉《桃花行》金屏风（《红楼梦》第七十回）

爱神黛玉《代别离·秋窗风雨夕》金屏风（《红楼梦》第四十五回）

——这三架金屏风自成系列，是一套完整的收藏品。请书法家以真草隶篆各种书体创作并以金屏包装。具有文化、情感、文物等多重保值价值。

【6. 柳湘莲、尤三姐鸳鸯剑

柳湘莲是一个很优秀的人物,尤三姐是一个刚烈女子。尤三姐冲破封建规矩,自择夫婿,钟情于柳湘莲。柳以祖传的"鸳鸯剑"作为订婚礼。

《红楼梦》书中是这样描述这把鸳鸯剑的:

三姐看剑时——"上面龙吞蠖护,珠宝晶莹……里面……一把上面錾一'鸳'字,一把上面錾一'鸯'字。"】

7. 贾母器用及摆设

《红楼梦》中的贾府老太太贾母,是一位慈祥有福的老人。她有见识,有品位。她的生活起居,用具器皿、饮食、服装、首饰都是优质的商品,非金即玉、名瓷、红木。在这位老太太身上开发出来的产品,应该很有卖点。

①贾母金玉如意;

②老寿星金玉佛手;

③老太君金扶玉老(她的手杖当然要雕牙镶金、点翠嵌玉凤鸟头的);

④贾母菱花镜、牙金梳;

⑤老寿星玉蓉鎏金枕(可加入保健元素);

⑥老祖母金抓手,金花美人拳;

⑦荣国府诰命史太夫人金凤冠、项珠等;

⑧老太太雕漆镶玉大屏风;

⑨史太君福寿鎏金大圈椅;

⑩透雕工艺夔龙短足榻、金纹脚踏;

⑪老祖宗象鼻三足鎏金珐琅大火盆;

⑫御赐荣国公文王鼎、金自鸣钟……

——贾母房内的这一套可以设计成规格不同的产品,是高文化品位、高艺术含量的一套作品。

其他人物名下的冠饰金品物件更多:如宝玉的紫金冠、金抹额等,凤姐的五凤朝阳冠、金手镯等。

8. 妙玉茶具玉品、瓷品

妙玉是大观园里的特殊人物,一个带发修行、未断情根的少女道姑。她的茶品是极高的,茶具讲究,古玩稀宝。其茶具最具市场开发价值。

①海棠花或梅花式填金云龙、献寿茶盘。

②瓟瓟斝——斝,本是酒器。其形如三足之爵。

这是特色的生物工艺品——把刚起蕾的小葫芦,圈套在预先定型做好了的木模子里。待葫芦长大，就填满木模，形成所制的木模形状。成形老硬后去籽、风干加工。或者贴金包银，或者描龙画凤。妙玉的这只"瓟斝"旁边还有一耳。杯上镌着三个隶字"瓟斝"，还有一行小楷："晋王恺珍玩宋元丰五年四月眉山苏轼见于秘府"。

③点犀盉——犀牛角造器皿。

妙玉的这只茶具上也有三个垂珠篆字"点犀盉"，是碗一类的器形。

④绿玉斗——造型为上大下小的方型。单侧或双侧有把手。

⑤九曲十环一百二十节蟠虬整雕竹根大醦。

⑥鬼脸青花瓮——用以盛放雪水的瓷瓦器皿，腹部较大。妙玉煮茶的水特讲究。

——如果以金、玉、瓷制其一整套栊翠庵茶具，一定会得到雅士的青睐。

9. 红楼故事金箔画、玉雕画、瓷板画等

①宝玉寿宴图；

②刘姥姥笑醉大观园；

③十二钗吟咏菊花诗；

④二玉读《西厢》；

⑤二宝"金玉"会；

⑥宝湘故事：史湘云拾得金麒麟。

……

可采用清代当时红楼梦画作，也可用现代画家作品为蓝本。

10. 秦可卿闺闱风物

秦氏是一个作为"风流纵情"人物的象征而存在书中的。在她的房间里，有着极为奢华、充满人性风韵色彩的陈设物事。其中有许多可以开发成产品上市，而且可以组合成系统。

①"则天宝镜"

史传武则天作为女皇帝在其个人生活中极为奢靡，十分放纵，她曾为自己造了一座"镜殿"。室内四壁皆设置了宝镜，可供自己全方位"自览"。因此，"则天宝镜"就成为了人性艳情、人皆追美的文化符号了。

唐时尚无玻璃，当是铜镜，铜镜可以大体见影，不十分清晰，但却产生朦胧美；以"金"代铜可能也不会失去"朦胧美"的感觉。而另一面可以嵌进水晶玻璃，以满足顾客对清晰度的要求。这件产品可以创造成翻转双面镜。

②"飞燕金盘"

汉成帝的皇后赵飞燕,身轻如燕,长袖善舞。传说成帝给她造了一个水晶盘,叫宫人掌之——举托,而令飞燕在水晶盘上歌舞供他欣赏。所以,这个金盘就成为宠娇献情的礼品代表物了。

③"太真(伤乳)木瓜"

太真,即唐太宗的妃子杨贵妃。安史之乱前,她与安禄山关系暧昧。掷瓜伤乳,即是附会、讥刺之物。

④"红娘鸳枕"

《西厢记》故事:张生与崔莺莺偷偷谈情,由丫环红娘在其间穿针引线,安衾抱枕。所以,这样一个红娘抱过的鸳鸯枕也就充满了艳情色彩、爱恋风味。

⑤"甜香金炉"

贾宝玉在侄媳秦可卿的闺闱中午睡,只闻得一股甜香,不知炉中燃的是何香……

⑥"海棠春睡图"

据说是唐伯虎画的一幅画,现就挂在秦可卿的房间里,贾宝玉一见就叫好! 一觉而得太虚美梦。

《红楼梦》是大宝库。可供永久开发、运用,从各个学术层面,掘取书中内容,加以不同开发。如大的方面:旅游、文化、影视;小的方面:生活产品、奢侈用品,红楼美食系列,服饰,云锦系列,漆雕系列……

但不能竭泽而渔,形成掠夺性的开发。

必须打造"精品",绝不可粗制滥造,以免对这一宝贵矿藏造成破坏。故要选择各方面都优秀的企业,加入制造行会。

而美食、金、玉、漆、锦在各个领域里产生各自的精品,从而形成一个红楼文化产品大系统市场。通力合作,良性竞争,繁荣市场。

至于市场预测,本案从略。这里只简单地说一点:当前全球经济萎缩,这就在客观上造成消费市场的低迷——但终究会企稳回升的。

2008.6.19

云锦·金玉·雨花石与红楼旅游产业

——2009 年江苏红学会年会发言

云锦是传统文化，是"申遗"国宝。南京云锦是《红楼梦》的催生胚胎襁褓、摇篮，正因有了江宁织造，才有了南京的曹雪芹；才有了锦衣玉食的《红楼梦》，才有了今天云锦的"申遗"、红楼文化旅游工程的文章。

现在，作为红楼文化后人的我们，其重要的一项任务就是思考怎样弘扬红楼文化，怎样运动红楼梦旅游工程，怎样推销云锦·金玉·雨花石。

就此议题，个人从以下两个方面简述。

2009 年 5 月，南京云锦研究所（简称"锦研所"）邀约在宁部分红学同仁联谊，会上，大家作了有益的切磋。我个人就这一话题与"锦研所"交换了意见，提出一些粗浅建议、勾画：云锦产品开发应面向大众生活市场，面向旅游市场，应借助红楼文化，创红楼云锦系列，进一步弘扬中华国宝。其内容如下。

云锦产品开发策划

我一直以为任何好的、传统的东西，要想加以传承、保护、弘扬，最好的方法就是使之融汇于大众生活，应用于企业生产，推销于广阔市场。而就云锦、金玉工艺、雨花石而言，它们与《红楼梦》有着浓厚的血脉联系，因而尤其切合于红楼文化旅游市场。因为这是"专利"、专项主题。这是应用红学的要义。

旅游是休闲，旅游是享受，旅游是消费；旅游除了要观光美景、名建，还要饕餮美味佳肴，还要购采纪念礼品，留住人生快乐。

所以云锦等旅游纪念品的开发生产大有前途。

如祝寿庆生云锦礼品系列；童装、青春云锦服饰系列；情人节云锦礼品系列：黛玉香囊、袭人精绣肚兜、晴雯折扇等小饰物系列。

令人兴奋的是，南京云锦人对此亦有同样的看法。5 月联谊会上，南京云锦研究所王所长赠予每人一本他的大作《云锦》，其中，就有明确的态度，把云锦推向旅游市场。

2008年，我曾给省政府领导致函，就整合"大运河申遗——红楼梦文化"等资源，推动江苏的红楼旅游，为建设经济、文化大省而添砖加瓦略述己见。此信幸得文化厅回复；另，在给省旅游局的致函中则较为具体地提出，在运作好大运河江苏段所流经的与红楼梦有缘的八市区[①]之外，为切合红楼梦专线旅游主题，必须要组织生产一些具有品牌价值的工艺旅游纪念品，首要的如金玉良缘中的金制品、玉制工艺品、云锦制品。

时至目前，我对江苏的红楼文化旅游工程又有了更进一步的构想。10月，我再次向政府部门呈递己见。

当然，个人建议不见得会全盘得到首肯得以实施，但我以为，作为红楼文化的兴趣者，有向政府部门率先呼吁、倡议的权利和义务——仅供参考嘛！

我有较为乐观的期待；且，也只有"大运河申遗——红楼梦旅游"整个一条龙全体运作起来，彼时，才是云锦、金玉工艺、雨花石这些红楼文化元素大行其道、融入生活之时。基于此，目前，我对锦研所的又一建议是——云锦、金玉、雨花石，要联袂同台上演，共创旅游文化商机，因为，只有如此，才更有文化凝聚性，更有市场震撼力！你想啊，云锦拎包金裘盒里，放着通灵宝玉雨花石，赤金点翠金麒麟，多少情侣小青年要买！

2009 年 12 月 22 日

附：学子赠藏云锦小礼品开发

每年 6 月天，学子离情别意深，爱情友情豪情恨，火热喷涌。此时，正有馈赠礼品之需，临别赠言，情爱誓言。这也正是云锦礼品特定群体的购销旺季。

学子们的性格特征是青春、浪漫、感性，追求特色、新奇、小巧、尊贵的礼品；既富时代励志精神，兼藏文化大雅内涵的产品开发，就是商家大任。兹拟先行开发古典诗词、名句之云锦小方、相册、礼盒等品项以试销。

内容大略如下：

◆ 天行健，君子以自强不息

◆ 大丈夫必有四方之志

---

① 宿迁：林黛玉诗《五美吟·虞姬》；
淮阴：薛宝琴诗《淮阴怀古》；
扬州：林黛玉由此别父进京；
镇江：妙玉逃难，瓜洲渡口；
苏州：黛玉、妙玉等人的老家……

◆ 我所思兮在桂林，欲往从之湘水深

◆ 红豆生南国　春来发几枝　愿君多采撷　此物最相思

◆ 身无彩凤双飞翼，心有灵犀一点通

◆ 故人一别几时见？春草还从旧处生

◆ 门外若无南北路，人间应免别离愁

◆ 不是渭城西去客，休唱阳关

◆ 一个丁香一样地

结着愁怨的姑娘

◆ 最是那一低头的温柔

像一朵水莲花不胜凉风的娇羞

附言：

此诗句云锦的产品开发，更可在丝绸刺绣工艺厂家中试生产。

市场及产品分析

一、此项开发，似尚无先例；再加以结合于云锦，尊贵新奇之气顿生，应该会有积极的市场反响；而小巧精致便携，也是长处之一。适合学生特性。

二、价格优惠，开拓市场。

三、可按客户所特需，定制你所拟定的个性化的文字或画面内容。

四、可先行在小型的、学区内的卖场上架代售。（可发给收藏证。）

五、到大学名校舞台作云锦服饰表演，作较为有力的上市宣传推介。

《刘姥姥宴乐搞笑大观园》木雕作品构思脚本

题材叙述：

刘姥姥二进大观园，贾母在园中游乐宴请刘姥姥，却有凤姐、鸳鸯二人联手，暗地里安排了这一搞笑场景（《红楼梦》第四十四回）——

……贾母这边说声"请"，刘姥姥便站起身来高声说道："老刘老刘，食量大似牛，吃一个老母猪不抬头。"自己却鼓着腮不言语。众人先是发怔，后来一听出来了，上上下下都哈哈大笑起来。史湘云撑不住一口饭都喷了出来；林黛玉笑岔了气，伏着桌子"嗳哟"。宝玉早滚到贾母怀里；贾母笑的搂着宝玉叫"心肝"；王夫人笑的用手指着凤姐儿，直说不出话来；薛姨妈也撑不住，口里茶喷了探春一裙子；探春手里的饭碗都合在迎春身上；惜春离了座位，拉着她奶母叫揉揉肠子；地下的无一个不弯腰曲背，也有躲出去蹲着笑去的……独有凤姐、鸳鸯二人撑着，还只管让刘姥姥。

——这一幅乡姥让大观园里贵族女眷哄笑盈天的场面意义丰富……作为木雕创作题材，故事性强，生活味浓，喜乐感烈！应该会有市场。

市场定位：

1. 高档宾馆酒楼、各级会堂大厅、艺术馆（院）……皆有可能摆设或收藏。

2. 高收入群体的厅堂、房间摆设。

3. 含金量高，作为投资收藏保值品。

4. 艺术和"红楼"爱好者的收藏，也是一些文化品位高的人的喜好。

5. 作为高档次的馈赠礼品——上可作为国礼，赠送于贵宾，下可作为亲、友、师徒之间的礼品。

形制设计：

1. 平面透雕。

2. 立体圆雕。

3. 环境背景的设置考虑，要作艺术化的取舍。

4. 人物形象以 1987 年版王扶林导演的电视剧《红楼梦》人物形象为标准。

理由简述如下：

（1）1987年版的电视剧人物形象很美已成经典。

（2）1987年版的电视剧已近三十年了，此件木雕作品作为收藏品将会随时光的推移，同样享受到"历时渐古"的文物、工艺精品价值上升带来的历史感。

——艺术品的形象个性化对艺术创作的重要性、依赖性是不言而喻的。

——何况，1987年版《红楼梦》人物已在国人心中储存在美学的概念之中了。

5. 尺幅规格：依木雕的市场行情为主要依据。建议先以小型为宜。可先作小样品展示、展销。

6. 一点说明：《红楼梦》中的故事、物器等，题材、项类特多，从文化产业开发的角度而言，可以以各种形式，以各种工艺，用各种不同材质来生产完成、艺术创造，做成艺术产品、工艺产品应市。

以上之举刘姥姥故事，仅是一例，其他有趣的故事场景在《红楼梦》中比比皆是。

2012年9月15日

红楼梦文化题材南通蓝印花布工艺
"青奥"礼品开发刍议

2014年第二届夏季青年奥林匹克运动会即将在南京举办。有关江苏南京的文化宝典《红楼梦》题材的艺术礼品,尚在虚左以待。

也许是因为《红楼梦》太过博奥,难以从事,敬畏之心多多少少地阻碍了人们对其举手叩门、投足问津;也许是无知无畏之伙,信手涂鸦,因之糟蹋了"红楼",从而导致一提"红楼"就令人敬而远之,再提"红楼"至嗤之以鼻……总之,2014"青奥会"的"红楼"内容礼品尚为空档。

实际上以上两种态度大可不必。关键是,只要我们对其虔心对待,并能正确把握,就不会没有优秀的作品问世而为广阔的需求市场认可。

兹简述如下:

一、《红楼梦》题材的艺术、工艺作品,绝不是哗哗几笔大写意或毫不用脑地捏弄出一个传统的中国美人模式像,然后简简单单贴上个"林某某"、"贾某某"的标签就能名就功成的。

作为"蓝印花布"工艺的《红楼梦》故事艺术品要坚决摒弃那种"扛把锄头是黛玉"、"美人眠花是湘云"的随心写意的模具范式,它必须是:精选题材、表达深意、标准形象、范本可依的作品。

现举例如次:

○"群芳夜宴寿怡红"

这一众多人物场景的故事,展示大观园中的一群青春少女与具有男女平等意识的贾宝玉在春光里自由灿烂地享受生活的意念。

○"二玉共读《西厢记》"

她他二人读完《西厢记》的爱情故事,宝玉拿书中的情话来比说自己和黛玉,黛玉羞恼,指着他说要告诉舅舅去,吓得宝玉千妹妹万妹妹地打躬求饶……

○"宝钗探笞慰宝玉"

宝玉被笞,宝钗送药来,并说:你被打成这样……就连我们看了也心痛——一句话,毕露真情,也羞红了她的脸。

○ "元妃考诗,钗黛助情"

元妃省亲,命宝玉独作四首诗来——宝钗借此机会,靠到宝玉桌旁,叫他改一字;且与宝玉不停地小声说笑、调笑、调情;元妃看在眼里,记在心里:原来宝钗妹妹与我胞弟是如此黏糊且亲密。

而黛玉则帮宝玉整作一首五言八句律诗——但她却不敢靠近宝玉桌边久留,而是揉成一个纸团扔给宝玉抄写——就此错失了在元妃皇姐面前表现二人亲密、一生钟情的千载难逢之机。

○ "雌雄麒麟阴阳会"

湘云和丫头翠缕正在大观园中赏花观景,大论阴阳。她们忽然拾到一只比自己的金麟又大又有文彩的金麒麟——这是谁丢失的呢? 正在此时,宝玉从远方走来——旋即知道,拾到的这个正是宝玉丢失的……最终,在宝钗"金簪雪里埋"之后,宝(玉)湘(云)终成麒麟金玉缘。

○ "刘姥姥搞笑大观园"

刘姥姥游宴大观园,甘愿自作笑料逗群欢! 这是为什么? 贫困没有尊严。穷人向贾府借债并得到施舍赠金……心情复杂,在群欢的后面,却有着一层刘姥姥的心酸。

此幅画作要把文中所描写的群钗众女们的千百种笑态生动、到位得体地表现出来,绝非易事。("扫描"1987年版电视连续剧《红楼梦》作为参考。)

二、关于红楼题材故事的人物形象:

——必须追求人物造型的"标准化"。

"标准"从何而来? ——以1987年版王扶林导演的电视连续剧《红楼梦》的人物形象为标准。理由如下:

1. 画家,尤其是中国水墨画画家,他们随手信笔,每人的风格固化,千篇一律,万人一面;电影家每次翻拍,海选美女千姿百态,求求立异不同于前。但至今没有一件作品中的人物造型能在总体上超过1987年陈晓旭版的艺术形象的。

2. 1987年版电视连续剧已成经典,是大家公认的。

3. 任何文化瑰宝要想使之经典化,在其主要元素上必须标准化。而《红楼梦》故事艺术的主要元素,且第一直观元素就是它的人物造型。

——《红楼梦》的人物形象标准化的确立首先是一个认识论问题;其次是要借助一个"确立平台"作为标准建立的助力。而2014年南京"青奥"就是一个千载难逢的绝佳平台。

让以后百年的《红楼梦》艺术作品人物形象标准化工程就以南通蓝印花布为起步之作吧!

四、蓝印花布的技术特色是"印"——板印图像,具有着其他任何艺术品类所没有的特有亮点——它有着先天性的特征:每幅都是原作,使之在《红楼梦》文化艺术史上,从此之后,人们一看就知道:这是"红楼梦"——随心写意的那个,不是"红楼林妹妹"。

五、"蓝印花布"——不要被一个"蓝"字所拘死,江山代有才人出,年年春光色不同。建议:试在"蓝"印之外开发另色花布,如:

1. "银红"印花布,红楼梦故事;

2. "银灰"印花布,红楼梦故事;

3. "天青"印花布,红楼梦故事;

4. "淡绿"印花布,红楼梦故事。

南通蓝印花布的试印新品多色彩印的新产品,符合人们不断更新的审美需求、购买需求,也符合事物发展创新规律。这也是服饰界的"面料革新"之一端。

我以为南通蓝印花布作为一种传承的工艺品,它的特色灵魂在于"印"字上,在于其特殊的非物质染印技艺上,而不是其"色之蓝"上。

但是有一点必须强调:

作为南通"蓝印花布"工艺产品,必须是:只能在每一匹布上是纯一种色素,如果来一个"赤橙黄绿青蓝紫,万花同聚一幅图"的话,那就成了变种扎染工艺品了。

以上外行之谈或者不在其道,可作启示参考否? 尚望方家赐教。

2013 年 5 月 16 日
野羊谷草庐、整日水天

前言：以下三篇酒的文章，是为"一个巨大的酒业新品市场"的论证、开发作为营造红楼梦特殊酒文化气氛的铺垫之文事而作。

海棠社美女酒宴大观园

酒，是中华民族传统文化重要组成元素之一：帝王将相，置酒祭天，庆功典礼；武侠义士，饮酒壮行；文人墨客，把酒揖别，登高览胜；亲朋聚会，酌酒叙情……自古以来，华夏文明就从未间断过赋写着酒业世界的人文史；这一切确实是喝出了男人的博大情怀。而在《红楼梦》大观园酒坛上奏响的呢，却是美女佳酿交响乐！是酒歌醉赋的别一支！

不完全统计，大观园中各种不同性质的女性饮宴场合多多，不下数十，举其要者，诸如：

女娇娃，煮酒结诗社；

史太君，两宴刘姥姥；

寿怡红，群钗夜狂欢；

尤三姐，灌酒戏男人……

所有这些大观园美女饮佳酿的话儿，直到今天说起来还都馋得咱们这些须眉浊物大老爷们直咽唾沫。

请看《红楼梦》第三十七回：缘于探春起头，园内秀女一致同意结诗社咏白海棠——因是一时起兴，即时吟诗，当日毫无准备，故而虽然园中才女吟聚，但却今次无酒——按中国文坛传统，吟诗焉能无酒？无酒焉得好诗？你看："李白斗酒诗百篇"；陶潜是"引壶觞以自酌，临清流而赋诗"；曹雪芹呢，当时"著书黄叶村，举家食粥酒常赊"……

所以曹雪芹写大观园女儿聚乐吟诗非得饮酒不可——只是，他今次上酒上得迟了一点——只待广大读者觉得无酒诗社的故事行将结束，却忽然续上一缕游丝，让另一位园中诗坛高才史湘云迟到；迟到了的湘云——认罚而作东——作东乃置酒——置酒而咏菊——下酒以螃蟹，这就把这次诗社活动续延到第二天，把吟咏与赏桂、食蟹而饮酒，自然而然地串联起来，"酒"的主题终是顺理成章地引出来——实质上这正是"红楼"作者行文之伎：意欲扬之，必先抑之。

按此时此节，正是金秋桂香，菊瘦蟹肥之际，凤姐特别嘱咐，叫"把酒烫得滚热的拿来"。一听便知这是大康之府第，讲究！冷酒有伤脾胃，食蟹尤需酒热。

观赏今日的咏菊饮酒，最值得一看的当是潇湘妃子。林黛玉弱不禁风，饮食十分注意，酒水更是不沾。所以今天在吃蟹饮酒中，贾母特意嘱咐湘云："别让你宝哥哥林姐姐多吃了。"可是今天，我们却看到这样的情形——酒后，众人看花、玩耍、说笑，黛玉倚栏坐着，拿着钓竿钓鱼……一会儿，黛玉放下钓竿，走到座间，拿起那乌银梅花自斟壶来，捡了一个小小海棠冻石蕉叶杯。丫环看见，知她要饮酒，忙着走上来斟。黛玉道："你们只管自己吃去，让我自斟，这才有趣儿。"说着便斟了半盏，看时却是黄酒，因说道："我吃了一点子螃蟹，觉得心口微微的疼，须得热热的喝口烧酒。"宝玉忙道："有烧酒。"便令将那合欢花浸的酒烫一壶来。黛玉也只吃了一口便放下了。（见《红楼梦》第三十八回。）

这一段，黛玉饮酒可供我们玩赏的有以下几点。

1. 她竟然主动要吃酒了，且饮的是烧酒，而不饮黄酒——这说明黛玉很懂饮食营养学：吃什么食物发生什么身体反应，就需得用什么相应的饮品酒水去抵挡、消解，蟹是冷性的，又兼秋蟹黄肥非常油腻，不易消化，更因她本人的体质特别羸弱，所以，此时心口微微地疼必得要用高度数的白烧酒来调制，若是黄酒，是不济事的。林妹妹久病成医，自家深懂调理之道。

2. 进一步的看点则是宝玉：他忙叫把那合欢花浸的烧酒烫一壶来——更好，想得更周到，深具体贴之爱意。盖"合欢花"，性平、味甘，有安神、解郁、活血之功效——以之浸泡的烧酒，今日之于黛玉，不但祛寒止疼，且对黛玉的情绪长期抑郁之调理也是大有裨益的。

3. 此时此刻黛玉的"自斟自饮自得趣"的美学追求，独特别致与他人不一样；在大聚大笑之外有一个十分个人化的、自我独立的小分散——这也正是她的喜散不喜聚论的又一注脚——这也成为美女自赏之外又给予他人对之欣赏的一袭领地。

4. 黛玉今日之自动要求饮酒可供我们赏美的，不仅是合欢花酒的美味，更美的是美女今次饮酒的心绪、神态美。你看——"让我自斟，这才有趣儿。"——"红楼"中很少见到黛玉亲力自助的活动：因她体质太差，一年半载也难得拿针弄线的，更别说其他事体了。在人们的记忆中，惟见过她曾在公开场合、薛姨妈家那次，亲手为宝玉料理雪天的斗笠：轻轻地、扶一扶、扶正了，自己端详了一下……自我欣赏为情哥哥代劳的成果体现；而此次，自斟自饮，必要亲力自为，虽是举手之劳、吹灰之力，但是，她此时着意追求的是心情趣味。是一件精神的美味小品，知道吧！

而我们读者又将是多么有幸欣赏到黛玉的拣杯、执壶、注酒这一系列的秀女动作；欣赏、自娱、欣慰（宝玉之无微不至）这一系列神态；而后，则是娇弱地举杯轻盈一抿小酌的那一种纤纤秀女的唯美举止呀！生活中真的不缺乏美哎，但要人们去发现呵。

宴饮小休。随后，便各人勾题作诗。果然是——
美女饮了美酒，佳酿催出佳作。有顷，各人的诗就都出来了。请过目：

怡红公子:《访菊》　　　闲趁霜晴试一游,酒杯茶盏莫淹留……
枕霞旧友:《供菊》　　　弹琴酌酒喜堪俦,几案婷婷点缀幽……
怡红公子:《种菊》　　　冷吟秋色诗千首,醉酹寒香酒一杯……
忱霞旧友:《菊影》　　　珍重暗香休踏碎,凭谁醉眼认朦胧……
蕉下客:《簪菊》　　　　长安公子因花癖,彭泽先生是酒狂……
怡红公子:《食螃蟹》　　饕餮王孙应有酒,横行公子却无肠……
潇湘妃子:《食螃蟹》　　多肉更怜卿八足,助情谁劝我千觞……
蘅芜君:《食螃蟹》　　　眼前道路无经纬,皮里春秋空黑黄。酒未敌腥还用菊,性防积冷定须姜……

——但看酒后咏吟，真是酒助诗兴，佳句迭出，首首含酒，字字添香。酒提人之神，酒是诗之魂。

第六十二、六十三回，还有酒文。

"寿怡红"一节是《红楼梦》女儿国里空前绝后的一次女儿狂欢节。也是大观园中青春荡漾的美酒会。

原来这一天是宝玉、宝琴、平儿、岫烟四人同日过生日。可想而知，今天，女儿们和宝玉都掉到酒海里去了。又有好巧：当家的、上人们都不在，就任凭着众女儿祝寿、祝酒、闹酒、醉酒吧。一天当中，午、晚、夜三场宴酒，园内的临时执政探春、李纨由着众兴带着头，直把寿酒灌得美人醉、美人醉了花中睡。

午间酒宴玩的是正儿八经的酒令，是一副文化性较强的套令，尽管此套酒令规定要求别致但却也很复杂。——今天看来，品红楼酒浆、扬红楼文化，要想传承审美这样的红楼酒令，怕是难中有难了。闲言少叙，还是来欣赏一下当日红楼美女们的妙令好辞吧。

是湘云限酒面酒底：酒面要一句古文，一句古诗，一句骨牌名，一句曲牌名，还要一句时宪书上的话，共总凑成一句话。酒底要关人事的果菜名。呀，好复杂。所以众人听了都笑说：惟有她的令也比人唠叨，倒也有意思。且听林黛玉代宝玉说的酒令词：

落霞与孤鹜齐飞，风急江天过雁哀，却是一只折足雁，叫的人九回肠。这是鸿雁来宾。

——说得大家都笑了，雅俗与共，而联串起来，也成事理，意思贯通。无怪大家都说：倒有些意思——最后还有酒底，黛玉也是捷才，一向为读者称羡。她拈了一个榛子，说酒底道：

榛子非关隔院砧，何来万户捣衣声？

——妙！妙！实在妙！有关林黛玉的饮酒应令，如同吟诗，真可谓美不胜收呀！贯通看她这酒令词，每句词义都切合她的情景概况，孤鹜、雁哀，还是断了足的哀雁……犹闻子夜吴歌捣衣女的思情悠然呀！

除了黛玉酒令精妙，另一个当然就是限令人史湘云了。这番湘云划拳输了也要说出酒面酒底。听她说道：

奔腾澎湃，江间波浪兼天涌。须要铁锁缆孤舟。既遇着一江风，不宜出行。

——好一付女汉子的豪迈吟酒哟！

——湘云这一说真是诌得叫人笑断了肠；再看她如何说酒底：

湘云吃了酒，拣了一块鸭肉咬一口，忽见碗内有半个鸭头，遂夹出来吃脑子。众人催她别只顾吃，到底快说了。她举箸夹着鸭头，说了酒底，道："这'鸭头'不是那'丫头'，头上那讨桂花油？"——好啊，这道酒桌上的菜肴鸭头，她信手拈来作了酒底，竟又关合到了满屋子那么多的丫头们，她们一起不依，说史姑娘拿她们开心取笑，必罚一杯酒才罢！——于是湘云又被罚了一杯；紧接着因诗词用典的问题出了差错又被罚一杯。看来，湘云今日的酒不少。可不该醉了？果真是醉了……一会儿，只见一个小丫头笑嘻嘻地走来：姑娘们快瞧云姑娘去，吃醉了图凉快，在山子后头一块青板石凳上睡着了。众人听说都笑道：快别吵嚷。说着，都走来看时，果见湘云卧于山石僻处一个石凳子上，业经香梦沉酣，四面芍药花飞了一身，满头脸衣襟上皆是红香散乱，手中的扇子掉在地下，也半被落花埋了。一群蜂蝶闹穰穰的围着她，又用鲛帕包了一包芍药花瓣枕着。众人看了，又是爱，又是笑……

真是的，恁一般、红香美女醉酒眠，蜂蝶轻薄穰穰践落英，怎禁得住、爱美人能不乱心？不爱江山爱美酒？不爱美酒爱美人耶？

——打住！在红楼酒场中醉到这份上，别心猿意马、想入非非了。大家面对美女醉酒要学着宝玉那份德性，多用点"体贴"的功夫，送上果汁、凉茶……当然还有，你千万不能让你的女友在此时此刻醉驾宝马闯红灯了……慢着，你听醉到这份上湘云口内还作睡语唧唧嘟嘟说些什么哩——

泉香而酒洌，玉碗盛来琥珀光。直饮得梅稍月上，醉扶归，却为宜会亲友。

哇，还是好酒令！宋文、唐诗加小令——真是好景致、高才情也。试问红楼饮酒人，醉耶？醒耶？若曰不醉，何以卧眠芍药？若曰已醉，安得妙令胜醒时？大约，其在于醉、醒之间：酩酊大醉则为滥饮酒鬼；不到微醺，则无张旭之狂草，太白之百篇——这正是史湘云今日之绝妙酒境吧。

说完了湘云的醉，回过头来再看看林黛玉。她今天在寿怡红的酒宴中不但没醉，而且头脑特别清醒地发表了一通精辟独到的诗酒之外的高论、高论、高论！

林黛玉到底高论些什么呢？请看——

黛玉和宝玉二人站在花下遥遥知意，黛玉便说道：你家三丫头倒是个乖人……（听这口气，简直就是少妇说小姑子哩。）宝玉道：你不知道呢，你病着时，她干了好几件事：这园子也分了人管，如今多掐一草也不能了。又蠲了几件事，单拿我和凤姐姐做阀子禁别人。最是心里有算计的人。

黛玉道："要这样才好。咱们家里也太花费了。我虽不管事，心里每常思想，替你们一算计，出的多，进的少，如今若不省俭，必致后手不接。"

——好个林妹妹，今天我贾宝玉请你来喝我的生日酒你真是没白喝，谁曾想你竟是如此有心，为"咱们家"操心，为"家庭经济"的收入、支出、赤字如此精确细心，为"咱们家"日后大计如此担心，你爱我亦爱我们共同的家是如此真心……你今既喝了我们家的酒，怎能不给我们家作媳妇呢？

——而我们广大读者对此也十分赞赏！细心体察其别样的情味。

林妹妹，你今天虽然饮了烧酒，但未过量酒醉；惟其未醉，故而思维清晰，才能在欢宴之后陈述治家大计，算计经济进出，原来你深懂经营之道呀！听君今日一席话，真令人刮目相看。你今日自斟自饮自得趣，惟其情趣益然，才会借酒力而喷涌才情，理财经营又一人，裙钗治家胜紫金！

——因而我们呼吁：凡品尝红楼美酒者，一应秉持饮酒不醉量为高的尺度；一如黛玉之斟：酒随量饮，头脑清醒，交友联谊，洽谈生意。

噫吁哉，红楼美酒浸合欢，其可以怡情添趣，其可以提神益智，红楼美酒，其极品乎!

2011 年 6 月 18 日至 28 日

凌受勋先生大鉴:

今发文一篇,《海棠社美女酒宴大观园》给"酒报",请酌处。

另,有关"红楼梦大观园低度系列酒品开发"资料,本人极望与红楼梦酒业集团总部细论。并请先生致意董事长先生。致谢!

谨祝夏祺。

南京王克正拜启

附记: 此事以后没有下文。

刘姥姥宴酒搞笑出新令

　　上文我们说了大观园美女们的饮酒。现在该来看看乡野老人刘姥姥在大观园参与的酒会了。

　　谈刘姥姥，规矩从来都是主要论述她的贫困，举债到贾府，受到凤姐在高高之上看低低之下的俯视轻慢的阶级划分的情状：在她被邀饮宴大观园，被贾府主子及沾染了权贵气息的高等奴才利用这一机会作为篾片相公的角色，以逗乐贾母。悲哀的是刘姥姥心知肚明这一切而尽量地做好这一戏彩逗乐的角色工作，尽含可悲、辛酸、人格屈辱的社会阶级欺凌——无疑这是政治意义、社会学意义的文学分析。

　　但今日，我们是因酒为文，所以重点是调酒试弦、戏说酒乐。

　　贾母今日之所以邀刘姥姥同她逛逛园子，在很大程度上正是常人之情，所谓"人老恋故，慈悲怜贫"之情绪，故老太太说："我正想个积古的老人家说话儿，请了来我见一见。"待一见刘姥姥，便有好感，与之对话……有道："我才听见凤哥儿说，你带了好些瓜菜来，叫她快收拾去了，我正想个地里现撷的瓜儿菜儿吃，外头买的，不像你们田地里的好吃。"——通过这些生活细节颇有情趣的铺垫，乡村老亲家与富贵老寿星两方的情绪拉近了，就好进入主题——刘姥姥，宴饮造乐大观园了。

　　在刘姥姥今天的酒宴上，曹雪芹给我们展示的是高雅酒会的另一面，一个农村老大娘的酒词，搞笑、憨朴、招乐的气氛。——听姥姥自己是这么声明的——"我们庄稼人闲了，也常会几个人弄这个，但不如你们说的这么好听。少不得我也试一试"。当即，酒令官鸳鸯宣布了今日酒令规则——

　　"如今我说骨牌副儿，将这三张牌拆开……无论诗词歌赋，成语俗话，比上一句，都要押韵。"——第一位应令的是贾母。

　　鸳鸯出令题道——左边是张"天"，贾母接令词——头上有青天；

　　鸳鸯出令题再道——当中是个"五"与"六"，贾母接令词——六桥梅花香彻骨；

鸳鸯出令题再道——剩得一张"六"与"么",贾母接令词——一轮红日出云霄;

鸳鸯出令题再道——凑成便是个蓬头鬼,贾母接令词——这鬼抱住钟馗腿。

大家听到了,笑称"极妙"。雅气,且亦不失通俗易懂。

轮到刘姥姥时,刘姥姥在众人的鼓励下出口了——

鸳鸯出令题道——左边"四四"是个人,刘姥姥接令——是个庄稼人;

鸳鸯出令题道——中间"三四"绿配红,刘姥姥接令——大火烧了毛毛虫;

鸳鸯出令题道——右边"么四"真好看,刘姥姥接令——一个萝卜一头蒜;

鸳鸯出令题道——凑成便是一枝花,刘姥姥接令——花儿落了结了个大倭瓜。

她之酒令,说一句,全园大众便高声笑一句。气氛空前热烈——她说大观园里的人酒令好听,而大观园里的人更觉得她的酒令好听!

两相比较,这两老太的酒令自见文野之分。而刘姥姥的酒令已完完全全的现实化、生活化、通俗化乃至于劳动生产化了。按刘姥姥自己的创作论解说道:"我们庄稼人,不过是现成的本色。"但这种生活本色对于大观园中的人们却是极为新鲜的"吃个野意儿"。——连同刘姥的"故事新编"、口语说话,对于宝玉、钗、黛、湘云"他们何尝听见过这些话,自觉比那些瞽目先生说的书还好听"(《红楼梦》第四十回,第三十九回)。若问是何道理? 但看大观园里的酒令文化、生活用语,当然是高雅为主,城市腔调。而今,突然来了一个乡村语言家,不啻是吹进大观园的一股清风爽气。

且看,酒宴的开场白,听听姥姥高声朗吼一句"老刘老刘,食量大似牛,吃个老母猪不抬头"——这一说不打紧,可把园中的众美女完全地笑翻了——史湘云撑不住,一口饭都喷了出来;林黛玉笑岔了气,伏着桌子"嗳哟";宝玉早滚到贾母怀里,贾母笑得搂着宝玉叫"心肝";王夫人笑得用手指着凤姐儿,只说不出话来;薛姨妈也撑不住,口里茶喷了探春一裙子;探春手里的饭碗都合在迎春的身上;惜春离了座位,拉着她奶母叫揉一揉肠子;地下的无一个不弯腰屈背,也有躲出去蹲着笑去的……贾母笑得眼泪出来,琥珀在后捶着。贾母笑道:"这定是凤丫头促狭鬼儿闹的,快别信她的话了。"

痛快大笑之后请大家想想:若按艺术法则论,当任何艺术一旦高雅到了"冷翡翠"标准的时候,也就是到了僵尸硬化的时候了。而今天一听刘姥姥,乡风乡气乡俗言,不正是给高雅园里注入一股新血液吗? 简直是"但得日笑三百句,不辞常作乡间人"。笑,是一种生活元素；笑,是一种幸福指数；笑,是健康状况读数。尤其在欣逢盛世达小康的现代,在红楼美酒饮宴楼上,开怀畅饮,舒心大笑,实是酒"喝没喝好足没足"的衡量标准——总之,刘姥姥是别开酒令的新生面。至今大可作为借鉴。

但是笑归笑,我们还是要来深入体会一下刘姥姥酒令里的学问才不至辜负了曹雪芹。

严格地论析刘姥姥的酒令,绝非仅仅是供"雅园之女"一笑而已之料,其实刘姥姥之今日酒令也有其创新性可说。

且看"大火烧了毛毛虫"一句。接此句是应对鸳鸯的酒令"中间'三四'绿配红"的骨牌形数和"又要押韵"而给逼出来的即兴创作。仔细一推敲,问题来了。什么? 你想:毛毛虫是有害庄稼、菜蔬的坏东西。农业灾害有水、旱、风、雷,外加病虫害——灭虫除害向来是农事上的一大巨项。而据常人之知,清朝之前的古时农业,对病虫的防治也有药物方法的。如山芋(红薯)是长在土里根生果实的植物,这就难免土蚕之害。怎么办呢? 我问过家慈,回答说:那时没有"六六六粉",就拿微量砒霜拌和麸皮,植埋于深根之下,就能起到防虫作用了,但一般极少应用。若说到青菜蚜虫之治——土办法,本人用过:撒草木灰粉呛死它,再不然就是人工捕灭——远忆当年,作为幼小学生,也曾参与过轰轰烈烈的全民大灭蝗战役,这话一说已经是半个世纪了——但从来不曾用过"火烧毛毛虫"的方法呀! 农事,刘姥姥不会不懂。她肯定是从未听过、做过甚至想过"火烧毛毛虫"之法的——固然,毛毛虫可以被火烧死,但大倭瓜不也就玉石俱焚了吗? 然而今天她却口出"新词"、荒谬之法,这又当作何解释呢? 答曰:艺术是源于生活而高于生活的。刘姥姥的酒令朴素地表达了她的生活主题:左边四四是个人——"是个庄稼人";庄稼人的艰辛——耕耘播种,水旱除虫;庄稼人的祈盼——有个好收成:花儿落了结了个大倭瓜;庄稼人的快乐——看着满园的萝卜满园的蒜。其中,对于病虫害痛恨和剪灭之情尤烈——大火烧死这毛毛虫。这是我们的古人在农业文明中的情绪表现。所有这些以庄稼人为内容的酒令,较之古文、古诗、古董,是多么的具有别样的滋味呀,不正是源于生活的思想、艺术吗?

对于艺术与生活的关系、阳春白雪与下里巴人问题,文学中文化史的靡芜之风与古文学家的革新运动,酒令文化的现代创新的方法与方向——这些纯文理的课题,今天在刘姥姥的栏目里就免谈了吧。

本来,刘姥姥的酒局文章至此便可束笔了。但是作者意犹未尽,刘媪节外生枝。她偏来了一句：实告诉说罢，我的手脚粗笨，又喝了酒，仔细失手打了这瓷杯，有木头的杯取个子来，便失手掉了地下也打不了。——她这一说可好了，这就给搞笑专家凤姐又提供了一档子笑料了。——立刻，凤姐想叫人拿那十个竹根套杯来——鸳鸯也坏，更是要把"黄杨根整抠的那十个大套杯拿来，灌她十下子"。刘姥姥再一想，他们家金杯银杯之外果然有木头的，而且是十个一套，定要吃遍一套方使得。她老心里掂量：……是了，想必是小孩子们使的木碗儿，不过诓我多喝两碗。别管他，横竖这酒蜜水儿似的，多喝点子也无妨。（《红楼梦》第四十一回）。——是啊，难怪你刘姥姥没听过、没见识过，在中国酒文化里，关于酒器一节也是一大项目哩！你哪知道"酒具之学"？上古称彝、爵、尊、觥……都是西周青铜家伙；到了殷商酒殇之朝，酒具又多出了觯、瓠、角、散、壶、篚、舟、勺、钫、罍等等古器；如此而下魏晋，又出了许多新名堂：壶、杯、注、碗、盏等等。质料则是青铜、金、玉、漆器、瓷、牙俱全，其工艺美不胜收。而今，你刘姥姥所见的黄杨木套杯，确实是晚近时代的酒具新器了。一时拿来，"刘姥姥一看，又惊又喜：惊的是一连十个，挨次大小分下来，那大的足似个小盆子，第十个极小的还有手里的杯子两个大；喜的是雕镂奇绝，一色山水树木人物，并有草字及图印……"

真所谓钟鸣鼎食之家，吃喝穿戴、菜肴茶酒，哪一样不讲究！连宝玉要吃的莲叶羹一道汤，还要特意地打造银模子的各色花样来制作面印子来下在汤里——难怪世人无不追求荣华富贵呀！而今天一位乡巴佬老太，一见这黄杨木套酒杯，怎能不惊喜？若果真有留到今天的，哪一样不是国宝？所以，鸳鸯叫刘姥姥说说看这杯子是什么木质的？刘姥姥说的一席话也让人良多辛酸，慨叹连连呀。她道："怨不得姑娘不认得，你们在这金门绣户的，如何认得木头！我们成日家和树林子作街坊，困了枕着它睡，乏了靠着它坐，荒年间饿了还吃它。眼睛里天天见它，耳朵里天天听它，口儿里天天讲它，所以好歹真假我是认得的。让我认一认。"一面说，一面细细端详了半日道："你们这样人家断没那贱东西，那容易得的木头，你们也不收着了。我掂量这杯体沉，断乎不是杨木，这一定是黄松的。"——多么自信，多么认真，多么科学，多么有逻辑的推理。——众人听了，哄堂大笑起来。

——真是罪过，人格是根据见识来的，见识是根据身份来的，身份是根据……来的。哄堂大笑笑什么呢？其实任何一个贫困之人的没见没识之事物、即见识的局限性是很容易就改变、扭转的。你看现今的孩子们，只要他们有了十来年的教育待遇，也就只十几年，就不会有没听没见没用不懂得的了。所以当今抓教育平等真是太重要了。人哪，真是三十年河东转河西，莫笑穷人穿破衣——今日哄笑刘姥姥的十二金钗贾宝玉们，不是转眼之间就"寒冬噎酸齑，雪夜围破毡"了吗？——在下以为，这才是我们研读刘姥姥酒文化之大义所在，醉眼醉耳莫醉心，笑偷笑懒不笑贫。绝不仅止于受了刘姥姥错识黄杨木的启示而开发木雕竹刻绿色环保大酒杯之为——而更应该关注如何使全体国民都脱贫致富，更关注"谁知盘中餐，粒粒皆辛苦"等等的人文大义呀！

尤三姐淫酒绝酒女豪杰

尤三姐,你太淫浪不羁——自幼情欲狂荡,聚麀贾氏父子;

尤三姐,你太爽直自明——连你自己也毫不讳言,承认丑行;盗铃而不掩耳,决不自欺欺人。

尤三姐,你太勇敢,敢爱敢恨——冲破封建束缚,自择情郎。

尤三姐,你太老辣去耻——竟能一把搂过贾琏的头来灌酒。……

那天,她与贾珍正在轻薄,贾琏一头闯进来,撞破耻情,她便恼羞成怒。贾琏忙命"看酒"……又拉尤三姐说:"你过来,陪小叔子一杯。"三姐站在炕上,指着贾琏笑道:"你不用和我花马吊嘴的,清水下杂面,你吃我看见。见提着影戏人子上场,好歹别戳破这层纸儿。你别油蒙了心,打谅我们不知道你府上的事。这会子花了几个臭钱,你们哥儿俩拿着我们姐儿两个权当粉头来取乐儿,你们就打错了算盘了……倘若有一点叫人过不去,我有本事先把你两个的牛黄狗宝掏出来……喝酒怕什么,咱们就喝!"说着,自己绰起壶来便斟了一杯,自己先喝了半杯,搂过贾琏的脖子来就灌,说:"我和你哥哥已经吃过了,咱们来亲香亲香。"(《红楼梦》第六十五回)三姐又一叠声地叫二姐也过来饮酒,要乐咱们四个一处同乐……

——这真是亘古未见的一场恶作剧!

吓得贾琏酒都醒了。贾珍也不承望尤三姐这等无耻老辣。弟兄两个本是风月场中耍惯的,不想今日反被这闺女一席话说住。

我们说,在大观园中,钗、黛、湘、琴她们的吃酒聚会,是酒兴笑语,是诗酒、文酒、雅酒;又看过,在刘姥姥的游园酒宴中,她的酒,她的话,是本色酒、生活酒、民俗酒;而今日,我们所见的尤三姐的浪言灌酒,则是淫酒,愤酒,报复酒。她她他他,四人皆是淫家。今日,既被撞见了场面,索性撕破了脸皮;与其被他人流言耻笑,不如自己道明、去耻;既已然失身于彼,而又欲火难禁,不由自主,而又悔恨怪罪这些淫棍男人,一顿痛骂,顿时报复,调笑戏谑——文中继续写道:

自此后,或略有丫环、婆娘不到之处,便将贾琏、贾珍、贾蓉三个泼声厉言痛骂，说他爷儿三个诓骗了他寡妇孤女。贾珍回去之后，亦不敢轻易再来。有时尤三姐自己高了兴，悄命小厮来请，方敢去一会。到了这里，也只好随他的便。谁知这尤三姐天生的脾气不堪，仗着自己风流标致，偏要打扮的出色，另式作出许多万人不及的淫情浪态来，哄的男子们垂涎落魄，欲近不能，欲远不舍，迷离颠倒，他以为乐。

论她的这种报复男人的手段方法完全是："冷暴力"、"热暴力"并用。热的：痛骂、恶骂贾氏爷仨——这就揭露且宣扬了贵族豪门家族的混淫聚麀——这也许为日后贾府丑闻外传乃至上达官府、皇家而被抄没乃至斩首所放的"定时炸弹"——何其毒也！毒得何其有力也。冷的：吊男人的胃口。淫情浪态，欲近不能，欲远不舍——这要是搁在贾瑞、秦钟身上，那不就是能够撂命的相思毒素吗？

你们再看——

这尤三姐松松挽着头发，大红袄子半掩半开，露着葱绿抹胸，一痕雪脯……灯光之下，越显得柳眉笼翠雾，檀口点丹砂。本是一双秋水眼，再吃了酒，又添了饧涩淫浪……据珍、琏评去，所见过的上下贵贱若干女子，皆未有此绰约风流者。二人已酥麻如醉，不禁去招他一招，那妇人淫态风情，反将二人禁住……

——假如说，三贾淫棍见了尤三之美，是见色心喜，勾起肉欲淫情，可以说，宝玉之辈见了尤三之美，是见美女而怜香惜玉，倍加爱惜体贴，恐怕和尚道士们的肮脏气薰着了她。

——假如说：淫棍三贾之见了尤三之美是见色性起，急在占有，那么读者诸君见了三姐此妆此美，则顿生人面桃花对酒红的审美愉悦。

——假如说，贾氏父子兄弟是聚麀淫乐，不过是酒色二字而已，则尤三本人则是：烈性女子淫荡情欲之外的理性行为的表达，另一种复仇的手段是也。

故我们说："再吃了酒"——她之酒，直接是她的工具，她之意，确实在于自己快乐的同时，加倍地报复男人，以"性冷暴力"而伤残男人也——三贾淫棍，你们这些"牛黄狗宝"们知道不？

酒，壮了尤三姐自己的胆；酒，遮了她自个儿的羞；酒，使得她更加能放手放胆地肆行无忌——"那尤三姐放出手眼来略试了一试，他弟兄两个竟全然无一点别识别见，连口中一句响亮话都没了。……自己高谈阔论，任意挥霍洒落一阵，拿他弟兄二人嘲笑取乐，竟真是他嫖了男人，并非男人淫了他。一时他的酒足兴尽，也不容他弟兄多坐，撵了出去，自己关门睡去了。"

——尤三姐持破罐破摔之主义，凭酒使性，借酒报恨。

她严正地向姐姐指出："咱们金玉一般的人，白叫这两个现世宝玷污了去，也算无能！而且他家有一个极利害的女人，……倘或一日他知道了，岂有干休？势必有一场大闹，不知谁生谁死！趁如今，我不拿他们取乐作践准折，到那时白落个臭名，后悔不及。"

——这分析得是多么透彻，话说得多么在理，性格显示得多么刚强，行动得多么惨烈！

因此一说，"那尤三姐挑拣吃穿，打了银的，又要金的；有了珠子，又要宝石；吃的肥鹅，又宰肥鸭。或不称心，连桌一推；衣裳不如意，不论绫缎新整，便用剪刀剪碎，撕一条，骂一句。究竟贾珍等何曾随意了一日，反花了许多昧心钱"（《红楼梦》第六十五回）。

——这是一个封建社会的弱女子在受到凌辱之后唯一能够采取的报复仇人的方法。这是尤三姐的胜利还是失败？这是尤三姐的幸运还是不幸？

但是最终，三姐她终于在一次庄严的举杯之后，向世人作出了庄重尊严的"女性宣言"。你看：

至次日，二姐另备了酒，贾琏也不出门，至午间，特请他小妹过来，与他母亲上坐。尤三姐便知其意，酒过三巡，不用姐姐开口，先便滴泪泣道："姐姐今日请我，自有一番大礼要说。但妹子不是那愚人，也不用絮絮叨叨提那从前丑事，我已尽知，说也无益。既如今姐姐也得了好处安身，妈也有了安身之处，我也要自寻归结去，方是正礼。但终身大事，一生至死，非同儿戏。我如今改过守分，只要我拣一个素日可心如意的人方跟他去。若凭你们拣择，虽是富比石崇，才过子建，貌比潘安的，我心里进不去，也白过了一世。"

——好一个闺女，终于在淫酒自醒之后，有了日后自身的清晰的思路：

一、并不隐讳从前丑事；

二、宣布了改过守分；

三、有明确的择郎标准——特别强调：要求自己可心来电的，而不是只求文才、帅哥、土豪。

——"酒过三巡"之后，这酒，是尤三姐人生中第一杯庄严的酒；这是尤三姐酒后向世人作出的庄严的"女性宣言"——

她当着贾琏的面断簪起誓，待嫁柳湘莲。

果然如此：从今日起，改过守分，吃斋念佛——吃斋念佛，大家知道：酒是第一要戒的。惜哉惜哉，三姐之念佛，无疑，在中国酒坛上从此就少了一个女中豪杰！

呜呼！酒神美女，此一去前程渺遥，望你一路走好！

2011 年 8 月 22 日

一个巨大的酒业新品市场

——关于"那半边天"女人世界的红楼梦花卉、果子酒研发纵论

柴米油盐糖酒茶。——开门七件事，缺一不可的生活商品。

如今是品质时代，购物，首先要考虑选择哪一个厂家、什么品牌；当前是市场经济，商家特别注重品牌效应，销售名牌产品；现代是公司社会，企业强调产品创新，赋予品牌文化含义。

$$创新产品 + 文化品牌 = \begin{cases} 买家的宠儿 \\ 企业的生命 \\ 市场的大鳄 \end{cases}$$

文化品牌、创新产品，是"另一只看不见的手"隐藏在买家、商家、厂家的身后，主宰着他们的生活、生意、生产。

在柴米油盐糖酒茶生活百货商品中，无时无刻不充塞着铺天盖地的产品广告。广告，商品穿着的美丽迷人的外衣。就中，数酒业产品的广告最见良苦用心。请看——

〇海之蓝、天之蓝、梦之蓝——蓝色经典·男人的情怀

——这张牌固化了美丽蓝色，绑结着男人的情怀；

〇今世缘，国之缘——成大事者必有缘

——这一家笼络的是情缘、人缘、机缘的吉祥文化品牌；

〇明者与天相和，智者与地相和，仁者与人相和，集大成者两相和

——高，上升到"三才"的高度，打着玄空的哲学头衔；

〇珍宝坊青花瓷——容天地之气度，融日月之精华

——文物、古董，不折不扣的国宝档案文化牌；

〇军酒，当兵人的酒

——英雄主义的色彩，祖国长城的文化大旗；

○"老村长酒"提醒你：好好生活天天向上。（近期再加一句：别把村长不当官！）

——煽动老大爷给我们的亲和力，亲情文化；

（后附之文，是官场的调侃文化，抑或是附加值的明码？）

○古井御贡，百年迎驾

——打出了九五至尊、贵为天子的华盖……

总之，酒家挖空心思，硬是朝身上粘贴文化商标！商场如战场，竞争白热化。

中国白酒，同质竞争。文化标签，竞美游戏，广告搏杀，标榜高档，价格狂飙。令人眼花、头晕——害了买家：多支付了多少广告费成本；呕心、凄苦——苦了厂家：人在江湖，不得不博；疲倦不堪——累了商家：三百六十天天天狂喊！

酒，你也是白酒，我也是白酒，只有小区别，两家大差不差。在这种时候，就比谁说得更好听，就比谁穿得更好看，就比谁广告重复率更高。

广告文化，文化广告，确实很重要，酒香也要吆喝，响鼓还需重锤。笔者总以为"今世缘"这个牌号，占尽了中国人喜庆、吉祥的文化心理，让每一个喜庆的人不得不首先考虑"今世有缘"酒的命意地位。

但是，物极必反——曾经一次听酒朋醉友酒后吐真言：青花瓷、老窖藏、天地人、好文章。可一斤酒下肚，空瓶子摔开，再怎么是景德镇烧制的也成不了"元青花，宋龙泉"呀！酒就是酒，这种酒、那种酒就是这个味、那个味——爷儿们买的是那酒味、那酒香、那酒劲……不是看你牌子好听。

一席话不禁引发了饮士酒客们一番热烈的讨论：关于酒的诸多思考，关于酒的追问。

苏酒、西凤、剑南春，米酒、黄酒、五粮液——万变不离其宗，不管外壳、广告怎么变，乙醇内质仍旧是其内质，不过是大姑娘今天再化妆而已。

而尽管外壳不变，一旦酒的内涵本质变了，那才是二姑娘出阁新上场。

据此醉议来看，我们的酒业家有未考虑过酒产品的创新？想不想粮食酒以外向果子酒、花卉酒开发进军，研制生产酒质大变的新品种？想没想过陈窖"五粮"香依旧，新酿"百果"分外甜呢？

基于是，就有了我们的这一篇关于红楼梦花卉瓜果系列酒的想入非非。余曾想：若能借助红楼梦大宝库，在"五粮"用酿之外，另辟"桃梨枣杏"百味鲜果的酒之酿造新径，岂非又开辟了一个大市场？

那位哥们说：不是已经有了葡萄酒吗？是的。然而，一味葡萄虽美难成势,万口难调还需百果调。

早在 2007 年 2 月,本人就关于开发"红楼梦系列花果酒项目"形成文字材料并寄给某地方政府部门,传递信息。

时至今日,较之数年前,无论在政治经济学、学术认识、产业浪潮、企业理念及产业投资环境等各个方面都有了翻天覆地的变化,具备了主观客观之种种条件,产生了再推红楼梦花卉果子酒的运行的条件与愿望。因而,雅好淡酒的草根野人便再一次提起此前因条件不成熟而搁置的这一壶"陈酿"。兹抛愚见之砖,冀引"红"酒之玉。

红楼梦花卉果子酒开发提纲刍议

兹举纲如下:

一、《红楼梦》书中所提及的酒品具体名目——它给了我们以重要启示。

二、开发红楼低酒精度花卉、果子酒大系刍议

红楼梦福寿酒——重阳节、父亲节、母亲节、生日寿庆、……推荐用酒

十二钗花神酒——春夏秋冬游乐休闲聚餐推荐用酒

金玉缘爱神酒——恋爱欢聚、订婚喜庆、金婚、银婚、结婚纪念日……推荐用酒

三、红楼花卉、果子酒的性质功能新系列研发项目

1. 保健酒;

2. 养颜酒;

3. 祛疾酒;

4. 妇女专用酒;

5. 旅行出游解暑消渴酒:如 ⎨ 武松之饮十八碗的景阳冈英雄酒
智取生辰纲赤日炎炎解渴提神酒

都应是低酒精度、口感甘美之果酒饮品;

6. 御寒保暖酒:

此类酒品,具高附加值,它们具有保其健、祛其疾、提其神、激其情、解中暑等等功效,是酒精、果汁、奶酪、甘辛百草之完美结合。

四、花果酒消费群体及消费项目略述

1. 女性半边天的饮酒消费——这新开辟的半边天的市场有多大,笔者虽未调研,但大家可以想象。

2. 不胜酒力的男士饮用酒品。

3. 商务、公务用酒。

4. 选美大赛、模特大赛、歌曲大赛、特技大赛用酒。

——西方为什么能形成"啤酒节"民俗？首要条件是啤酒低酒精度，豪饮不醉！我们的低度花果酒也要追求微醺不觞的饮用效果，使之形成与传统白酒热烈威猛不同的温文尔雅的中华文明另一道酒风人文景观。

以红楼花卉、果子酒行世，其文化外壳已臻完美自不待言，其酒浆内涵也终于由此而彻底推陈出新了。

理念辩：正宗的白酒、外来的(葡萄)红酒

任何一种新产品的开发生产都有风险性。开发花卉鲜果酒也是如此，因而，这需要进行科学论证：从开发技术上论证其可行性；从市场的需求方面来论证消费习惯、消费心理、对该产品的认同度。

而在新开发红楼梦花卉果子酒这一项目上首先遇到一个心理上、习惯上、特有的理念障碍，这就是：酒，只有白酒才是高登大雅之堂的正品、主宗。果子花卉诸酒恐非其名，国人未必习惯。

中国民族文化积淀深厚。什么都讲究一个宗派、源流。白酒，称为烧酒，有烈性、够过瘾，这才合乎男人的定义。所以，白酒作为中国看液的主流传承千载。——虽然，早自唐时，王翰就有"葡萄美酒夜光杯，欲饮琵琶马上催"，还有诗鬼李贺"琉璃钟、琥珀浓，小槽酒滴真珠红"，又有大政治家刘禹锡"珍果出西域，移根到北方……酿成十日酒，味敌五云浆"等对葡萄美酒的盛赞。刘诗并将酿酒原料的出处，流布状况及酿酒时间和酒品质量都说得很详细。但是，赞美，加上这么久远的历史，却始终没有能占据中华大地、朝野上下、雅好此味的酒品大市场。

考其缘由，这究竟是意识形态里的"宗主"情结在作怪，抑或只因这一款酒品实实地不合乎国人之口味、败坏了吾等之味蕾呢？总之，自开放的大唐之后，这外来的果酒中之唯一葡萄红在咱们华夏厅堂的满汉全宴上是式微了。虽有近世的张青岛氏之用力，然近百年来，仍未能扭转果子酒的颓势，没有走红风行，终是游丝苟延。

据此，那么它在今天能否一反颓势，抢手旺市呢？这可能大成问题！因此，谁又能冒险花费，进行开发行动呢？

但是，今天，我们又开放了！这个果子酒的唯一形象大使，挟带着改革的大潮，伙同着"泔缸里的苦汁子"一起卷进，在我们的大圆桌上竟汹涌起来。——于是，

中国白酒、干红葡萄酒、外来啤酒，鼎足而立神州，三分酒家天下。事实比任何理论都有说服力！

这一形势，不得不令我们反思：我们的"奶酪"被人动了——这才是最重要的！首先，这说明一个问题：只要店里有卖的，就有人会喜爱的。俗话说，众口难调——这是说：千百人有千百人的个性，每个人有每个人的口味，还是有人喜好非白酒品类的。

从事实上看，唐时王翰、李贺、刘禹锡等一大帮酒客文人爱好葡萄果子酒；清时有大观园贾宝玉带领着那一大群十二钗也爱果子酒——包括一个农村老大娘；今天在下也算一个，尽管也爱五粮液，同好花果酒味香。我想：但凡酒瘾不小、酒量不大者，大多都爱这一口。看来，若果真开发了系列花卉果子酒，会有市场的。而最为有说服力、推动力的是：有人切了我们的蛋糕！谁？洋人。

当然，我们不能重新关闭 WTO，同时也不能"拒绝洋货，一致爱国"，于是，我们自己，中国白酒关起门来自家杀——广告酣战大搏杀，文化外衣花样杀，飙升高价拼本杀……殚精竭虑、各出奇招——低度、系列、包装、瓶装、壶装、瓷装、抽奖品、金瓜子、送礼品打火机、特制笔……当然也有极少的较有内容性格的革新行动——唯一的：自由勾兑。

但是毋庸讳言，就其酒品的实质性、产业的普遍性意义而言，还没有革命性层面上的创新，因而，我们在此一议：与其蛋糕他人切，为何自己不动手？

五粮琼浆之外，再添花果玉液——酒的质地大改观。

红楼系列品类，情感百科文化——不打广告也精彩。

兹看《红楼梦》启示·花卉、果子酒品——大观园中日常用酒有以下名目：

1. 黄酒（绍兴黄酒）

2. 惠泉酒

3. 桂醑（桂花酒）

4. 御酒（可是白酒，也可是果酒）

5. 合欢花浸的烧酒

《红楼梦》第三十八回，黛玉要吃烧酒，宝玉叫拿合欢花浸的烧酒来，此处有一条脂砚斋批语，文曰："作者犹记矮幽舫前以合欢花酿酒乎？"在这里，宝玉说"拿合欢花浸的烧酒"概此是其一。其二，此条脂砚斋批语又称"以合欢花酿酒"应该是另一品吧，因为"浸泡"和"酿"这两个动词是有大区别的。不知"矮幽舫"是否为家酿之处？——而可喜的是：西川已有事实，有鲜花酿酒大家，概以鲜花发酵,然后融和以酒醇……此非花酿之酒乎？这是近时才知的消息！

6. 屠苏酒

7. 果子酒(《红楼梦》第九十三回,贾宝玉在水月庵之饮,第六十回也提及红葡萄酒)

8. "万艳同悲"酒(也称仙醪)——这是品酒大师曹雪芹的"臆创、浪说",是作文之所需

按《红楼梦》文中对"万艳同悲"酒的说明:"此酒乃以百花之蕊、万木之汁,加以麟髓之醅,凤乳之曲酿成。"今可以写成商品说明书如下:

香型:清洌甘甜型

配料:水、百花蕊、万木汁、麟髓醅、凤乳曲

执行标准:红楼百花露酒,(百花露酒——不知这家的口味怎么样、广告怎么样)

文化鉴证:江苏红楼大观园学会

——鲜花、果汁可以酿酒,这无需赘言,而动物精髓、乳液可以作为配料也是有实为据的,比如马奶酒。但问题是"麟髓凤乳"可就说得邪乎了。首先,麒麟是非实在动物,是艺术图腾,因此,哪来"麟髓"？再者,在哺乳动物、禽类中哪听说过凤乳的？所以我说曹先生他是"臆创、浪说"。就是说他是在浪漫主义着。也正是他这一"臆创"——美好的愿望、"浪说"——玩浪漫的想象,正好给了我们今天的企业一个启示:没有办不到的,只有想不到的。我们可大胆创新,科学实验,开发天下果酒——他这是在给有志于"红楼酒"的企业家抛其"谎"说引创新之思,发专利之财呀！我们绝不要拘泥于"红楼"书中所举例的那几种酒——依样画葫芦造酿出来,贴上个"红楼梦"标签就万事大吉了,那是没理解"红楼梦""万艳同悲",辜负了曹雪芹的良苦用心,我们可以开发生产的"红楼梦"系列酒多的是。略举二三如下:

菊花酒,艾叶酒,玫瑰酒,杏仁酒,茉莉酒,荷叶酒……

苹果酒,香梨酒,蜜桃酒,椰子酒,蜜瓜酒,草莓酒……

牛乳酒,羊乳酒,奶酪果汁幼儿酒,孕妇灵芝、虫草、羚羊大补酒……

红楼酒肆大卖场上琳琅满目、各取所需,货真效验,丰俭由人——快来买吧,今天是十二钗生日大优惠,走过路过,千万不要错过,还等什么呢！

——当论到这里,我们不禁又有所顾虑:若果真花果美酒诱美人,不爱老公爱街舞去了,那岂不是罪过,破坏了华夏儿女娇柔忠贞美呢？请放心,你看:辣妹子口中爱辣心爱郎,何况,饮酒之间尚有林黛玉在旁,不停地提醒:饮酒不

醉心有数,只防石凉花睡去。——再说了,说到底,低度。本店外送一碗醒酒汤不就 OK 了。

开发生产果子酒、花卉酒、奶果酒的战略意义

"红楼花卉果奶酒"作为一种全新的系列酒品,具有极大的社会效益、经济价值、文化意义。

一、社会意义

1. 作为传统的白酒消费大国,其白酒销量是很大的。全国全年总销量以十万吨计。

我们知道,白酒的生产是要消耗稻麦等粮食的。而如果花卉果子酒类产品上市,那么白酒的消费量或可相对减少一些。则酿造白酒的用粮也相应地会节省一部分。我国是世界人口第一大国,粮食对于我们而言,永远是头等大事。我们不能以节约一滴石油之微而不为,也不能因为江河之水大乃可浪费用水,节约用粮、节约每一口饭,是"锄禾日当午……粒粒皆辛苦"的美德理念,是"春种一粒粟,秋收万颗子"素质修养的必备课程。

2. 花酒果酒的开发生产,对鲜花水果原料的需用量是巨大的。因而:

①扩大花果种植面积,又多增加了一项农村产业、农民行业,又进一步扩大果农、花农的群体。进一步提高花、果的农植科技追求与普及提高、提升我国科技农业的理念和技术水平。

②形成产业结构调整的实际成效。

③加大花果消费,减轻"果贱伤农"的市场供需引起的水果产量过剩的压力。

④又开辟一条增加农民经济收入的新途径。

⑤带动鲜果鲜花的藏储科技发展和物流业的进一步发展。

二、经济意义散论

1. 消费群体定位

红楼花卉果子酒,首先是女人的酒,美女的酒。

沾女士之光,它又是缺失酒海雄气、闻酒即晕的那一部分男人的酒。

它也是广大中、老年人的酒品。

——女人号称"半边天"。几亿之数;在几亿之数中又有多少是容许酒精、可以饮酒、雅好佳酿的呢? 不知道——盼什么时候能有某市场调研机构做一次抽样统计吧。——反正,数目不会小。

——如今,小资、白领、富姐、名媛多多,都想豪饮美酒过把瘾。

你想：

○酒甜酒香,好喝! 多馋人啊。

○保健祛疾,活血舒筋,消食、瘦腰……多怡人啊!

○美容养颜,提神激情……多诱人啊!

○女士饮酒,优雅高格——与士同桌,不伤冷落。多豪人呀!

微醺不醉,风韵俱悦——石榴裙下,拜倒一帮。多美人呀! 多笑人呀!

花果美酒话红楼,女人们优雅地醉着;

三分酒意七分醒——拍板成交,事业江山自掌舵——不输须眉。

适销群体的基数大,吸引消费的欲望高。这就注定了需求量巨大,产销量激增。

2.市场的培育

这是一个过程。一代有一代的文风,一地有一地的名气——文风、名气都不是一朝一夕而成就的。但可以肯定,社会的现代化,铸就了"潮流"一说——某事某物,因人因事一旦有了端倪,立马形成"潮流"——一旦形成"潮流",一发蔚然成风。

当美味清澈如少女的花酒,为一位名角所推崇;

当艳丽闪亮如少妇的果酒,被一位名媛所广告;

当甘之如饴的花果乳酿为许多奶奶在解痛……

桃李不言,下自成蹊——广大隐藏酒瘾的美女们便可乘风而上,酒潮涌起。

相信,红楼花卉、鲜果、乳汁酒一旦精彩上市,推出系列,定会很快形成时髦,掀起消费高潮,飞来商家订单……

红楼梦女人世界花果酒品的正名与打假

——大观园酒绝对不是白酒贴牌

一定需要：花浸果酿、名质相符

大观园中十二钗们所饮之酒,绝对不是白酒。

理由一：你想想,上自老太太、王夫人,下到十二钗、小丫头们,每次聚饮,能是白酒吗?

理由二：刘姥姥那次入宴,文中说得明明白白——"横竖这酒蜜水儿似的,多喝点也无妨"。

理由三：《红楼梦》书中所列举提名道姓的九种酒,都是果子酒、米酒;唯一一次提到烧酒还是合欢花浸泡的——那是祛胃胀、消食、去寒之用的。

所以，凡不是用鲜果酿造、花卉浸泡而以"红楼"命名的粮食酒，全都是假红楼十二钗酒——此为本"红楼大观园十二钗酒厂"的严正名牌声明。特此公告。

红楼大观园十二钗花卉鲜果酒产品开发总则、分论：

（一）果酒低度论：大观园中的女性可饮之酒，都是低度酒。绍兴黄酒、惠泉酒及刘姥姥说的"蜜水儿似的"甜酒。不单是少妇凤姐、平儿、尤氏能饮，连姑娘们全能饮，王夫人、老太太也能饮。

不是低度酒，绝对不普适广大红楼中所有女性的饮用。即便是男人或更有酒量的男人，凶饮烈性白酒，也会酒精中毒的。试想：西方可以"啤酒节"狂饮——狂饮一整天，男女老幼青，没听说有一个醉死的——酒精度必低。

——根本的问题是：要想花卉果子酒在半边天妇女的生活领域中风行，低酒精度是第一要把握的原则。

当然，女性同胞当中也因为各人不同的抗酒精力，量有高低，那么我们对此也会适应多层次要求：多级勾兑，以待特需。

（二）口感美味论

什么叫美味？适合于那个人的口味对于他就是美味的。所以，比如白酒二锅头——"呛"！可是你嫌"呛"我却要的就是这个"呛"。所以要求口感可人，要求可适合各类型人的口味。酒精度的高低、甜味的深浅、果味的浓淡、果味的各异，芒果与菠萝不同，椰子与荷叶有别，杏仁苦有的人却独加青睐……

多类型香、甜、苦、酸我厂毕备——逐渐形成品牌——在销售过程中，可以摸索出"美味果酒"的"你我他的个性差别化"、"地域差别化"、"体质差别化"、"民族差别化"、"职业差别化"……

对于酒的香、甜、绵、呛各有偏好，都是美酒。——关键问题是要"百果百花百味酒"！——多品种、多选择性。

（三）果酒美名论

女人是特别爱美的高级动物，时装鞋子要美，发型身材要美，座驾居室要美，连下肚润喉的酒也要美——好质地、好颜色、好听的酒名——并不是每个念过三五遍《红楼梦》的人随便都能有幸饮过这么好的名酒的。

特请听名：

大观园"灵诗露"——效果：凡饮此品者，不会作诗也能作，能作诗的诗更好！

含芳阁"幽恋浆"——效果：此品最适宜于初恋的少女角儿，幽美的怀念……

青梗峰"动情曲"——效果：凡饮此品一打者，可立马拍板定情，不再犹豫了。

灵河岸“醉心醇”——效果：更能加深你们的爱意，巩固……

不加化学性激素，内含中草药原汁，总之，各味各有效果。

（四）美酒靓色论

色香味俱佳的菜肴才更引发人的食欲，酒品同理。深红、浅红……碧绿、橙黄……调酒成画，美不胜收，吸引女士不能不见色心喜，闻香买醉。

三、文化意义

○花卉鲜果系列酒的上市，丰富了酒文化的内涵。增加了酒品消费大国的可供选择性。在一定程度上调理了士风、国风。

花果酒与白酒各有特性：白酒热烈有力度；果子、花卉酒柔和甜美。

有多少个品种，就有多少选择它的消费者，从传统千百年的酣畅高烈到甜蜜柔美的品味，这将给国人的酒桌新辟一园风景区。

久而久之，饮食特征有了某种程度上的变化；这种酒将会潜移默化出中华酒文化的别种的雅情风俗。

○饮红楼梦酒——这是与“红楼梦”女儿们有关的酒——这是“活教材”、生动生活的教案——这对弘扬“红楼”文化、文风、文品、文事——酒中歌“红楼”、酒后感“红楼”——不是最佳的方式方法吗？久而久之：国人东方文化底蕴，就在世界人民的面前显现出来了：东方华人风范更兼汉文化风采，匹敌英伦绅士风度。东方女神的酒韵也将被雅扬于世。

最后再举一例，对于鲜果、花卉酿造的美酒，其美妙之处，不独是《红楼梦》中盛赞，而在中国的另一部小说《镜花缘》中也有文字描述赞美。在《镜花缘》的第四十六回写道：这股酒香非比泛常，乃百种鲜果酿成，芬芳透脑。若叫人饮了，真可神迷心醉——其所用酿酒的鲜果皆有来历：“桃、李、橘、枣”俱生于周朝，千年有余。“李”是西施所食的“樵李”；“桃”乃弥子瑕所以分其半与卫君的桃；“橘”乃晏子使楚、楚王所赐的“黄橘”；“枣”是当日曾皙最喜之“羊枣”。诸如此类，或是昔时在美人口中受了口脂之香，或在贤人嘴里染了瀚墨之味，或在姣童口边感了龙阳之情，或于良臣舌下得了忠义之气，久而久之，精气凝结。故而酿出酒来，轻而易举地就醉死人了。——听听，这广告!!

所以，今天你们女士、我们大家饮用充满文化宝典《红楼梦》十二钗饮过的花卉鲜果酒，保不定立马就能大长文才，才思敏捷，捷足先登文魁榜首呐!

这样的文化美酒，你们还不动心吗？

结语

1. 绝不仅仅是贴上一个"红楼梦酒"的标签就可以叫"红楼酒"的——这是好多白酒企业老总的认识误区。

2. 必须与曹雪芹签订正式合同——

①保证是百花酒、百果酒。百样也太强人所难了吧？是。

——但第一批次要有一个实打实的好开头：

红楼花酒五品、红楼果酒五品。聊可算之为红楼花果酒之系列也。

②红楼花果酒，款款果味鲜明，做到货真质优，确为花浸、果酿，实货名牌。

③而研发经费、生产周期，这一切首先由业主的认识论而决定。

④最为重要的操作是另一篇文章：

饮红楼梦花卉果子酒 ⎫
　　　　　　　　　　⎬ 且听下回分解。
融十二钗文化元素味 ⎭

2007 年 3 月

2010 年 9 月修订

红楼景区饮食肴馔开发总纲

　　人们游览大观园或红楼庄苑等处美景，自然要消享红楼美酒佳肴。现在，我们意在打造出"三大板块"红楼景区真实模拟版的场景，试图把饭庄酒楼、野郊饭店也杂置于这些个大景苑内，俾使游客信步观景，坐地买酒，随时随地品尝红楼美味——真感几乎走在宁荣街上，足踏庄园绿地，身入大观园内的真实场景中了。

　　按红楼酒家，菜肴烹制自有掌勺专家、得奖大厨在。我们这里仅就饮食肴馔、糕果零食的纲领概述而已。

　　兹简列如下：

　　一、红楼零食小吃类

　　1. 各色糕果：平时大观园内来宾的应时糕点、水果。

　　2. 早餐、宵夜小吃——按红楼文本中所描述的制作。

　　3. 大观园内宝玉和女孩们常时结社、节日的聚会活动中的果盘食品。如菊花诗会上的饮食、果品之类、宝玉生日聚宴果品。

　　二、大观园饮品

　　1. 各种名茶——分设于潇湘馆、杏花村等场馆之内，供游人消费。

　　2. 各种果露——相当于今天的果汁吧。

　　3. 各种滋补的营养汤品——如林黛玉的燕窝汤、为宝玉特制的荷叶羹等。

　　三、美酒佳肴大宴席

　　1. 红楼梦全宴；

　　2. 满汉全席；

　　3. 参考袁枚"食单"的清代菜肴饮食。

　　这些自然要在宁荣街"红楼迎驾大酒店"里预定，或者在大观园厨房中预先下单。

　　四、红楼梦佳肴食材篇

　　1. 全由"红楼庄苑"自家栽培供应，全由刘姥姥家、乌进孝庄园养殖的鲜活禽畜供应——养殖场可供游客参观。其中特种养殖、仿野生养殖品种应予加大开发力度。

2.绿色家常食材的执行标准,全按国家食品卫生标准,确保绿色、无公害。

五、红楼佳肴红楼宴与红楼文气

腊月,有一位湘妹自制熏肉——只见鲜肉高悬于屋梁,杂树木柴燃烧烟熏火燎——她说:要是在她的老家,用茶树枝干作燃料就好了。为什么?她说:那种茶树燃烧起来没有黑浓烟,更主要的是:烧茶木自有那一种茶香烟味!

妙!怪不得有食友说:烹调松鸡,需用松木作柴火——都是一个道理:那就是还可借助那种木质香味!

所以,享用"红楼梦"佳肴美馔,有"特殊的味感"要求:必须有红楼的文化气味!文化气味从哪里来?

(一)气场环境

在大观园景园内,潇湘馆建筑,怡红院风格,栊翠庵气氛……各有文化特色。而各座建筑内中的桌椅几案,悉数应为晚清古董。你总不能拿咖啡馆酒吧间西式的沙发来搭配中国古典粉彩瓷盘、酒盅、提梁壶吧——那样还会有什么红楼气味?

总之,但凡布置窗帘、台布,以及服务人员的服饰、言词用语、举手投足等等,皆有古典中国风,多含红楼文化味的。

(二)宴席酒场上的红楼语言文化的培养

这就难办了!但不是叫你出口"之乎者也",而是力求出口带点文言雅词的风韵点缀。但是一定要有善于临场发挥的斟酒助饮的劝酒师。你看史湘云那次在酒会上,偶因她举箸夹了一个鸭子头,于是她立马有了诗灵,来了一句:"这'鸭头'不是那'丫头'"——弄得一群丫头们齐声嚷叫:史姑娘拿我们开涮取笑,罚酒!

——酒令是中国酒文化的一个重要组成部分——于今不幸,全已消失。

——所幸当今国学热潮中独有一门叫做楹联学的,以楹联专家们为主力,力建新时代的、平民化的"红楼花果美酒令"文化。

——这是另一篇大文章,在此无法展开,仅此倡言而已。

(三)享用红楼佳肴的音乐环境

1."红楼"音乐背景——以1987年版《红楼梦》电视剧音乐为主要播放曲目,另外配以越剧、黄梅戏、京剧的"红楼"曲目唱腔音乐,皆可应用。

2.红楼音乐歌唱赛:举凡有关红楼剧曲皆可自由选择,踊跃参加,以助酒兴。

3. 红楼歌舞助兴。

六、红楼佳肴的继承与推广

1. 举办红楼美食制作大赛——结合红楼大观园旅游节举办。

2. 举办培训班——使参学的各位淑女、名花、"金夫人"、"白骨精"们一个个都能上得了厅堂,下得了厨房,使她们个个成为红楼菜的烹制好手,使她们都成为一等的美食家。

3. 红楼大观园大厨房也可承揽酒宴服务。

七、赏红楼美景,流动供应大观园美味

1. 水上游船、画舫,红楼菜肴散点供应。

2. 大篷车红楼美食小吃、红楼套餐的供应。

八、红楼故事饭店

1. 如薛老兄的招友来餐的街上饭店。

2. 如柳湘莲、贾琏道路中相遇打尖的村野饭铺。

3. 多的是大观园内每天的闺友闺情相聚宴、生日宴、节令宴。均要依傍红楼故事,做足特色,进入角色。

九、红楼菜肴的创新

为什么肯德基、麦当劳能行遍天下无敌手? 问题的核心就是他们是"量化型"、制度性、批量化的生产方式和经营模式。

作为世界美食,中国餐饮——独特的红楼美味佳肴,若想打入世界市场,也要研发其科学化的"量化生产"——主辅配料、刀功火候等方面的数据"量化",在今天的厨房革命、餐具科技已经大大发展的形势下,不是不能进行的创新工程。

"量化"技术生产的中国红楼美食一经开发成功,批量生产,保鲜包装,那么就可销往域外。可以预想红楼美食佳肴:将是一个巨大市场,将是一项宏大的产业。这是中国佳肴美食走出国门的一大创举,也是国内饮食消费的技术革命,这一伟大创举,可以在很大程度上改变人们的家庭生活方式——这是把传统的商业餐饮行业的"一菜一炒锅、一锅一厨师"的个体性的生产方式科技化为"机械化"、规模型、远程式的生产经营方式。这也是弘扬红楼文化,吸引游客的全新的非常有力度的举措:先吃红楼肴宴,引来游客万千!

红楼梦演艺市场·音乐舞蹈剧二种

内容简介：红楼梦文化旅游开发，其中演艺是重要的组成部分。本作品根据"红学"研究之最新成果——"宝玉·妙玉暗恋"和"宝玉·湘云最终结合"——演绎而为"音乐舞蹈情景剧"二种：

一、《银杏作证——宝（玉）妙（玉）情恋花塘庙》

二、《水花塘"怡红""枕霞"旧情缘》

本作品著作权登记号：苏作登字 2012-A-7036，诚邀文化产业单位投资合作。

创新亮点：

音乐舞蹈剧，植入人物语言道白，点睛、彰显其故事发展脉络。

钩沉："旧时真本《红楼梦》"中之佚文结局——宝玉·湘云结缘。

揭示：历来未被人洞察的——宝玉·妙玉恋情。

情境一：

南京江宁花塘：花塘庙前两株 300 年雌雄银杏树下。

情境二：

花塘村（中有）池塘·塘中有小渚、亭阁（1958 年圮毁），实景演出。

银杏作证——宝（玉）妙（玉）情恋花塘庙

序曲·背景：大观园栊翠庵——两株撑天大银杏

音乐：采用《红楼梦》电视剧（王扶林版）主题曲、背景曲。

两位老人上。

老太公、老太母：三百年啦！（绕两株银杏指点）

老太公：这一棵（指雄株）是宝玉

老太母：这一株（指雌株）是妙玉

还真亏当年他们二人栽培服侍的呢！

——舞乐起奏：以下背景转换（四次，约 10 分钟）

1. 春景：群娇"斗草花"游戏的多人舞蹈；

2. 夏景：嬉水荡莲舟、（宝玉幼儿时）游水舞；

3. 秋景：菊花盛开，十二钗坐席执笔、"吟菊花诗"图景；

4. 冬景：宝琴着翠光凫靥裘、宝玉大红披风，抱梅瓶赏雪景（静态造型美）

转换场景：怡红院——栊翠庵经堂

第一章　寿怡红·妙玉贺笺泄芳心

怡红院中。

拜寿舞　　　　　喧声沸园，笑闹盈天。
灌酒舞

1. 宝玉与十二钗少女互拜行礼，相互祝酒。

2. 十二钗抽花签：

宝钗——任是无情也动人·牡丹　　　探春——日边红杏倚云栽·杏花

湘云——只恐夜深花睡去·海棠　　　黛玉——莫怨东风当自嗟·芙蓉

袭人——桃红又是一年春·桃花　　　麝月——开到荼蘼花事了·荼蘼

3. 十二钗分组划拳，嬉笑异常。谁输了谁唱曲……

栊翠庵。青灯古寺卿寂寞，妙玉怀春乱击磬。（与上节形成冷暖强烈对照）

1. 无音乐，只有断断续续的磬声。

妙玉停磬又击磬，时停时击，心神不宁，张望外观，侧耳聆听庵外的笑语。

2. 忽然回身、掩耳……不听庵外笑声、音乐。——但又情难自禁。

3. 毅然起身舞——理纸研墨，挥笔作笺，念：恭肃遥叩芳辰·槛外人妙玉

4. 忽有妙玉送粉笺到怡红院——犹犹豫豫，又想亲交，……最后，把祝宝玉的寿帖放于室内桌上，压上一物后……张望堂中宴寿场景，舞。

5. 妙玉自己念念有词：一个真情切意给你祝寿的女孩，祝愿你"生日快乐、感情幸福"的女孩。抽身而回。

6. 宝玉见笺——读笺：恭肃遥叩芳辰——槛外人妙玉。

7. 心情激动之舞，遥望妙玉，追而不见——（念）祝我"生日快乐、感情幸福"的女孩，妙卿，一个真情切意给我祝寿的女孩妙卿啊！

8. 宝玉访妙，路遇岫烟：

二人指点庵房；岫烟说：她自称槛外人，你该自称槛内人便了。

歌舞：槛外人，槛内人，一道樊篱隔两人。她是世人意外人，熏沐谨拜槛内人。

第二章　品茶栊翠庵

背景：栊翠庵

1. 众女舞，簇拥老太太游大观园——来到栊翠庵。

2. 妙玉行礼，给老太太献茶。（众旋即退场）

3. 妙玉暗暗招呼林、薛，饮体己茶——茶社古典音乐响起；宝玉亦跟进来。

4. 妙玉烹茶。舞蹈语言：于鬼脸青冰水瓮中舀水——执扇扇火炉——撮茶叶——取杯斟茶。

5. ——瓟瓡斝斟于薛；

　——点犀盉斟于林；

　——【首先，意欲另取茶杯斟茶……终于放下；而后，偷眼斜窥林、薛二人一眼、两眼；终于，决定仍拿自己的日常用杯斟于宝玉。】用自己的绿玉斗茶杯斟于宝玉。

宝玉：世法平等！她二人用珍奇古玩之杯，我的，却用平常的俗气玉杯？

妙玉：我家哪有俗器？

（妙、宝对话，妙玉假意严肃而言）

妙玉：这遭你吃的茶是托她两个的福，独你来了，我是不给你吃的。

（说完此话，特意向林、薛目示）

宝玉：说的是，我也不领你的情，只谢她二人便是了。

妙玉：这话明白。

　——林偷偷抿嘴一笑。

　——四人品茶、论茶，舞"茶道舞"。

　——辞庵，林、薛先出，宝玉与妙玉四目相对一瞟，然后笑别。

歌声、起舞：

槛外人，槛内人，两情相悦僧俗人。红粉翠楼春色阑，王孙公子叹无缘。

青灯古殿人将老，无瑕白玉遭泥陷。

第三章　访妙玉乞红梅

背景：栊翠庵红梅如火，雪景红梅分外娇艳

歌起：众女舞；飞雪零落有致，赏雪争联即景诗。

凤姐：一夜北风紧，　　　　　李纨：（执笔书记）开门雪尚飘。

香菱：有意荣枯草，　　　　　探春：价高村酿熟。

李绮：年稔府梁饶，　　　　　宝玉：何处梅花笛？

宝钗：谁家碧玉箫？　　　　　湘云：加絮念征徭，

黛玉：煮芋成新赏。　　　　宝玉：苇蓑犹泊钓，

湘云：池水任浮漂。　　　　宝琴：烹茶冰渐沸，

湘云：煮酒叶难烧。

——众人边舞，边抢对诗句，欢乐大笑。

——歌乐骤停。李纨提议：栊翠庵雪里红梅火艳，罚宝玉乞红梅来插瓶。

众人一齐称妙：这罚得好，又雅趣。

李纨：雪路滑，派人随护！

黛玉：不必！有人随去，便不得妙玉的红梅了。

——湘云斟酒，黛玉递杯，宝玉饮酒而后去栊翠庵。——众人隐去。

——音乐舞蹈：宝、妙二玉双双盘桓。

二人赏梅，乞梅，选梅，折梅。整个过程以舞蹈语言表达，音乐欢快。

1. 宝玉乞梅，妙玉故意不予；

2. 宝玉打躬作揖，央求妙玉；

3. 缠绕左右索梅，妙玉躲闪；

4. 妙玉纤手点宝玉额头，意已答应……宝玉指点梅枝，妙玉盘桓梅下之舞。

——宝玉扛一枝红梅而回。众人赏梅，赞梅舞蹈。

湘云：还要命你作诗《访妙玉乞红梅》，燃香计时。

——湘云击铜手炉，黛玉执笔记录。

——宝玉作诗，歌诗如下：

酒未开樽句未裁——酒未开饮、诗未写来

寻春问腊到蓬莱——寻春音，乞蜡梅到栊翠庵里来

不求大士瓶中露——此番来不求饮你的雪花茶

为乞嫦娥槛外梅——专为讨乞仙姑的好红梅

入世冷挑红雪去——俗艳的红雪梅抛开去

离尘香割紫云来——不凡的紫云梅自折来

槎枒谁惜诗肩瘦——有谁怜惜，深为情思煎熬消瘦的我

身上犹沾佛院苔——便是你，身在佛院的妙卿妹，怜惜宝玉暗生爱

（本诗歌曲：前句为原诗唱词，后句为翻译诗意之唱句，双双两句连唱。务使听众明白"宝、妙二玉"的爱恋情诗。）

——众人称赞宝玉诗好！

第四章 中秋黛、湘悲联句 妙卿续尾真世情

背景：凹晶馆——栊翠庵

——湘云、黛玉二人中秋月下，即景联句。

——何处梅花笛，悠扬起清音——以舞蹈身段投影，映射、吟唱诗句。

黛玉：三五中秋夕，——湘云：清游拟上元。

黛玉：几处狂飞盏，——湘云：轻寒风剪剪。

黛玉：争饼嘲黄发，——湘云：渐闻语笑寂。

黛玉：空剩雪霜痕，——湘云：庭烟敛夕楷。

黛玉：宝婺情孤洁，——湘云：药经灵兔捣。

黛玉：人向广寒奔，——湘云：寒塘渡鹤影。

黛玉：冷月葬花魂。

妙玉：（突然出场）好诗好诗，（黛、湘二人立迎妙玉）只是过于颓败凄楚。此亦关乎人之气数而有，太过悲凉了，不必再往下联。快同我来，到我那里去吃杯茶。

——三人同到栊翠庵。上茶。

黛玉：从来没见你这样高兴，一向不敢唐突。刚才我们联句，可以见教否？

妙玉：（笑道）不敢妄加评赞。我竟要续貂，又恐有玷。

黛、湘：请，请！

妙玉：如今收结，到底还该归到本来面目上去。若只管丢了真情真事，且去搜奇捡怪，一则失了咱们的闺阁面目，二则也与题目无涉了。

黛、湘：极是。极是。

妙玉：（提笔续诗）歌起、舞起——

　　　香篆销宝鼎，脂冰腻玉盆。宝帐悬文凤，闲屏掩彩鸳。

　　　振林千树鸟，啼谷一声猿。钟鸣栊翠寺，鸡唱稻香村。

　　　有兴悲何继，无愁意岂烦？芳情只自遣，雅趣向谁言？〔此句重唱多次〕

　　　彻旦休云倦，烹茶更细论。（妙玉之续诗自唱一句，合唱重复一句）

黛玉：诗仙在此！诗仙在此！（三人在笑声中隐去。）

尾声

男记者（采访）：请问，这里银杏树下之歌，是不是说日后宝、妙有情感姻缘？是否点明了宝玉、妙玉的恋情，有何凭据有何结果？

黛玉答：难道你没看见吗？只是暗恋；红粉朱楼春色阑，王孙公子叹无缘。

女记者采访：请问，诗歌唱道："入世冷挑红雪去，离尘香割紫云来"是何深意？

宝玉答："雪",去了;"云"会来。

记者:谁是"雪"? 谁是"云"?

宝玉:雪——薛宝钗;云——史湘云!

男女记者:薛宝钗去后史湘云要来?

宝玉:是的!

男记者采访黛玉:请问,妙卿之诗,如何赏评?

黛玉:妙卿她是带发修行,明是留下一条入世的长尾青丝;君不听她方才之言,何尝丢了人间真事真情? 再看她的诗句:"文凤、彩鸳、鸡唱、钟鸣",一片人间烟火;"有兴、无愁、雅趣、芳情",几多情感美意。直教我林某人输她大大一截也。

记者合音:谢谢二位。欲知后事如何,请听下回分解——《水花塘,"怡红""枕霞"旧情缘》。

水花塘——"怡红""枕霞"旧情缘

创新音乐歌舞剧:

演绎《红楼梦》故事:贾宝玉·史湘云·花塘旧迹

一、(一)乐团、合唱、独唱、领唱

　　(二)以舞蹈语言,演绎本剧作要义

　　(三)以红楼故事文本语言、让红楼人物叙述故事概要……

二、背景

花塘村——村塘水池,小岛、枕霞阁。

序曲歌舞:

歌:《访妙玉乞红梅》——入世冷挑红雪去,离尘香割紫云来

　　《咏红梅花》——闲庭曲槛无余雪,流水空山有落霞

换背景:①大观园

　　　　②史湘云　○先健步亮相,深情眷顾大观园;继而开心大笑而舞。

　　　　　　　　　○点出"金麟"——舞中飘落,重又拾起;收藏在衣内。

第一章　贾宝玉四时即事

初夏。潇湘馆。

宝玉院外歌舞:枕上轻寒窗外雨,眼前春色梦中人。

盈盈烛泪为谁泣？点点花愁为谁嗔？

黛玉室内歌舞：花谢花飞飞满天，红消香断有谁怜？

愁绪满怀无释处，每日家情思睡昏昏。

黛玉：每日家情思睡昏昏。

宝玉：（从室外接话）为什么每日家情思睡昏昏？

（黛玉羞愧，以帕掩面，二人嬉闹；二玉同床二枕，对面倒下。黛玉忽见宝玉脸上有胭脂红渍）

黛玉：这又是在哪里弄的胭脂……又要被舅舅打。

（黛玉以手帕为宝玉揩脸上胭脂；二人轻舞。）

——人呼：史大姑娘来了。宝玉一听，丢下黛玉，急出。

——史湘云上，黛玉迎接；同舞。

——晚间，史、林二人同床而眠；林严衾安稳合目而眠，史掠被齐胸，长发垂丝，酥臂外露，并见两只金镯在臂。

——宝玉飘然而舞。轻轻为湘云盖被，掖好被角。

宝玉：（自言自语）睡觉还是这么不老实，凉风吹了，又嚷肩窝子疼。

——黛、湘惊醒，起身嗽洗。

宝玉：不要换水，我就洗湘云妹妹的残水。

丫头：恋物癖性，这毛病何时才改！

——宝玉洗面，毕。宝玉求湘云为自己梳头。宝玉见了妆奁胭脂，拈来要吃；湘云伸手"啪"的打落。

湘云：这爱红的毛病何时才改！

双人舞——湘云为宝玉编辫。充满生活元素的编辫舞蹈。

众歌舞：褓襁中，父母叹双亡；纵居那绮罗丛，谁知娇养？幸生来英豪阔大宽宏量，从未将儿女私情略萦心上。好一似霁月光风耀玉堂，厮配得才貌仙郎。厮配得"才郎"；厮配得"貌郎"；厮配得"仙郎"——仙之郎。

实指望：博得个地久天长，准折得幼年时坎坷形状……终久是水涸湘江，云散高唐。

——湘云隐下。

——忽见丫头送来探春的花笺；宝玉展读：

妹探谨启二兄文几：前夕新霁，月色如洗……因思及历来古人，处名攻利敌之场，犹置一些山滴水之区，……务结二三同志，盘桓其中，或竖词坛，或开吟社，虽一时之偶兴，遂成千古之佳谈。娣虽不才……而兼慕薛、林雅调，风庭月榭,惜未燕集诗人,帘杏溪桃,或可醉飞吟盏……

宝玉:三妹雅兴,立起诗社。(兴舞)快着人请湘云妹妹去! 这诗社里若少了她,还有什么意思。

袭人:(取来两个盒子交代老宋妈)这都是今年咱们这园里新结的果子,宝二爷送与史姑娘尝尝新。这一盒是红菱和鸡头,那一碟是桂花糖蒸栗粉糕。

宋妈:(边听袭人交代,边叨念重复)桂花糖、栗子糕、贵子高升立子糕,贵子高升立子糕。

袭人:(示碟)"玛瑙白玉碟"——史姑娘说这碟子好,宝玉也送与史姑娘玩吧。

宋妈:白玛瑙白玉碟,白玉碟白玛瑙,金也好,玉也好,金呀玉呀金玉好。

歌舞:一个原本是金姑,一个原本是玉郎;一个若是金郎子,一个便是玉姑娘,好一似霁月光风耀玉堂,厮配得才郎、貌郎、仙之郎,厮配得太虚幻境一仙郎。

忽有人传呼:史大姑娘来了。

史:你们起社,昨日忘了请我。

——众人奉上昨日诗作,舞起;歌《咏白海棠》:

探春:玉是精神难比洁,雪为肌骨易销魂。

宝钗:冰雪招来露砌魂,愁多焉得玉无痕?

宝玉:出浴太真冰作影,捧心西子玉为魂。

黛玉:娇羞默默同谁诉? 秋闺怨女拭啼痕。

史湘云独舞:《咏白海棠》

蘅芷阶通萝薜门,也宜墙角也宜盆(此二句寓写宝钗,史与宝钗共舞)。花因喜洁难寻偶,人为悲秋易断魂(此二句寓意妙玉,史与妙玉共舞)。玉烛滴干风里泪,晶帘隔破月中痕(此二句寓写黛玉,史与黛玉共舞)。幽情欲向嫦娥诉,无奈虚廊夜色昏。(此二句自照,与宝玉共舞)——众欢乐,簇拥湘云齐舞。

第二章　宝玉得金麒

背景:清虚观

○贾府众男丁女眷,游清虚观场面。

○众道士传观通灵玉。

舞:○张道士赠宝玉金麒麟等礼物——众道士退场。

① 张道士:禀老太太,小道要给宝玉哥儿提一门好亲事。

②贾母：罢了，他还小。（亲视礼物）金麒麟，好像我们家的孩子谁也有一个。

③宝钗：（视麒，答道）史大妹妹有一个金麒麟，比这个略小些。

④黛玉：（睥视宝玉送给她金麒麟）我不要。她（指宝钗）在这些饰物上越发留心。

⑤宝玉：（慎重揣藏好了金麒麟）原来湘云妹妹也有一个金麒麟！等湘云妹妹来给她瞧瞧。

（歌舞起）

开辟鸿蒙，谁为情种。都只为风月情浓，演出这怀金悼玉的红楼梦。

金玉良缘，情天情海。玉带林中挂，金簪雪里埋。

因麒麟伏白首双星，转眼乞丐衣白衣。终久是：云散高唐、水涸湘江。

这是尘寰中消长数应当，何必枉悲伤。

薛姨妈：宝丫头这个金锁，也是个癞头和尚给的；这上头有两句吉庆话；说是以后要有玉的才配得……

——乐声渐隐。

第三章　湘云论阴阳

背景：大观园，满池荷花。

湘云、翠缕游园赏荷。指点：白荷、红荷、黄荷、绿荷、千瓣荷、楼子荷……

歌声——难为它，苑中果木多繁盛；气脉足，花草茂盛也如人。

翠缕：花草怎如人？

湘云：花如人、草如人、禽如人、兽如人。天地有万物、阴阳遵逆顺；阳尽成阴，阴尽成阳，阴阳二气，物赋成形。

翠缕：（摇头、摆手、掩耳）不懂不懂，我不懂。

湘云、翠缕二人对舞：（指天）天为阳，（指地）地为阴；（示日）日为阳，（示月）月为阴；（指叶片）：上为阳，下为阴。

翠缕：（忽指湘云身配麒麟，示意问湘云）这个也有阴阳？

湘云：走兽飞禽，雄为阳，雌为阴，牡为阳，牝为阴。

翠缕：那姑娘的这是公的，还是母的呢？

湘云：（摇头，摊手，表示不知。）这个连我也不知。

翠缕：怎么万物有阴阳，咱们人倒没阴阳？

湘云：呸！（刮脸羞）

翠缕：我知道，（指湘）姑娘为阳；（指己）翠缕为阴。

（二人大笑）

——二人边说，边走，边舞；

——歌：天为阳，地为阴；上为阳，下为阴。雄为阳，雌为阴；牡为阳，牝为阴。

翠缕独唱：世上人生有阴阳？姑娘主子你是阳，丫头翠缕我为阴。

——二人到蔷薇架下，一件金晃晃首饰；湘云一指，翠缕忙拾起。

翠缕：（先拿湘云的金麒麟看）可分出阴阳来了。

湘云：拿来我看。（翠缕不放手）

翠缕：是件宝贝，姑娘看不得。

（忽然将手一撒）请看：

——一只又大又有文彩的赤金点翠的金麒麟——湘云怦然心动，出神凝视，默默不语！

翠缕：体又大，彩又辉，赤金麟，点翠睛，长犄角，尾生力，分明是只公麒麟。

湘云：奇怪，这是谁的公麒麟？

——宝玉正从对面走来。（见湘云而呼唤）

宝玉：云妹妹……

湘云：（忙收好金麒麟，答宝玉）"爱"哥哥。（二人携手舞步）

——进入怡红院。

宝玉：你该早来。我有一件好东西专等你来。（在身上掏摸半天没有掏到）啊呀，前儿得的麒麟，什时丢了。我且找来。（说着便要出去寻找）

湘云：你几时又得了麒麟？……（将手一撒）你瞧瞧，是这个不是？

宝玉：（一见，惊喜，感激）亏你捡着了。（伸手接回）待我一见云妹妹你的麟！——二人金麒金麟相匹配，宝玉湘云二人起舞。

歌：因麒麟伏白首双星，金麒麟竟流转不停。

十二钗歌舞："金麒麟双星舞"——大屏幕呈图像如下列各景：

道士仙长布施你 ——〔张道士赠贾宝玉金麒麟故事图景〕

石兄慌落大观园
云儿蔷薇架下拣 ＞〔湘云拾得金麒麟并奉还图景〕

石兄遭劫失落你 ——〔抄家？逃难？误窃？失金麒麟图景〕

卫家公子带身边 ——〔卫若兰佩金麒麟聚啸山林图景〕

石兄流落到射圃
豪侠若兰还金麒 ＞〔宝玉落难，来到射圃，一见旧物，若兰奉还金麒麟情景〕

第四章 美服娇娃 芦雪啖膻

背景：大观园之芦雪庵·雪景；宝琴身着凫靥裘，翠光闪烁（怀抱插梅宝瓶），宝玉身披大红猩毡，也来至宝琴身边（造型）。

起幕：大观园中原有女儿们及新来的几位姑娘，共计：李纨、迎春、探春、惜春、宝钗、黛玉、湘云、宝琴、李纹、李绮、邢岫烟、凤姐再加宝玉——美艳服饰展示舞。

（各人各式雪中美服见《红楼梦》第四十九回文字）

湘云：今日赏雪联诗，凤姐姐有新鲜鹿肉，拿来烧烤又玩又有吃。音乐热情。众人踊跃。——宝玉、湘云二人正热烈筹划……

李（纹之）婶：〔走来见此二人一个带玉、一个挂金（麒麟）正在商量〕这俩哥（儿）姐（儿），怎么要吃生肉一唱一随。（捂嘴偷笑而去）

——火炉正旺、烤肉开始，香气四溢，众女齐齐涌来。

——围炉起舞；割腥啖膻，大快朵颐。

黛玉（笑道）：哪里找这一群花子去！！罢了罢了，今日芦雪庵遭劫，生生被云丫头作践了，我为芦雪庵一大哭。

湘云：是真名士自风流。你们都是假清高，腥膻大吃大嚼又何妨，吃肉回来却是绣口文章诗锦心！

——执笔，联句作诗，歌舞迎雪：

一夜北风紧，开门雪尚飘；寒山已失翠，难堆破叶蕉。

何处梅花笛？谁家碧玉箫。野岸回孤棹，加絮念征徭。

烹茶冰渐沸，煮酒叶难烧。石楼闲睡鹤，霞城隐赤标。

沁梅香可嚼，不雨亦潇潇。僵卧谁相问？清贫怀箪瓢。

诵白：今日里，脂粉香娃割腥啖膻，"一群花子"饫甘餍肥芦雪庵，

明朝是，甄玉贾玉噎酸围毡，"展眼乞丐"劫难抄家大观园。

第五章 突变·金麒麟白衣双星

背景：大观园——荒郊·射圃

——官府抄没大观园：乱兵抄园，羁押众男女。宝玉、湘云逃难。

——宝玉路祭：插草、勺水、叩祭闺友亡灵等等画面。

——山野射圃：柳湘莲、蒋玉菡、卫若兰、冯子英等正骑马习射，飞舞。草头英雄本色。

——落魄宝玉到此，众人忽然认得。互为拜见，泣叹。

——宝玉忽见卫若兰所佩之金麒麟……原来是自家旧物。

——卫若兰立即奉还金麒给宝玉。

——宝玉自语：想来也真奇缘，以前有甄玉送来失落的通灵玉；今日若兰兄还我原物金麒麟。旧物沧桑，故情难觅。（唏嘘不已）

——众豪杰劝酒送行，宝玉与众人作别而去。

——宝玉四顾荒野，寻寻觅觅。

——史湘云行乞状由远而近，四目相对，二人忽然相认，啼泣难言……

歌舞："飞鸟各投林"——

为官的，家业凋零；富贵的，金银散尽；有恩的，死里逃生；无情的，分明报应；欠命的，命已还；欠泪的，泪已尽。冤冤相报实非轻，分离聚合皆前定。欲知命短问前生，老来富贵也真侥幸。看破的，遁入空门；痴迷的，枉送了性命。好一似食尽鸟投林，落了片白茫茫大地真干净！

尾声　糟糠著书黄叶村　脂砚批阅泪吞声

背景：西山黄叶村，茅舍篱墙

诵：扬州旧梦久已觉，西窗剪烛风雨昏。

　　残杯冷炙有德色，不如著书黄叶村。

　　秦淮旧梦人犹在，多少新愁与旧恨。

——石兄（宝玉）著书状；脂砚（湘云）批阅状。

——一阵清风拂纱窗，两只麒麟作镇纸。（多页书稿飞落，宝、湘各以金麒麟镇纸）

——众人捧读《红楼梦》

歌舞：满纸荒唐言，一把辛酸泪。都云作者痴，谁解其中味？

【剧终】

2012年9月4日二稿

10月8日三稿

于野羊谷草庐

漫谈红楼梦旅游景区的音乐

——兼说关于史湘云乐章的补全及其主旋律与王立平先生笔聊

音乐是全人类的共同语言，是人类谁都能听得懂的天籁之声。故我们具体而言红楼旅游景区的音乐固不可或缺。

音乐作为文化产业中的一项单独项目内容而存在，但是在我们的红楼旅游文化产业中，音乐是作为一项重要的组成部分而与之有机组合，因而红楼大观园中，自然就要以关涉红楼内容的主旋律音乐播放。

且看音乐在大观园主人的生活中，本就非常丰富。满园雅兴，时时歌舞。纵观大观园内的音乐生活，举凡四时八节、祭祖拜灵，但凡生日庆典、家聚客宴，哪次不笙歌弹唱，昆腔连台。

更值得称道的是：大观园的主子们，如老祖宗贾母就深谙乐道——但说那一回，宴乐刘姥姥：他们家里的一班女伶正在演习吹打。贾母便传命，要她们就铺排在园池中的藕香榭水亭上演习，说：借着水音更好听。——这是职业的歌舞演出音乐节目。

再就是我们的红楼故事女主角，黛玉，她本人可也是音乐高手。她不但善于欣赏音乐而且还能自己操琴，弹奏抒发情怀的弦曲——那一次，她独自抚琴，谁知窗外还有二位大观园女儿国中人流水知音在倾听——一个妙姑，一个宝玉。尤其是妙姑甚至可以听得出黛玉调弦"变徵之音，音韵可裂石，但恐不能持久"——此亦关于"人生气数"的玄机奥妙！你看，玄不玄，深不深！

在贾府中，音乐与曲艺的演奏欣赏那是明显分出其水平层次高下的。比如在宁府那边，每回聚宴、歌乐，总是那些"热闹"嘈杂得不堪的东西，哪里谈得上音乐的怡情悦性、凤鸣鸾和、高山流水的艺术内涵呢？

——由此令我们警醒：对于红楼文化的生产开发，绝不能使大众化、市场化变为庸俗化、低级化。音乐、歌舞、戏曲演出尤其应该预警这一点。内容上追求"纯净性",正能量;形式上规定文雅化,流行化。

假如要做一篇"大观园音乐论",那自然得请大音乐家们来抱笔行文。而我们这里仅作为一个普通的音乐欣赏者,一名游园行乐人,对大观园中的音乐歌吹的音乐设计,将有怎样的期待呢?

从概念上设想至少有这样几点:

1. 太虚幻境景域的音乐:总要有一些"仙风道骨"的韵味旋律吧。

2. 红楼庄苑不妨来些通俗的,乐源自"下里",曲行于"巴人"。如校园流行歌曲那样的健康清新,如"京歌""黄梅歌"那样的韵味爽朗……的流行音乐性质。

3. 在富丽堂皇的大观园中,游园音乐将是如何的风格? 选用谁家作品作为主旋律呢? 这确实需要掂量思考。

但看几十年来的红楼文化作品,唯1987年版电视剧《红楼梦》近为经典,受到观众普遍的赞誉,音乐也为听众所欣赏,广为乐界所推崇。

但是这里面又有一个特殊的情况要说明,就是:1987年版电视剧《红楼梦》的出品时代,那时在红学界尚未对八十回后的佚文故事、文学情节有如今天的研究深度,尤其是对史湘云与贾宝玉的"金玉姻缘"——雌雄金麒麟(金麒+通灵玉、金麟+白玉碟)斯配得"才貌仙郎"的"仙郎"贾宝玉的清晰认识,所以该版中对史湘云的故事叙述存在着巨大的缺漏失摄——因而造成了在史湘云身上的音乐元素背景的重大缺失。(关于宝玉·湘云结合论——请看笔者的十章专论《情天情海大观园》一书)

因此在"应用红学"谈音乐的此文中,笔者特意提出这个问题。私意以为:如果能请王立平先生再续"红缘",再谱红楼曲,一解宝、湘千古恨——岂不是令人略消遗憾于万一,得意欣赏红楼全本音乐金曲之幸、为莫大愉悦乎!

续谱史湘云故事的哪些部分的乐曲呢? 兹简列细题如次:

1. 主旋律、主题曲:红楼十二支曲【乐中悲】大曲——此曲文是史湘云的身世、后事、婚缘大事的重要档案。故当为主旋律。

2. 湘云仍与潇湘妃子黛玉住一房。大有深意,娥皇女英二湘妃,应为曲之。

3. 湘云"打手",宝玉吃胭脂故事之曲。

4.(1)湘云、翠缕论阴阳曲。
　(2)宝玉湘云雌雄麒麟会乐曲。 ＞此二段曲为重头戏、点睛曲。

5. 宝玉、湘云烤鹿肉——"妇唱夫随"愉情曲,一群"花子"争啖曲。

6. 湘云为宝玉作针线活的小夜曲。

7. 湘云出题,令宝玉作《访妙玉乞红梅》诗曲。

8. 大观园宴乐,湘云说酒令之曲。

9. 湘云黛玉中秋夜联诗之曲。

10. 湘云、宝玉论甄贾、真假宝玉一曲。

11. 脂批,"史湘云后来之问"贾宝玉曲。

12. 著书西山黄叶村,脂砚研磨作批注之曲。

音乐作曲,是一项极为个性化、个体化的创作劳作。既然我们拟采用1987年版《红楼梦》电视剧音乐作红楼旅游大景区的音乐主旋律、背景音乐,那么,对于有关史湘云的音乐片断的补齐之作,则就完全应该仍请王立平先生再主艺笔,才能使"红曲"风格前后一致,浑然一体。——但这只是"应用红学"倡导人的一厢情愿。而作曲家王立平先生愿领此任吗?谁能转达在下诚恳之意呢?

且还有个重要的补充说明。

笔者坚信:不久,定会拍摄"旧时真本"——宝玉·湘云结良缘的全真版的《红楼梦》电视连续剧——在这一新版本中,笔者重申愚意:人物形象全采用原1987年版《红楼梦》电视连续剧的人物形象模标——打造具有开创意义的、全世界第一件文学名著的再演绎作品,从此之后"红楼"人物形象标准化的规范经典之作。

如此,当然也要请原乐曲作者王立平先生作曲为宜、为美、为整体。

2010—2014 年 6 月

刍议红楼梦景区文·体游乐项目开发

《红楼梦》中描写了丰富的日常生活,有些生活完全可以将其开发为游乐消费项目。开发文·体游乐项目很有意义:

① 弘扬 "红楼" 文化的精彩;② 健身,怡神;③ 多一份旅游消费。

按 "红楼文·体游乐项目" 可以列为消费的,概有以下一些。

一、骑马

"红楼" 时代,中国尚无机械动力。所以,无论是生活、生产、战事或交通运输都依赖于畜动力的支撑。主要是以马、牛、驴、驼等。因而,当时的男子骑驴跨马相当于今天的骑摩托、自行车。但现代,在发达地区、都市中骑术已完全遗失忘却。因此在旅游区中开展骑马活动项目就特别吸引人。

1. "八百里加急" 骏马奔腾赛、表演赛,游客也可以参与。

2. 骑驴跨马赏春踏青游——慢节奏、抒情式坐骑活动项目。

3. 骑马射箭。盘马弯弓比武艺,游客参与。

二、驾畜力车

这本是人文师祖孔老夫子所执教传授的六艺之一。

这与当下的开宝马、劳斯莱斯的滋味大不相同。要驾好马车、牛车绝非一朝一夕之功课,这活计是人与马、牛的情感互动,动作协调……有兴趣吗?

三、射箭

《红楼梦》中有此情节,比的是臂力、射技。

四、散打武术

那次,柳湘莲路打劫匪,还救了薛老大……当前,国学武道热潮正浓,此项活动无须多广告。

五、水上体育活动项目

1. 激水湍流冲浪——根据是:宝玉在太虚幻境一梦……最后到得一处居士撑篙摆渡的黑水潭迷津。该项目正好可以玩刺激。

2. 大观园中水池的撑篙戏莲、采菱……的女船娘工作,很有趣味!

——我们在规划设计大观园时，要充分注意这一点，所以，整个园中水系是全盘贯通的，以使游园水戏活动可以周绕全园。水道的宽度也有下限规定。

六、放风筝比赛

春秋多佳日，飞鸢赛娇媚……

七、棋类比赛

"探春杯"围棋赛。

八、马术的最高综合技艺展现

培养训练一支金陵大观园女子马球表演队——这已经是借红楼旅游之名、超红楼之实的项目突破了。

总之，在红楼梦三大板块景区内，应充分地开发红楼体育、文化娱乐项目游乐活动。俾使咱们的红楼文化大乐园始终处在生龙活虎的营运态势中。

2011 年春月

宝(玉)湘(云)最终金玉缘

（连环画、动漫作品脚本）

1. "太虚幻境"——宁国府、荣国府大门——"红楼大观园"景致迭出……

2. 且说林黛玉进荣国府以来,贾母百般疼爱,寝食起居一如宝玉,日则同行同坐,夜则同息同止,亲密友爱。这日不知为何,他二人因小事言语有些不合起来,黛玉又气得独自在房中垂泪,宝玉又自悔言语莽撞,前去俯就,黛玉才渐渐地回转过来。

3. 不想如今忽又来了一个薛宝钗,品格端方,容貌丰美,行为豁达,随分从时,故比黛玉大得人心。这日宝玉便去宝钗处探望她。宝钗因笑说道:成日里都说你这枚玉,我今儿倒要瞧瞧。一看上有八字,便念道:"莫失莫忘,仙寿恒昌。"莺儿笑道:听这两句话倒像和姑娘的金项圈上的话是"一对儿"。于是宝玉也要看宝钗的金锁——上面果也有八个字:"不离不弃,芳龄永继",也念了两遍,因笑问:"姐姐的这八个字倒真与我的是'一对'。"

4. 这日,黛玉正在床上歇午,宝玉来了,便也要歪在床上。黛玉说:你就歪着。宝玉又道:没有枕头,咱们在一个枕头上。黛玉道:放屁,重拿一个来枕着。——于是二人同床分枕,对面倒下。——黛玉见宝玉腮上有一块胭脂膏子渍色,便用自己的帕子替他揩拭了。——忽然,宝玉闻得黛玉袖中一股幽香……

5. 这日宝玉正在宝钗处玩,忽见人说:史大姑娘来了。——二宝便立刻同来贾母处与湘云相见,之间史湘云正大说大笑的。这一日,宝玉、黛玉、湘云同在一处笑耍追闹。至晚,湘云仍往黛玉房中安歇。

6. 次日天明,宝玉便披衣趿鞋往黛玉房中来。只见黛湘两人尚卧在衾内,那黛玉严裹杏红绫被,安稳合目而睡;那湘云却一把青丝拖于枕畔,被只齐胸,一弯雪白的膀子撂于被外,又带着两个金镯子。宝玉见了叹道:"睡觉还是不老实,回来风吹了,又喊肩窝疼了。"——一面说,一面轻轻地替她盖上。

7. 此时黛玉醒了，叫起史湘云。两人穿了衣服，然后丫鬟服侍梳洗。宝玉见湘云洗了面，便拿湘云的残水，弯腰洗了两把。紫鹃递过香皂去，宝玉道，不用，这盆里的就不少——再洗了两把。——翠缕道："还是这个毛病不改……"

8. 宝玉见湘云梳完了头，便走过来笑道：好妹妹，替我梳上头吧。湘云道：这可不能了。宝玉说：好妹妹，你先时怎么替我梳了呢？说着又千妹妹万妹妹地央告。湘云只得扶过他的头来。……将四围短发编成小辫，往顶心发上归了总，编一根大辫，红绦结住，一辫缀四颗大珍珠……一边编辫，一边闲聊，问这珠子怎么换了一颗。

9. 宝玉并不搭湘云之话，因见镜台两边俱是妆奁等物，不觉又顺手沾了胭脂，意欲往口边送——湘云果在身后看见，一手掠着辫子，便伸手来"啪"的一下，将他手中胭脂打落，说道："这不长进的毛病儿，多早晚才改过"。（P358）

10. 这日，宝钗生日，摆酒唱戏；谁知，看戏时，因一个小旦的扮相活像黛玉，而湘云心直口快，又直言道出了——黛玉当然生气。宝玉见湘云说了此话，忙向她使眼色，意在不让湘云说——湘云当然生气。——晚间，湘云便即时收拾衣物要回家去。宝玉听了这话，忙赶近前拉着她说："好妹妹，你错怪我了。林妹妹是个多心的人，别人分明知道，皆因怕她恼，不肯说出来。谁知你不妨口就说出来——我是怕你得罪了她，所以才使眼色；若是别人说此，哪怕她得罪了十个人，与我何干呢？……"（P377）湘云甩手道："你那花言巧语别哄我，我也原不如你林妹妹。"宝玉又赌咒发誓："我真是为你，我要有外心，立刻就化成灰……"

11.（宝玉黛玉，读西厢，葬落花；元春赐礼，抑潇湘，扬蘅芜）

这一天，贾府到清虚观打醮：（P509）道士们送了许多金玉法器给宝玉作敬贺之礼——其中有只赤金点翠的金麒麟。贾母一见说：我好像看见谁家的孩子也戴着这么一个的。宝钗笑道：史大妹妹有一个，比这个小些。——宝玉、黛玉等等谁也没有知晓此事。探春笑道：宝姐姐有心，不管什么她都记得。林黛玉冷笑道：她在别的上倒有限，惟有这些饰物上越发留心。——宝玉听见史湘云有这件东西，自己便将那金麒麟忙拿起来揣在怀里。又惹得林黛玉吃醋：瞅着宝玉点头儿……

12. 端午节后，史湘云又来到大观园——天热，贾母、王夫人都说：把外套脱脱吧；穿上这么些干什么？湘云笑道：都是二姐叫穿的，谁愿意。宝钗笑道：姨娘不知道，她穿衣裳还爱穿别人的衣裳。去年三四月她来此，把宝兄弟的袍子穿上，靴子也穿上，额子也勒上，猛一瞧倒像是宝兄弟，就是多了两个坠子……哄得老太太只是叫"宝玉，你过来"……大家哄笑了，老太太才知是她，说："倒是扮上男人好看了！"——日后扮上男人大有用场哩！

13. 宝钗又笑道："周妈，你们姑娘还那么淘气不淘气了？"老姑奶奶贾母因问："云儿，今儿还是住着还是家去呢？"——当然是住两天。湘云问："宝玉哥哥不在家么？"宝钗笑道："瞧，她再不想着别人，只想宝兄弟，两个人好憨的。这可见还没改了淘气。"贾母接话道："你们如今大了，别提小名了！"

14. 正说着，只见宝玉来了，笑道："云妹妹来了，前儿打发人去接你去，怎么不来？"

林黛玉道："你哥哥得了好东西，等着你呢！"

湘云道："什么好东西？"

宝玉笑道："你信她呢！"忙拿话岔开，便说湘云，几日不见，越发高了。接着，湘云向众人解说着她这回的送礼琐事，丝缕分明，有理有序。——宝玉道："还是这么会说话。"黛玉听了冷笑道："她不会说话，她的金麒麟也会说话。"一面说着，便起身走了。

15. 一时大家散去，湘云与丫头翠缕到园中去找嫂子、见姐妹去。沿荷池行来，边走边与丫头聊起荷花气脉盛衰，进而至于天地阴阳之气。亦论说花草树木、日月禽兽皆有阴阳等话——翠缕说："姑娘佩的这个金麒麟难道也有阴阳？这个是公的到底是母的呢？"湘云说："这个我也不知！"丫头又问："东西都有阴阳，咱们人倒没有阴阳？"——正说着，湘云忽见前面花架下一件金晃晃的东西……湘云从丫头手中接来一看，原来是文彩辉煌的一个金麒麟，比自己佩的这个又大又有文彩。翠缕一见，又拿湘云的金麒麟一看，笑道："这可分出公母来了。"湘云将麒麟擎在掌上，只是默默不语——正自出神思忖：这个金麒是谁的呢……忽见宝玉从那边来了。湘云忙将那麒麟藏起来，与宝玉搭话，并齐来怡红院。

16. 进屋。宝玉因笑道："你该早来，我得了一件好东西！专等你呢！"说着，一面在身上摸掏，掏了半天，"啊呀"了一声——原来，不知在何时何地丢了——湘云听了，方知刚才自己在园中拾得的却是他遗落的金麒麟。说着将手一撒："你瞧瞧，是这个不是？"宝玉一见，由不得欢喜非常，便伸手来拿。笑道："亏你捡着了，你是在哪儿捡着的？"

史湘云笑道："幸而是这个，明儿倘或把印丢了难道也罢了不成？"宝玉笑道："倒是丢了印平常，若丢了这个，我就该死了！"

17. 正说着，有人来说："雨村大爷来了，老爷叫二爷出去会会。"

宝玉心中好不自在，一边蹬着靴子一边抱怨。

史湘云在一旁笑道："自然你能会宾接客，老爷才叫你出去呢！"

宝玉道："罢了，我亦不愿同这些人来往。"

湘云道："还是这个情性不改。如今大了，你就不愿读书去考举人进士的，也该常会会这些为官做宰的人们，读读讲讲些'仕途经济'的学问，也好将来应酬事务，日后也有个朋友。没见你成年家只在我们队里搅些什么。"

宝玉听了道："姑娘请别的姊妹屋里坐坐，我这里仔细污了你知'经济'学问的！"

18. 原来林黛玉知道史湘云在此，宝玉又赶来，一定说金麒麟的事，因心下忖度着，近日宝玉弄来的外传野史，多半才子佳人都因小巧玩物上撮合而遂终身。如今忽见宝玉亦有麒麟，便恐同史湘云也做出那些风流佳事来。因而悄悄走来，跟踪暗察二人之意——不想在门外就听见谈经济事，赞自己言，这才略为放心，便抽身回去。心中大为感慨……乃至悲戚自身……

这里，宝玉穿了衣裳出来，忽见黛玉在前，似有拭泪之状，便忙赶上来，抬起手来替她擦泪，黛玉忙说："你又要死了，作什么这么动手动脚的！"宝玉笑道："说话忘了情，不觉的动了手，也就顾不得死活了。"黛玉道："你死了倒不值什么，只是丢下了什么金锁，又是什么金麒麟，可怎么了得！"

——看来林黛玉醋劲太酽了！当然也难怪，这两枚金物都是她的致命情敌啊！

19. 转眼佳秋，在探春提议之下大观园儿女初结海棠社。吟诗作乐，众人皆有佳作警句，就中如史湘云的《咏白海棠》极有看头：

蘅芷阶通萝薜门，也宜墙角也宜盆（——好个宝钗的性格形象）

花因喜洁难寻偶，人为悲秋易断魂（——分明是妙玉命运写照）

玉烛滴干风里泪，晶帘隔破月中痕（——这无疑黛玉一生情景了）

幽情欲向嫦娥诉，无奈虚廊夜色昏（——此为枕霞旧友幽情晚到的极隐晦的自况）

湘云今日作诗，她是后到、补作、急就之章。

其才情自不在钗、黛之下，众人看一句赞一声！

20. 前一日，宝玉嘱袭人与史湘云送东西去，袭人叫过老宋妈妈来吩咐道：这一盒是装的菱角、鸡头两样鲜果，那一盒是一碟子"桂花糖蒸新栗粉糕"；再有，前日史大姑娘说这"玛瑙玉碟"好，她就留下玩吧——这都是宝二爷的心意！

21. 冬令，一夜大雪，一群闺阁盛妆娇娃相约赏雪吟诗。湘云与宝玉悄悄计划道：既然家有新鲜鹿肉，不如咱们要一块，自己拿到园里弄着又玩又吃——宝玉听了，已是巴不得。一时，大家齐往芦雪庵来，听李纨、探春出题限韵，独不见湘云、宝玉。林黛玉道：他两个再到不了一处，若到一处，生出多少故事来。这会子，定是算计那块鹿肉去了。——正是！湘云、宝玉、平儿已围着火炉自割自烧先吃了起来。香气四溢。接着，探春乃至凤姐也赶来大嚼自助烧烤了。黛玉因其体质弱，吃了不消化，不然也爱吃的。见眼前这幅众娇娃割腥啖膻争食图，黛玉笑道："罢了罢了，今日芦雪庵遭劫，哪里找这一群花子去，我为芦雪庵一大哭！"

22. 吃完鹿肉，洗手执笔，才女联诗——宝钗、宝琴、黛玉三人共战湘云，极尽展现了她们的绝世才情。联句诗中，宝玉落第，李纨罚他去栊翠庵折枝红梅来插瓶，宝玉即时便要去，黛玉、湘云一齐说：外头冷得很，你且吃杯热酒再去——湘云早执起壶来，黛玉递了一个大杯满斟，宝玉吃了，冒雪而去。

23. 有顷，宝玉笑盈盈地擎了一枝二尺来高 、斜枝却五六尺长的红梅回来。花吐胭脂、香欺兰惠——大家赏吧！湘云又告诉宝玉，大家还要罚你重作一首诗，诗题就叫《访妙玉乞红梅》——须即时完成！湘云以铜箸击炉计时，并握笔作录，于是宝玉一气呵成竟作出了一首万人愚未识，千古奇谶诗来，其中尤有警句——"入世冷挑红雪去，离尘香割紫云来"，可品可研。

24. 在宝玉去乞梅之时，宝琴、李纹、岫烟又各作一首《咏红梅花》，其宝琴一诗中有句道："闲庭曲槛无余雪，流水空山有落霞"——这也是千古奇绝迷离未解之句！——其实这四句诗，都是暗指日后"雪"去（"薛"去）——"霞"来（"云"来）！也就是薛宝钗事去，史湘云事来的大谶兆。

25. 当下正值宝玉、宝琴、平儿、岫烟生日，全园裙钗一齐贺拜、吃面、欢饮——席间，众才女纵情饮酒、行令，妙词迭出，尤其是黛玉、湘云的酒令词章，更令人赞赏叫绝——

黛玉酒令道：落霞与孤鹜齐飞（一句古文）

　　　　　风急江天过雁哀（一句旧诗）

　　　　　却是一只折足雁（一句骨牌名）

　　　　　叫得人九回肠（一句曲牌名）

　　　　　这是鸿雁来宾（时宪书语）

湘云划拳输了，该她说酒令了，仍要符合规则。

湘云说道：奔腾而澎湃

江间波涛兼天涌

须要铁锁缆孤舟

既遇着一江风

不宜出行

再听她说的酒底：这"鸭头"不是那"丫头"，

　　　　头上哪讨桂花油（关联席上的人事，果菜名）

26. 又闹了一会，大家起席散了一散，倏然不见了湘云。……一会，一个小丫头笑着走来：姑娘们快瞧云姑娘去……原来湘云多吃了两杯，此时正卧于山石僻处一块青板石凳上，业已香梦沉酣，芍药花飞了一身，红香散乱满头满脸。一群蜂蝶闹穰穰围着她，又用鲛帕包了一包芍药花瓣枕着。众人看了又是爱又是笑，只听她口内犹唧唧嘟嘟说酒令：——

泉香而酒洌，玉碗盛来琥珀光

直饮到眉梢月上，醉扶归，却为宜会亲友。

脂砚斋曰：无意间正展示了一位托石而眠的湘夫人也。

27. 至晚间，袭人、晴雯等八个丫鬟凑齐银两单备了酒菜，替宝玉过生日。且也把黛玉、宝钗、湘云、探春、李纨等硬拉了来。这顿晚宴又是一种玩法，众人拈花签、得酒令而吃酒。大家坐好，摇筒数骰，抓签行令吃酒——这一回的各位裙钗，所得的酒令签文那可是大有好看文章的。宝钗所得签是：牡丹花——诗文是：任是无情也动人；探春所得签是：杏花——诗文是：日边红杏倚云栽，注曰：得此签者必得贵婿；湘云得签：海棠——诗文云：只恐夜深花睡去；转至黛玉：签得芙蓉——题字"风露清愁"，诗云：莫怨东风当自嗟。至袭人：是桃花——诗文"桃红又是一年春"。诸君请看各人所得花签诗文，不是大有意思吗？二宝后来虽有婚姻，那实质是——任是动人也无情；探春后来远嫁，果然是为和番而嫁藩王；黛玉之签是说：她的命运归宿，早逝而与宝玉无姻缘，那是她自家心胸狭窄，抑郁焦虑，久积成痨；而湘云之花签诗文，则曲折委婉地道出她的姻缘信息：夜深花睡时已晚——家族业已败落之后的事也。

28. 奉王夫人之命，凤姐带了一干女管家，为有丫鬟在园内偷情遗落荒唐之物被发现而对大观园各房进行抄检。此次抄检的直接后果是，偷情人司棋被逐；晴雯被诬告、被逐出园而致死；芳官、蕊官被老尼巧言拐入庵中作尼。从此，大观园这个乌托邦自由女儿国由盛而衰走上了下坡路。对此，当抄检队进入探春住房抄检时，探春激愤斥责，异常悲壮地指出：你们别忙，自然连你们抄的日子有哩！今日早起你们不曾议论甄家被抄之事吗？果然，今日自己家里好好的真抄了。可知这样大族人家,若从外头杀来,一时是杀不死的,必须先从自杀自灭起来,才能一败涂地！说着,不觉流下泪来。贾、史、王、薛败落之象已有前兆、今有预言了。

29. 只因这一大不雅观之抄检弄得大家心存芥蒂,以至于一向明哲保身的宝钗即时决定搬出大观园蘅芜苑,回梨香园与母亲一起住,而与宝钗同住蘅芜苑的史湘云便暂时移居到李纨处。

30. 故而这一年的中秋节过得十分冷清,且有悲凉之意。全家赏月散去后——黛玉、湘云二人并未立即回房睡觉,于是一同走到临水的凹晶馆来,赏月联诗。纵观今晚她俩之联吟也确有苦凉之意,诗中有句:"寒塘渡鹤影",黛玉对句:"冷月葬花魂"——湘云拍手称赞此句。但同时也说,你这诗固然好,但也太颓丧了。你正病着,不该作此清奇诡谲之语。一语末了,忽听身后出来一人笑道:好诗好诗,果然太悲凉了。你二人联诗我都听了,有几句虽好,只是过于颓败凄楚,此亦关人之气数而有……原来,说话者却是妙玉！

31. 海棠半死晴雯死,二玉作谏是自谏(宝玉、黛玉二人共同修改谏文)。

32. 探春远嫁渡海去,宝玉送亲久未归。——终于,黛玉泪尽而逝。宝玉回来,痛哭黛灵。

33. 薛家出了事,宝钗"待选才人"的资格也被削籍——故而宝钗得与宝玉完婚,圆了金锁——通灵之金玉良缘。宝钗齐眉举案服侍宝玉。窗前月下,小闲叙旧,颇有轻俏艳丽的一段大观园情缘余光。

34. 忽然内廷传来消息,龙颜大怒——因甄家一案招供出隐藏家资于贾家一事……元妃突然薨逝,故贾府上下人心惶惶,即忙散人敛气:将湘云送回到其叔家去,宝玉劝袭人嫁于蒋玉菡,遣散诸多丫头,红玉也或外遣流落。

35. 朝廷抄家贾府,没籍财产,全府上下人等男犯羁押于狱神庙,女眷押在尼姑庵,难得刘姥姥前来探监:拜望凤姐携回巧姐;贾芸探庵:拜望宝钗等女眷;红玉、雪茜等同来探望宝二爷。贾芸在此巧与红玉相遇——遂得姻缘竟偶成。

36. 彼时朝廷内斗剧烈,北静王鼎力保释贾府,探春和番有功,方有北海之国缓视我朝,故今上法外开恩,释放贾府人丁。——直如树倒猢狲散。

37. 如今贾府败落,竟至于宝玉、宝钗依靠袭人、玉菡供奉。

38. 落差天渊,宝玉宁不痛杀——林妹妹早走了一步,倒是干净少罪,当年曾有信言:林妹妹死了,我去当和尚。想到此处,竟然狠心一下,情极至毒,抛舍了宝钗、麝月而出家。

39. 却说宝玉四处云游,一日来到铁网山,见远处一帮人物盘马弯弓,似在射箭。原来都是当年挚友，如今落草豪杰：柳湘莲、冯子英、蒋玉菡、卫若兰，大家一见自是一顿唏嘘——大块吃肉、大碗喝酒叙旧，忽有卫若兰将大氅一卸，一件金晃晃的东西"啪"的一声，恰恰摔在宝玉面前——这一见，只令宝玉大惊失声，这不正是那时抄家惶乱之日所失落的金麒麟吗！怎的到了卫兄之手？这其中自然又是一番曲折故事，众人听这一讲，尽称奇物奇缘，豪侠之友若兰即时奉还宝玉之金麒。

40. 这日夜间，宝玉辗转难眠，迷迷糊糊之间似乎一人笑着走来——原来是当年南京的甄宝玉，手捧通灵宝玉，说道：此玉被人误盗，如今到我手中，今日特来还玉。想来这也是天下奇缘了，家已抄、府已败，芳已散、心已死，何尝再想到要这两件劳什子——小觉一梦醒来，又回现实之中。

41. 故友相聚数日，宝玉得知众位草头豪侠另有"一番大事"，铁心绝俗的宝玉别过众人，仍去云游，干自己的营生去了。又不知过了几多时日，这日已是落霞时分，来到了一个所在，看这去处，流水空山余晖，闲庭曲槛破败，恰恰就在此处此时，忽见一个异样情调之人映入眼帘——是谁？原来竟是扮了男装的湘云妹妹。二人不禁抱头大哭，互道抄家以来，如乞如丐的大荒情境——此时宝玉忙拿出金麒并复得的通灵玉，湘云也拿出金麟及一直深藏的玛瑙白玉碟，二人真有千言万语在心头。

42. 如今他她二人辗转落足于西山黄叶村。想想这短短人生，有多少旧情往事可诉可说，有多少教训悔恨可书可写？于是，宝玉执笔神思，湘云磨墨染脂，就在悼红轩里，举家食粥著红楼了。

43. 正是十年辛苦著作《红楼梦》，宝、湘恩爱尚未尽之际，展眼吊斜晖、湘江水逝楚云飞，湘云病故了。这一次打击非同小可，宝玉彻底绝望于红尘——果然应着林妹妹当年所谶，竖了两个手指头，笑道：作了两个和尚了。这真是落了个白茫茫大地真干净！——宝玉第二次作情僧去了。

可欣可悲的湘云呀，你毕竟最终如愿，厮配得"才貌仙郎，准折得幼年时坎坷形状"。你想想，相比于林姐姐，他无金无玉，只落得花谢人亡，枉凝眉；再比之宝姐姐，虽得金锁配通灵，然而任是动人也无情——只落得遗红、恨夫，金簪雪里埋！湘云你，十二钗中最幸人呀！

一梦红楼至此终。

【引文中所标页码数字是用齐鲁书社 1984 年夹脂胭斋批注的《红楼梦》版本。】

文化产业开发泛论

2007 年江苏省红学年会南通会议发言

——江苏红楼文化报刊的创办与红楼梦文化普及文化产业开发泛论

　　江苏红学会必须要办一份红楼梦会刊,作为大家研究、交流的园地,作为与外省同仁的沟通渠道。也只有办一份这样的报刊,才与文化大省相称。现将个人的具体想法略述于下,意在引起大家重视,冀望得到同志们的指正。

一、刊物内容的设定

　　以《红楼梦》为旗帜的中国古典文学研究和普及的文稿。

　　红学以外,三国学、水浒学、昆曲学、聊斋学(乃至唐诗宋词、老庄鉴赏、哲学思想)的介绍研究等。

　　1. 因为《红楼梦》中,这些内容全部蕴涵,所以,这样说这么办本文刊,是有充分的内在联系根据的。

　　2. 刊物的内容如此丰富,比之于现在已见的唯"红楼"一书单科研究的期刊,更显得具有鲜明差异,有差异性的东西,才有吸引力。

　　3. 满足各专业、多兴趣不同群体的需求——增加销售量。

　　4. 我们的红学队伍中各路专家众多,所以对于多学科内容的刊物具有很好的驾驭能力。

二、刊物受众群体的定位

　　广谱性,多层次,适应高、中、低的各档需求。

　　1. 有学术论坛——这是刊物的立足之本。

　　2. 面向学子,中、小学生入门的引导和知识简介——这是刊物的繁茂之道,也是为培养后继人才。

　　3. 文化新闻供给——适应"晚报"人群的兴趣需要。如红学人物访谈、名著赏析、轶闻掌故、文化动态……

三、刊物应成为文学名著研讨、群众文化活动、文化产业开发的营造者和推广者

以刊物法人的身份,倡议、举办与红学有关的文化活动、文化事业、文化产业的报道和群众公益活动。如春花赏悦、十二钗歌咏、红楼知识竞赛、联诗笔会、绘画美展、票友联谊、红楼宴的推介,云锦霓裳表演。

——所有这些都是普及工作。因为刊物一经上市,它就具有无形资产价值——我们当要充分利用这一资源。

如"红学"研究中,应该开拓其内含的红楼文化旅游、文化产业经济的新内容、新课题。

文化事业——文化产业——文化经济不仅仅是企业家的需要,是政府的政绩,也应该是以往百无一用文化人的骄傲和收获——因为经济在《红楼梦》中是一项重要的内容。

从史湘云率先提出"仕途、(和)经济的学问",到贾探春的新创大观园的经济改革,"三驾马车"李纨、宝钗对运作机制的补充、完善,直到贾、林二人对大观园经济新政的赞赏和贾宝玉的无条件遵守、以身作则的行动支持,这一切都让我们看到曹雪芹超越大跨度时代的经济思想——直到三百年后,古老的中华大地上才起步亦趋,以至今日的开花结果。

所以我们的刊物当然要做好红楼梦与江苏经济及中国经济文化产业的大文章。

也只有这样,我们的刊物才能堂而皇之地走到政府办公厅的台面上。

四、关于刊物发行形式的改观设想

1. 是否可以把本刊的论坛卷与普及卷分行。内容分类、分档,读者各取所需,内容决定着受众,受众检验着内容。

2. 分卷上市可以使读者节约付款,这是价格法则。——从而也就从另一角度提高销售量。

3. 刊物的发行周期是否可以来一个调节,与其双月刊100页,就不如出月刊50页;成本不变而频率提高。需知,任何商品在市场上市的出现频率愈高,则其影响力和销售量愈大——这是营销学的一般原理。当然,这是建立在刊物的质量和适销对路这一前提之下的。比如:在普及卷中就更加需要强调图文并茂,绘画、装饰、摄影图片的应用。

五、以下再谈一点"红楼文化普及"新概念：

地域普及概念

　　　　　　　　　　这也是我们刊物的文中应有之义。

应用普及概念

（一）地域普及概念

红楼梦文化与大运河申遗联动——打造纵贯江苏全省的红楼文化经济金玉链。南京是红楼梦文化的中枢。

南向：金陵大观园——镇江瓜洲渡口——无锡，惠泉酒坊、江南手工艺——苏州，织造府，又是林妹妹老家——南通州，曹寅的淮盐府署。北向：首站到扬州，黛玉所居；曹寅刊诗处、盐政司——淮安，曹寅铜肋关；到淮阴，宝琴怀古；宿洲，黛玉咏《虞姬》。（再延伸北上到山东临清——江宁织造驿站之祸地。）

其实《红楼梦》本身就在进行自我地域普及，我们刊物现在要做的就是把沉睡的旧梦唤醒，并弘扬出新，利而用之。

可以设想：假如由省市政府部门法定举办每年一次的红楼梦文化艺术节——扩大招商引资，弘扬地方特色，招来红楼之商！（如南通蓝印花布、如扬州玉漆器……）如此一来，则本省的这些城市就自然成为艺术节每年的轮值主席市。使红楼梦会刊在广泛的江苏地域内，成为红楼文化的普及动力，这又是一件皆大欢喜的事。

又：各地方市是否可以组建市级红楼梦学会。这样更有利于弘扬普及工作。如淮阴，当地的文史专家根本就没想到大运河与红楼梦的因缘关系，红楼与淮阴、淮安的关系。这可视为红楼文化的普及在淮阴地方的缺失。

（二）应用普及概念

我们应该呼吁、推动"红楼文化"的应用开发、产业创建。

《红楼梦》是我们江苏得天独厚的宝贵文化资源。江苏具有无可争议的知识产权，是现实开发应用不二的极佳选地，既生产红楼文化产品（凡以红楼文化命名的产品，红学会可以对其做有关的文化学科论证，这是有学术权威的，不过要请他们在标签上注明"经由江苏红学会文化论证"的字样——此举你我可以获得双赢），又推动红楼旅游消费。如：

1.红楼文化主题旅游；

2.红楼文化产品开发：工艺、美食、服装……的开发推向市场；

3.红楼情感文化消费：情侣月、金婚节、红楼仪式新婚宴……

4.戏曲票友会，红楼书画观展；

5.举办古典文化学术讲座——不能老是外地的饽饽比自家香。

利用刊物平台,不懈地推动七地市文化遗迹的营建(如淮阴已着手曹寅造船厂的恢复工程,名在大运河文化博物馆之下)。

大家知道,任何文化的普及,其最好的也是最有效的方法就是生根于大众,融化于生活,应用于生产,销售于市场——形成一个活性链条。我想,丹麦的安徒生童话艺术节、英国莎士比亚艺术节均应如是,而我也坚信,"红楼梦"的文化产业是极有前景的。

总之,无论是江苏红楼文化刊物创办还是文化普及新概念,都是对以《红楼梦》为标识的文化学科的弘扬,都应是刊物的目标,都是为提升我们的民族素质,都是为了社会主义文化的大发展、大繁荣,为创建江苏的文化事业——文化产业大厦而添砖加瓦,立柱举梁。

2007 年 12 月 6 日

致何永康老师函

——关于江苏红学会会刊办刊新想法

何老师：

　　您好。

　　日前在南京云锦研究所召开的年会上，欣喜我们省红学会获得强有力的办刊后盾：经费支持，甚喜甚慰。

　　本会会刊试办已逾一年，以后将是新的历程。今想就以后的办刊思路向您说一些想法，供参考。

　　现今国内众所熟知的红学专刊两家，我们是第三家。我们要想有影响、有活力、有特色，我想，首先应当打破其内容太过单一、唯文"红楼"的这一"专刊"模式，是否可以考虑办成包括以红楼文章为主，兼及"三国"、"金瓶梅"、"水浒"、"聊斋"、昆曲、诗词等古典文学综合内容的"大红楼文化"的刊物呢，而所有这些文学作品都与《红楼梦》有着密切、明显的关系。可以考虑办成全新的文化普及型的学会刊物。读者群的定位应该是：广大市民中爱好文学、文化的社会群体，广大学子，专业文化群体等。其栏目设计应分类型、多层面。如：

　　○"文化新闻报道"栏目

　　为满足一般社会人群对文化新闻、文化动态等的诉求心理，也是普及文化的手段之一。此栏不避其俗。如像"明清小说研究"那种高深大雅，就没有普及效用了。如江宁织造府报道，云锦申遗简介，专家信息，包括如"七女联手写红楼"的雷人新闻；如西安汉唐文化开发动向、述评……如学术人物的轶闻趣记……

　　○"学术论坛"栏目

　　这是我们刊物的立足之本。——必须是有学术分量的文章。

　　○"文化产业"栏目

　　要想刊物能放到领导部门、职能部门的台面上，让人家也能偶一翻阅，必要辟设应用性学术"文化产业"栏目。

如文化产业论述：红楼旅游工程，西安芙蓉园、大明宫述评，三国城、水浒城的文化内涵探讨及经营之道等等。红楼美食大赛、红楼宴、红楼酒等文稿。

○ "学子求知" 栏目

我们的刊物要建构学子尤其是中学生对古典文学文化知识诉求的辅导供给平台。显然，仅仅单一的 "红楼" 内容是不够的；即使是为了应试，或为了培养高素质人文精神素养的通才，也必要丰富以所有的古典文化精华。

今试作下一期本刊栏目内容、形式的框架构想：

卷首题词：孙家正老部长，顾浩、向守志等老领导赐题

文化新闻：2009 江苏红学年会报道

文化产业：云锦申遗　　王宝林撰稿

　　　　　红楼旅游　　王克正撰稿

　　　　　红楼酒宴　　丁章华撰稿

红楼菜肴全国大厨厨艺赛 约请胡文彬撰稿

古典文学导读：

《红楼梦》导读：何永康院长主持，分期连载

《聊斋》或其他古典散文，约稿专家教授

学术论坛：

"红学" 本刊编辑部组稿

"水浒学"、"三国学" 请李灵年老师主持

"昆剧" 请吴新雷老师主持

"金瓶梅" 请冯子礼先生主持

文化名著、名家、新作介绍

广告：云锦产品、雨花石等分期刊登

版式：是否考虑以上世纪的 "文艺报" 的简装本为范；以新闻纸印制——这二项可节约成本。

文章，分大类列名本栏目的主持人；重要文章的提要或关键词，附于本文章的目录之下。

以上是个人不成熟的甚至是不太易做的一点想法，权作与何老师的通信聊天，以达心声吧！

恭祝

新年好！

克正拜上
2009 年 1 月 3 日

本文中亦有关于《红楼梦》的、单列一节的内容，故而也把它放入此书。

《中国文学·图像关系史》开题偶想

南京大学文学院要铸造一部《中国文学·图像关系史》十三卷的巨著，听了他们的开题报告会，浏览了其编辑会务手册，现就这一课题简列出一些个人的粗浅之见，以向专家学者请教，并寄南大文学院本著主编赵宪章先生，供他们参考。

首先是关于"文·图关系"的切入点、表达方式的思考，我有新的提法。另还有关编委队伍中的图像专业编委人选的泛论。

一、因"文"生"图"类的文·图关系

例如，因有苏轼的《赤壁赋》一文，从而有了后代多幅的"游赤壁图"画作的产生。

又如有了明人的多篇《阅江楼记》——阅江楼因为各种历史原因而未建，而到了当代，今天附于此文，终于有了实像——南京新建的"阅江楼"。

对此，因"文"而"起像生图"的原因颇值得探讨。

1. 文学对于文人画师能产生巨大的激励作用，就如同面对美景而生美文一样。

2. 画师对画像题材的拓展。由"师造化"而"师文章"。

3. 文化意识、历史名城理念的感召——因文而催生了图。后世文人画师伙同而造就，立名所谓某城、某地的"二十四景"、"四十八景"之类，因以昭其名，用以著其位。

4. 文化旅游的产业兴起，催生了景点工程——实景大像。这在根本上是以"文化应用"为目的的。时代造作了新的语·图关系。性质变了，目的明确。这在当今尤为突出。如"阅江楼"、"三国城"、"水泊梁山"、"清明上河图文化园"……

二、因"图"生"文"类的图·文关系

1. 有"核舟"之实像，因而有了《核舟记》一文。

2. 有作家构建之实体馆舍，继而因以作文铭纪。如：刘禹锡的《陋室铭》、

苏轼《黄州新建小竹楼记》……另外,更多的是作家面对已有的原建旧阁而生感发文,如传世之文《岳阳楼记》《滕王阁序》《阿房宫赋》……

三、"图·文并生"关系

1. 这一类的例证如：书画家的画作题诗、题词。此类文·图作品代有佳作,语图辉映,不胜枚举。

2. 另如丰子恺的《缘缘堂文集》之文与其中之图作人们很难说是文先图后或图先文后；可以说,作为画师兼作家的丰老先生,当时是"同时构思"、"图·文并生"而有了语象与图像这一份文·图双璧之文化遗产的。

3. 又如清·袁枚,他买山营苑,便有了他的"随园",修葺了大观园。

而在他自己主持修葺、营造此园的过程中,他当然是成竹在胸、意存丘壑的；因而可以说,他同时也就有了其文作《随园六记》；或者说：他的文化理念、艺术见解本是在胸之竹。而依其自我理念而修葺、改建、新营再造的园林作品,当然也就是"六记"之文的由意而像,由像而文的这一成果之根苗,他自己说得很明白："园林之道,与学问通。"

这是"图·文并生"的又一典范。有声有色,有虚有实,得图得文,珠联璧合。

至于后来,园成之后有其孙辈作"随园图"——简直是多此一举、相形见绌了。

这一类的"语·图关系"是否可在书中大书一笔呢？

以上数则,从紧贴本史著的"题干"——"关系"这一理念出发,提出了一反传统的"文学史"、"美术史"纯粹以时间为顺序展开论述的陈旧面孔、老化了的表述方式。

对于这一"偶想、刍议",我想说明的是：

1. 这不仅是发掘了对于"关系史"的全新的认识角度,在新的角度上认识"文学·图像"关系可以更好地叙述其"起始与结果"、"传承与发展"、"阶段与过程"等要义、重点；

2. 这也是著作《中国文学·图像关系史》的体例新面；

3. 以这样的一种表达方式、全新的行文提纲,可以达到：

——"关系史"的明朗清新；

——"关系史"的简洁有序；

——"关系史"的切合书题。

呈上个人愚见,尚望南京大学本课题组的各方专家学者给予指教。

四、文学典籍与之所产生的"意念图像"的关系

在华夏的文史中，有如《水经注》《徐霞客游记》《洛阳伽蓝记》《洛阳名园记》等一批经典游记文学名著，以及在中华文化源流中一些歌诗名言如"五岳归来不看山，黄山归来不看岳"，"桂林山水甲天下"，"南朝四百八十寺"等等早已融入国人的"由语象而图像"的"意念储藏"之中，就是说人们今天即便是已然看不到四百八十南朝寺的煌煌宏观气象，已见不到当年洛阳的千家名园、辉耀的伽蓝，即便此时此刻我们没有面对漓江、登顶五岳，但是，那"图像"作为唯美的"意像形态"而存在着，存在在人们的意识之中，——这一"双重"赏美：既赏诗文"语象"，又兼得美景"图像"的"虚—实"—"实—虚"之辩证而产生的江山美景，人文伟建的"语图"特殊关系是否也应该成为中国文化史、美学范围中的文学与图像关系的内容呢？

面对这一内容——因文学名著而产生的景物的"意念图像"，在学界似乎尚未深入研讨。若因"无实像之图"、"无图、无据"而被忘却不论，则我个人认为，这将是对文学史中相当大的且相当重要的一部分文学瑰宝的丢弃。且不说十分可惜，或可谓"陋而不备"，何况更是对"美学"内容的一档严重缺失——因为文学的本质特征之一便是"意念"的功能。因此，此项内容诸位执笔先生似乎也有必要特设篇章着笔。

五、诗文书画诸艺兼具的大师们其自身作品中的语·图关系及与他者作品的语·图关系

每个时代总会产生一些诸艺俱佳的大艺术家、大文学家。这一现象是中华民族的文化——文学艺术史库中绮丽骄人的造化之得。这些凤毛麟角，甚至精于跨行当的技艺——这许多技艺因素储备于天才一身，必然互相融通，各门艺术——诗文与绘画、书法与篆刻的作品，自然而然也就产生了"内在的""关系"问题。——这些，当然也应对重点人物，重点论述。

如王维，号称"诗仙"——则其世界观，佛、道哲学思想体现在其诗、其画之中其关系的情状：其诗意闲适，画风飘逸。诗画融通的表现：诗中有画，画中有诗。

另如，懂得音律戏曲者则其对诗赋、书法作品的互为影响；

再如，舞剑与诗歌的关系；

再如，种豆南山下的田野劳作之景与作者诗文的关系；

再如，月下吴歌……环境熏陶对诸文人诗画的影响。

1. 大师本身的文集对本人的画作、书作的指导、解读，大师本身的书画对本人的文学文思的体现，都应该是非常有趣的章节。

2. 大师们的文学、书图与同时代其他文人的文化文学图画的关系。

一位大师影响一代，成为领袖，形成流派。

3. 大师们与后代文学·图像的关系

形成了传承的关系。

如清代文学书画大家徐渭、郑板桥等等，现当代的文学绘画兼具的丰子恺、吴冠中等等。

在这一档的内容中，有一种现象可能在本史著中得到纠正，这就是：

有些历史文人，他们固然有诗文存世并兼有书画艺术作品。但是，总难免在二艺之间存在着不同程度的偏重。随手的例子如：明唐寅、沈周、文徵明、祝允明等，他们都是知名书画家，也有诗文集存世，但他们的书画艺名似乎更偏重一些，因而在一定程度上盖过了他们的"文名"。在今天的文学史著中就略去了他们的名字了。这实在不能不说是一种损失。如今南京大学的这一部《中国文学·图像关系史》一定会在"书画诗文兼具名家"这一章中全面地论述他们的"文·图关系"，从而弥补这一遗憾。

六、超时空延伸的"文·图关系"

1. 已故的全国知名的南京画家董欣宾，在 20 世纪 80 年代的一次个人画展上，其"序言"是其自书的岳飞《良马说》一文（他的书法也有看头）。这篇《良马说》的主题是：骏良之马初奔之时并不显威，而驽马起始阶段或能胜良马一筹；但是随着赛程的拉长，驽马终于气喘扑地，而良骏则愈奔愈猛……

董欣宾自选自书古人的这篇文章为他的画展作"序言"，其用意和作用是明显的——

一用以自励而励人；

二以针砭时弊——当前的一些画家浮躁急成，持久乏力。

现在岳武穆的此文与董欣宾的书画关系非常密切、得力。

用以表达董对时下的一些急功近利、功底薄弱等等问题的思考。

2. 南京新建的"阅江楼"，也是《阅江楼》之文穿越时空影响当代的"图文关系"之实例。另外的实例多多。如根据正史或小说作品等文学记载新建的"西安大唐芙蓉园"、山东的"水泊梁山"……所有这些，都延伸了文学的审美功能，增加了应用功能，强化了历史传承的力度。而在这些新建的文学实景园区所拍摄的电视电影作品如《三国演义》《水浒传》《红楼梦》等都衍生了新的文·图关系内涵,其社会功能各不相同,均须深加论析。

七、文学巨著《红楼梦》之图像

因为《红楼梦》在中国文化文学史上的特殊地位,其"红楼梦"画作也很丰富,应单列而论。

《红楼梦》问世三百年来,不知有多少图像出品,从红楼图像的形式上分列:

1. 单薄的"绣像"阶段的图作;

2. 分回目的题解阶段的图像;

3. 展示故事内容情节的画家插图;

4. 连环图画——连贯地图述故事情节;

5. 戏曲演出;

6. 现代的《红楼梦》影视作品。

在所有以《红楼梦》内容为脚本的画图作品中,最值得提出来的是清·孙温绘《全本红楼梦》画册。①该作品质量上乘,工笔、五彩、人物颇为生动。②篇幅巨大,内容以 120 回为本。230 幅的巨型画册。③属于当时人画当时事的作品,具有历史的真实性、史料的确凿性。

它具有"时代录像"的性质——这种"文·图关系"具有历史资料价值。在 230 幅故事连环画作中把"大百科全书"《红楼梦》中所涉及的方方面面的物事描写均如数如真地描绘"录像"出来了。诸如:

①当时的房舍、园林建筑,建筑式样、格式、装饰,假山、亭榭;

②书中人物的服饰、装束;

③居室厅堂的器具、摆设、工艺珍奇、古玩字画……

④苑囿、大观园中的花草树木、鸟兽虫鱼……

⑤日用器皿,酒宴排场……

⑥节日庆典、婚丧事项的风俗、场景……

⑦居室、内闱的帐幔、床兀、家具、灯盏、炉灶……

⑧车、骑、轿、马的形制、格式。

所有这些已经远远超出了对文学艺术的意蕴表述的"图·文关系"了。作为时代的历史生活图片资料,对于我们今天提出来的"复制红楼文化"的实际操作之借鉴、参照作用等,具有无可替代的"档案"性质。——就是说,该"红楼图像"与我们的当代"应用红学"的实践产生了直接的关系。

对于当今推动"文化产业"发展,"应用红学"的运作——本人提出打造"太虚幻境—金陵大观园—红楼(贾史王薛)四大庄苑"这一三大板块巨系统的"红楼梦文化旅游"的建设工程,孙温图是一份直截可信的借鉴资料。

而在《中国文学·图像关系史》中,对于孙温图作中所绘及的这些"细节",编写组似应特聘古园林建筑、园艺栽培、文博古玩、服饰设计……各方面的专家予以相关的论文撰写。最好不要仅靠我们文学院教授们自查资料完工。

——不知这一想法是否恰当?是否可行?

——因为现有实例:南京大行宫新建的"江宁织造府"之实像——即便加上了"博物馆"三字,也令市民大瞠其目,网上哗然。不合文、史,不遵旧制,不按"红"文,不伦不类。假如某书某文要取样这个"江宁织造府"实建图像的话,则不失为一个反面教材、"文·图关系"的败笔之作而存在。

八、关于史诗画的"文·图"关系

在我国,文学与绘画两大品类,都各自形成了自我的史河。怎样把二者结合起来,科学辩证地展示其相互关系,这应该是本史著的大功所指之一端。

考察我们的图像画史,可谓丰富。但这其中又有具体问题必须明了。众所周知,社会生活、人的主体活动才是历史的本质。而在这方面的表达上,我国的历史、文学两个领域对其表达是充足的。但在图像对社会历史主题的表达上就薄弱得多了。

本来,人物难画——这是"技术难关"。

因此,在中国画史上过早地出现了"三元分离"的现象:即把人类活动的环境从绘画中剥离出来——单列为"山水画";把生活中的"副末"、点缀、细节剥离出来——单作为花鸟画;而作为社会的主体、历史的动力——人,单列为人物画,而且人物画往往又被大大地简化——不写生活,单行赏美:美人图,其比例很大。三元分离完成,自此之后,真正可以称得上是"史诗画作"的少之又少。留下来的就是那几幅:

"文姬归汉"题材人物历史画作、"昭君出塞"题材人物历史画作、《清明上河图》——反映都市生活史;"乾隆南巡图"历史政治生活画面——这一题材,我们可以赖《红楼梦》中人物的描述,虽然很简略,但总算"文·图关系"起来了。

另有"文成公主进藏"的文学作品与相关内容的绘画。

总之,历史大事,在诗文中多有反映,但要寻找历史题材的大画作则就很少了。而晚近的《三国演义》《水浒传》有关图作是否可以递进到"史画"性质呢？《三国演义》固是依《三国志》而"七实三虚"；而"水浒"英雄本事在宋朝《宣和遗事》中有略纪，而《宣和遗事》是否可以纳入文学范畴。"史实野纪"与文学作品关系的论证，这又是本著《中国文学·图像关系史》以外的关系了。因为我国的史诗图画实在是太少了，而演义小说对史实的演绎就成为文学名著了，固然已成事实，但其插图画作能否称为历史画，则很难说了。

但是，如清代史事：对西北少数民族的平叛战争及获胜受降的史画、文学却大有存在。

清代至少有两位统治者——康熙与乾隆二帝对他们各自的行政事务除了有国史的文字记载，还有，特别注重于以图像形式记录他们的史绩与战功——因而令我们的这部《中国文学·图像关系史》无论如何不得不提及此。这可是不折不扣的历史画。

众所周知，康熙六次南巡，宫廷画师为我们留下了可贵的《圣祖南巡图》。在这件长卷中，举凡一路风物、农耕、城埠、经济、文治均生动在图。他专命焦秉贞作《耕图》《织图》各 23 幅，并为每幅画题诗。诗作生动细致地描绘耕织的细节过程，文情并茂！如果联系其《农桑论》论著，概与王安石之《答司马谏议书》可谓不分高下。

王书曰："议法度而修之于朝廷，以授之于有司，不为侵官；……兴利除弊，不为生事；为天下理财，不为争利；辟邪说，难壬人，不为拒谏。"

而《农桑论》开头便说，"尝观王政之本，在于农桑，……盖农者所以食也，桑者所以衣也。农事伤则饥之源，女红废由寒之原。小民饥寒迫于身而欲其称仁慕义，有无不竞，遵路会极，其势不能。"[①]

如此看来，则康熙帝之南巡，南巡之图卷，意义莫大焉！

据史料，康熙在政余，于皇苑之中亲自种植实验田，其中特别值得提出来的是他实验成功并推广了同种粳稻双季连种制，称为御粳。——这一事实在《红楼梦》文中有文字描写，称之为红稻米粥。康熙之诗说：

紫芒半顷绿荫荫，最爱先时御稻深。若使炎方多广布，可能两次见秧针。[②]

总的说来，康熙之诗与画家之图的关系，真正是图文并茂！也许有人会说：他这诗艺术性远不及"春花秋月何时了"；但是也会有人说：其朴质白描的诗

---

① 转引自胡忠良《教科书里没有的清史》，北京：中华书局，2010，187–192 页
② 引自《康熙诗选》，沈阳：春风文艺出版社，1984

句中的爱民重农计民生、对于"御稻米"这一早熟品种"朕每饭时,尝愿与天下群黎共此嘉谷也"①的人民性、政治性可不是比"一江春水向东流"高强百(儿)八十倍吗?

再一个就是乾隆皇帝,他与乃祖真可谓直脉相承。

单表他文治之外的武功:为了维护国家统一安定,扩大巩固边疆阔土,他多次征战平复了西域的叛乱,因此,他令画家作《平定准部回部战图》。——是一组铜版系列组画。

值得提出的特殊之处在于:乾隆命宫廷画家意大利籍的郎世宁、法籍的王致诚等四人起草作画,然后,送到法国制作铜版,十一年之久,铜版画成归国。然后,他在自己所作的220多首战功纪实之诗中选出16首配此16幅铜版画。

真可谓诗画合一,中西合璧。启纪实战功系列组画之风,开中诗西画亚欧合作之路。

并且:乾隆将其诗作勒石竖于武成殿;将屡次平叛的战将功臣100名皆画像悬于紫光阁;连同16幅大型铜版纪实组画——这三项组成了中国文坛、画坛、诗文图像史的独创性加历史性的文化工程灿烂光束。

从来,我们的文学史中对于统治者多以"元凶"看待,首先就是政治"挂帅"的本能排拒(李煜的词太艺术了——不知是哪位文人大胆直言开头立项把他注入了文学史);而在绘画史上的情况要好一些,——略好。但不管怎么说,如清代,也多提宫廷画家以外的如清初四王、后来的扬州八怪以及带有反清情绪的"八大山人"之作,而独无巨眼观赏历史画作如《平定准部回部战图》。而在此次,以南京大学主持之大撰《中国文学·图像关系史》,我们有信心寄以希望:此种情况可得以纠正。而且以文学士之撰著来纠正绘画史之漏镈,不亦意外之爽乎!

又,关于近代中国国耻历史文图关系似应必备。

如:

1. 甲午战争:许多大臣、战将、志士的诗文俱在,电影《甲午海战》《林则徐》及影像《南京条约》等。

2. 八国联军火烧圆明园史事,可喜的是当时已有摄影——如"八国联军乘火车进北京"……后来有《火烧圆明园》等电影。

涉及历史画作与文学关系的论述:甚至于需要讨教史学家、政治学家们的

---

① 转引自胡忠良《教科书里没有的清史》,北京:中华书局, 2010

最新的社会学、政治学诸研究成果了。这，怕也不易为纯粹的文学士所可兼擅的了。

九、"图像"入选、评价的撰稿人人选问题

虽然本史著在开题报告书中已声明其宗旨、原则是"历史优先，文学本位"，但既是"带有原创性"地为"中国文学研究开辟新领域"、"语象和图像"关系是"根本问题"，那么，对于"图像"工作自不应马虎。所以，私意以为，"选图评像"这一工作仅选聘一两位"图像"专家是远远不够的；总不应行"外行"代庖"内行"之道，大量转录画史画论吧。

1. 一篇文学名著往往有多幅图像产生——故选图不应只是"一家之言"；

多幅图像，孰优孰劣，优在何处？两位画家可有两种看法，三位评家或有一条新见。

2. 专治画史的，亦能画出精品大作者，这样的评画家似乎更宜在本史著中充任编职；能够画出大作但并非专治画史者，往往对古今画作评论更有自家新见。

3. 当然，如果丰子恺、吴冠中仍健在，由他们评价画作最好——但现在只能用他们自己的文学来诠释他们的画作了；但目前，我们国内还是有许多文画兼美的大家名人的，如范曾、陈丹青……如作家冯骥才，也对画作有造诣——他还主编了"作家漫步世界艺术展堂"丛书多卷本。

以文艺、文学教授主编，并有画家、画史专家、作家、诗人……开放的组合编队方能完美此部史著——这也将是世界著名的南京大学的著名之作。

《中国思想家评传》丛书 200 部著述就是 200 多位作者——匡亚明老校长的这一经世之举创，应当给我们以重要的启示。

4. 既然本史著在开题书"其他相关问题"中提到"将考虑本项目的产业开发"，那么，是否也可以考虑引入"产业开发"机制来编著本书呢！

亮题竞稿，择优录用，"南大"统稿——本着"海尔企业"的"相马不如赛马"的理念；强调：辩证对待史论，新论倍加重视，南大最终定稿的方针、方式，似为更妥。

旅游地产·文化楼盘

问题的提出

中国房地产业近年来受国家政策层面的影响,悄然发生了一些变化。据报端披露:有若干地产名企已退出或转行,其中有转向文化产业的。这一转向指归,很值得寻味。它至少说明以下一些问题:

1. 文化产业的投资魅力,终于被大投资家所认识、所青睐。

2. 其他行业比之于投资文化产业更有难度,或门槛高,如高科技产业;或竞争惨烈,如商贸行业;或产品已经供大于求,如传统行业百货、服装生产等等。

3. 但仍有许多房地产商在观望、徘徊、举棋不定。这是因为:(1)毕竟房地产业是必需的,是仍有市场的产业;(2)房地产业是拉动经济的"大马力驱动机"之一;(3)房地产业经整顿、洗牌之后,将面临着更加激烈的竞争,包括建筑质量的竞争、科技含量的竞争、文化附加值的竞争……

4. 令房地产业犹豫的还有:究竟选什么样的"文化项目"作投资标的?以什么样的形式来操作?……多维因素,抉择维艰。

这些观望、疑虑都是必须解决的认识问题。其中,尤其对文化产业项目问题的若干方面,本文试对其作初步的必要解释。

案"文化"被泛化之后,现在的"文化"一词已经远远不是元典的本体意义上的文化含义了。比如,饮食被文化化了:菜肴有菜肴文化,酒水有酒水文化……服饰被文化化了:传统形式复古模式服装,时尚潮流服装,……首饰文化、配饰文化……建筑也被文化化了:在楼盘小区中广栽大树,艺植芳草,雅置奇石,文放雕塑;在别墅选址上要求"三靠三临":靠山、靠水、靠树林,临海、临湖、临溪流。凡此一切,皆被包裹在文化的大花褂之中。

总之,多维因素,艰难思考在折磨着一大群昨日叱咤房地产风云的风流人物。于是,我们在替房产开发商想:在这种不得不变的大局势下,可不可以为他们找到一个在转向的标的上既具有文化性质的,又不脱离地产家们已经割舍不下且早就轻车熟路的可选项目呢?

　　回答是肯定的。这就是旅游地产，文化楼盘。

　　这一话题，其实早已不是新鲜话题，但是，这个老话题却从来没有被房产开发家们注意过，重视过；而事业成功的关键点——具体细节，更未被意气风发的房地产家深研过。因而，他们不知其详，未得其味。

　　笔者曾同一位房地产开发家漫谈过，他听懂了我的意思，说：先生之意是说——只有率先造构一座纯粹的文化景区、旅游项目，然后，在此"旅游文化产业"周边的商品楼盘，才能是高品位、高价格的名副其实的"文化楼盘"，使这一"文化楼盘"更具竞争力，有更高的附加值。

　　——对，完全正确！

　　我们先别谈理论，举例最能说明问题。

　　如果你在丽江古镇、平遥老城内随处建造一栋楼宅，那就完全不用广告宣传，是一等的文化豪宅！

　　假如你在某城中心板块，水泥高厦林立的商业街区买的精装套间，讲得再好听，也成不了"文化楼盘"。

　　现在理论上说明一下：丽江古镇它本身就是传统的民族文化的名镇；平遥古城，它早已是中华的历史文化建筑博物城了。所以，它们以其强大的"文化名声"浸润了所有的物事。在这里，建筑、生活，一切都是不折不扣的"文化"的。所以，在文化环境中的房宅、地产当然就是不折不扣的"文化楼盘"。

　　于是乎，我们随即的规划设想就来了：

　　假如我们在新建的"聊斋文化情趣游乐园"或在古典的明清风格"南都繁会风光带"、欧尚风情的王宫古堡旅游区新建居民小区，那么，在此种文化、风光的大背景、大环境中，这里的民居楼盘能不受惠于它们的文化熏染吗？毫无疑问，这些大文化景区周边的地幅板块内的楼盘是高档次的。为什么会如此？这其中是有理论支柱的，这就是——

文化的洇晕效应原理

　　一珠水滴，滴落在宣纸上，迅疾向外围洇化；一粒石子，抛落水中，水波成纹，圆圈迅速向四周推进。而一位高士名人、一件艺术巨著之存在此地，则以其声名形成影响——这一抽象的文化形态，永久回响。这就是文化洇晕效应。

　　文化的洇晕效应，具有多种体现形态：

　　1. 文化实体的洇晕形态

如某地有一件古遗存,如古塔孑立,那么这里就有了宗教文化的影响因素,则在此间开发宗教文化旅游项目就会受惠于这一古塔的文化洇晕效应。

2. 抽象文化的洇晕效应

这又可分为若干具体方面来说。

如海市蜃楼,本是虚幻偶见现象,但由此虚幻偶见景象而打造的海景旅游产品却是大大受益于此洇晕效应的。

另外,以名气、名声造成的抽象的文化洇晕效应。如文学作品《三国演义》《水浒传》等,由于它们在作品文字中所描写的故事、人物、地点所在深入人心,因此,在山东的梁山水泊,在川江处的八阵图传说遗址,在大江边的赤壁名地,便可因这些文学故事而造作旅游景地,大大利用这一文学名著的文化洇晕效应。而居住在这里的居家群体,就是生活在"三国""水浒"的文化怀抱里。

知道了文化的洇晕效应,我们的房地产业就可以在开发旅游地产的项目中着意地扩大、延伸这种洇晕效应。就是说,想办法扩展文化洇晕的辐射圈。因而也就是扩大了文化楼盘的范围,扩大了地产效益。

兹以下图演示其意。

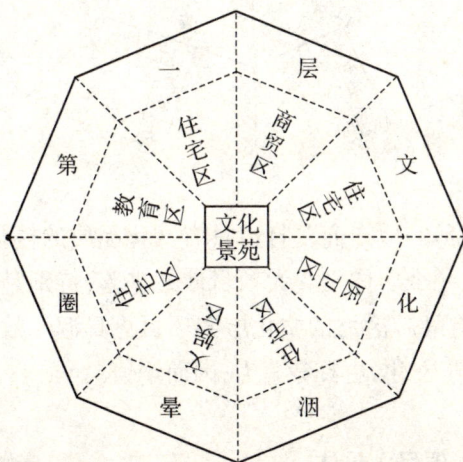

这是一个功能较全的房产住宅区,围绕着旅游景苑而建筑分布的平面分割图。假如我们的旅游文化产业的景苑为周边 500 米范围,那么,该景苑的文化元素的洇晕幅度大约可在其周边的 1 000 ~ 2 000 米的半径范围之内。这里面的楼盘住宅、居民无疑是浸润在旅游文化的氛围中的。他们居住的是文化、人文、宜居的高档次房产。

但是,由于递减效应,在远离景苑 2 000 米之外的建筑楼盘会因之而逐渐降低其文化的洇晕效率。为此，我们要想办法扩大 2 000 米之外的外围区域的文化受益度。我们当然不可能扩大或外移景苑区，但是我们却可以用多条文化辐射街道，在 2 000 米之外的千米之内布局来达到这个目的，强化其旅游地产在更远的千米区域之内的文化洇晕效应。如下图所示：

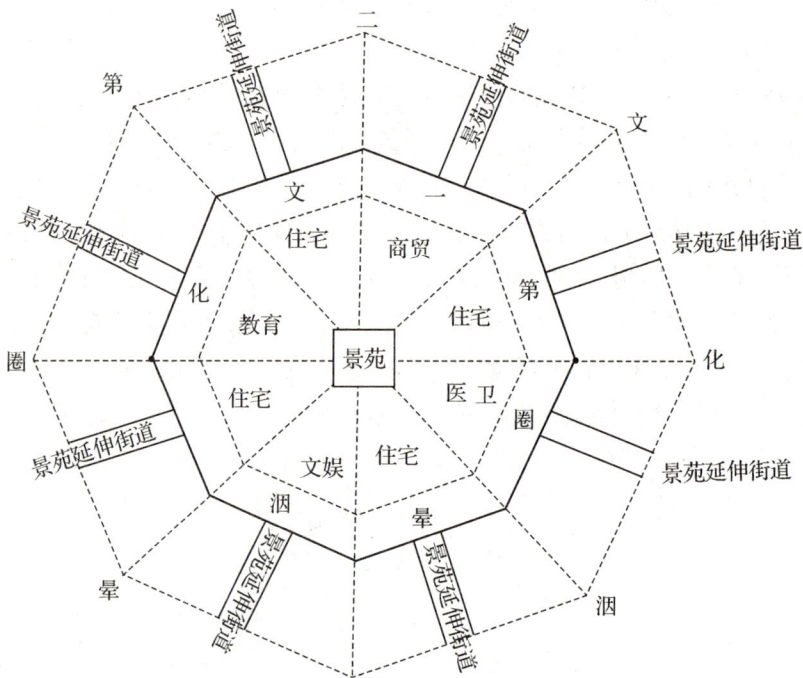

由以上简论可知，地产商要打造具有文化品质的楼盘，才会有竞争力。而这，就要先行创建一个实体文化大项目使之坐落，特别是文化旅游大景苑的项目——最好是具有品牌潜力的文化旅游项目更具洇晕效应。这样的旅游地产商品房，从而得益于文化，更具竞争力，因而增值。

慎行精选文化项目之母体

那么，在具体的选项上到底要选择怎样的旅游文化项目呢？这里有几点看法提出来供大家参考。

一、选择有品牌潜力的文化作品作为地产楼盘的文化依傍母体

前面说过，有品牌潜力的文化作品更具洇晕性。我们举文学作品为例说明问题。比如，选择当代文学作为文化母体，可以"红高粱文学"系列作为开发旅游文化标的——报道称，某地政府的高调构想，要打造万亩红高粱原野……名

作自有其品牌潜力：红高粱奶奶酒、红高粱青纱帐、红高粱大姑娘风情园……"红高粱文学作品"作者莫言毕竟是中国文学的首位诺贝尔奖得主。

二、选择内涵丰富且具有高度可操作性的文学作品作为项目开发母体

比如小说《聊斋》。几百篇故事，内容包罗万象。其中具体开发的可操作性的内容：就那些仙女、花妖、狐狸精们的爱情故事，仅此一端就可以打造多少个的旅游消费项目来——从而有了一个"文化楼盘"的文化晕源。源源不断，源远流长……

当然《聊斋》也是有品牌性的！

再如《红楼梦》，它的内容，更具有丰富性、品牌性、巨大的开发价值。它其中的红楼园林旅游，大观园美酒佳肴消费，红楼美女的歌舞戏文，前世、今生的情爱故事、恋爱波折、感情寄托等等节目，都是具有巨大消费市场的。因而，在"红楼太虚幻境""红楼大观园景区""红楼庄苑"周边区域内的豪华楼盘、清幽别墅、山村民居的户主们就完全是生活居住在红楼文化村里，与贾宝玉、林潇湘为邻居了。

总之，你要懂得本源意义上的、元典性的文化，考察其是否具有开发价值、可操作性，然后才敢下手。

收获

作为投资者，投资旅游地产·文化楼盘，还会有其他的收获吗？应该有！也确实有。而且是大有这个边际收益的。可以预想得到的至少有以下几项：

1. 在商品房火热销售中，同时又有了一座文化企业，新增一个经济实体：文化旅游景区。

2. 在房地产开发之余，你变为文化产业开发家、经营家，成了弘扬中华文化的大投资人、文化人，名垂文史。

3. 依照着著名文化文学作品打造的文化旅游景苑——这是一件在你的手中重新打造的具有世界意义的、古典主义的文化建筑作品；它将被纳入纪念瞻仰的行列中，它将成为未来的文化遗产；它成为被游览、被消费的对象，人们会想到：是你把已经过去的时代起死回生——物化、活化了文学文化经典，延续延长了它的生命，让他活起来，活下去！红楼文化旅游作品被哲学了、升华了——这是学科、学理层面上的跃升。

4. 国家政府的收获：经济转型的试验田，劳动密集服务型产业的长链条，广幅度的就业容量。

　　总之，房地产业从纯粹的商业地产华丽转身为旅游地产、文化楼盘，从漂亮的居住小区化蝶为文化仙境。在这里，地产开发与文化产业二者联袂起舞了。在不经意间，作为经济大佬的地产，愉快地包了一个"文化旅游二奶"。而文质彬彬的文化产业，竟染指、参股了房地产建筑，招赘了一位高楼女婿，坚硬的钢筋汉子与温柔的文化少女"喜结良缘"，普天同庆，鞭炮齐鸣。

2014 年正月初九
于南图定稿

再现旧时真本"清明上河图"《南都繁会图》
打造南京旅游航母

给南京市委市政府的建议信

——开发百里秦淮河（夫子庙—高淳、溧水）建造中华古典民居风光带

罗书记、蒋市长

各位领导：

一、沿百里秦淮水两侧五公里之内，聚建全国各地域、中华各民族的典型民居及著名建筑，形成中华建筑古文化观光博览百里长廊，定位为"古典车马步行街"，打造秦淮文化大旅游线。这是任何微缩景观、零散分布的小镇景点根本无法比拟的。

二、沿秦淮河两侧6～8公里规划中国传统农耕百里翡翠带，营造农耕文化博览群落，生产无公害粮、茶、花、果、蔬菜、禽畜等名牌农产品。

三、河岸两侧八九公里之外可予规划现代都市楼盘；10公里之外方可以规划为工业区。

四、旅游业是黄金产业有钱可赚；旅游是劳动密集型服务行业，具有大就业空间；旅游是内需消费产业，是永久性的经营。

一个国家、一个地区的国民生产总值中，其工业产值与非工业产值之间应该存在着一个最佳比率。但无论如何，在南京充分利用百里秦淮大旅游带，这一非工业的产业链条、经济宽带所贡献的产值，其优化参数是绝不会过剩于这一最佳比率的。

五、无论如何，只有民族的传统的东西才是最文化、最经典的东西，才是最有看头、最永久的东西。诸如北方四合院、黄土窑洞、水乡建筑、客家民居、福建土楼、傣族吊楼、宗庙、祠堂、栈道、石塔、木塔、竹楼……

把中国广袤的土地上56个兄弟民族的特色经典民居、名建，作特大规模地聚拢复建，招商移民入住，把这一宏大的规划建筑弄成精品，将是当代南京为后世、为文化传薪所负有的时代责任。中华民族几千年前的先民们的建筑文化成果，眼见就要为现代的、为西方建筑形式所淹没，非以大手笔作大规模的一项聚

建、复造，这一世界文化的独特瑰宝则谈不上有效的保护和传承。

六、惟有大规模、大手笔造作百里古典名居，依傍百里秦淮水开发，才会有巨大的震撼力，产生强大的"集热"效应，形成强势的旅游经济效益，才能留得住游客，花销他们的时间。

七、惟有"聚集"，才更便于研究、保存、传承文化。开发、建造秦淮河中华传统建筑风光带，使之成为建筑学界研究我国古代民族建筑的大课堂、实验基地，这将使南京名利双收。

八、惟有秦淮旅游文化百里大开发才是大工程、大项目，才具有招商引资的吸引力。建成沿河百里中华古典民居聚居、旅游文化、经济、生活风光带，将与世界上的著名国际河流多瑙河一比高下、一斗风采。

九、展示百里秦淮古民居，开发秦淮文化丰富积淀，保存并实际操作传统农耕文化，推销原生态农林产品，经营民俗、民风、民味，融合秦淮水域文化内容，这之中的"黄金储备"是取之不尽、用之不竭的。

比如，单是水文化就无比丰富：玩足关于水的游乐和活动；做足桥梁水坝的文章；营建无数的舟楫空间；开辟丰富的港埠景点；形成水旱码头小镇……

要让游客慕秦淮之水的大名而来，使他们不愿宝马高速，更爱风帆撑篙；纯粹是满河木舟布篷、拉纤、划桨、掌舵、摇橹，坚决杜绝油轮汽艇、电动冲浪，营造中世纪生活的"活化石"现代版。

搞现代化建筑越快越好，做休闲旅游愈慢愈妙。

届时，百里秦淮之水道长街，全是古帆远影、毛驴马车石板道，全是手工作坊、民间土特产，全是农家古典色彩，民间绿色风味——必将为南京的经济带来巨大的利润空间。

十、就整个的南京版图而言，溧水、高淳是远郊。而开发从溧水起源直至南京的夫子庙这一百里长秦淮文化旅游带的十公里宽的黄金水道、翡翠走廊。这无疑是拓宽了远郊与主城区直接接通的又一条渠道，使之在空间上立即全面融通。这也是给予远郊区县解决"三农"问题一个新的发展机遇与新的途径。

在南京市南半部的东南部位，以百里秦淮为纽带；西南部位于陆郎禄口地区的"红楼梦地名圈"板块为力点：进行合力开发拉动，并赋予其丰厚的民族文化内涵，则使我们整个南京必将迅速成为长三角区域又一经济、文化、工业、旅游资源优质配置、社会环境和谐发展的耀眼明珠。

以上个人意见，仅供领导参考。谢谢！

2005 年 5 月

后　记

　　此前,二〇一〇年,"长女"《情天情海大观园》艰难出世。

　　于今,二〇一四,"长子"《应用红学:红楼梦太虚幻境·金陵大观园·红楼庄苑文化旅游产业开发》顺利萌生——这是一个新生异象胎儿:既文学"红楼",又经济产业——但诸名家先生不以为怪异!幸获红楼美学家何永康先生的溺爱,他更多地从红学文艺的角度"序"之曰:"抛砖引玉言,醒目明眸泪,红楼得此痴,神游有滋味"——惭愧!何老师过奖了,在下岂敢忝名"痴"列?

　　而顾江先生则更着重从文化产业角度给予评述,"序"称:《红楼梦》文化资源具有价值、稀缺、不完全模仿、不完全替代等特征,"应用红学"的理论与实践的探索开发红楼文化旅游产业,实现它与其他资源的协调和有效配置。可将其视为推动南京市发展的一种战略性资源。

　　——感谢!顾老师,你一言八鼎,助推发力,《红楼梦》高兴、南京人高兴、市政府高兴、中国人高兴、世界游人皆高兴。

　　人恃衣裳马恃鞍,本书的封面书名,谨请花鸟画家、书法家李罗先生篆书。李老师系"中国近现代书画名家"人物、艺术大师陈大羽先生的高足,其篆刚劲之中蕴含秀隽,她又是少时起始的"红迷",欣然命笔赐墨,笔者至为感激!

　　诚挚地感谢三位先生。

　　兹为后记。

2014.6.9

于野羊谷草庐

　　后记之后,我还要寄语仙去的母亲。

　　还在我写作《情天情海大观园》时,就常常向老人说起我要倡言、推动建造红楼大观园如何如何的好看好玩。一次,妈妈说,你说的大观园可要快点弄呀,太迟,我就看不到了。——如今回忆彼时彼语,不禁酸楚:老人近于天真的希望……母亲怎知道，这哪是容易事？当时，儿子之言，何尝不是天真？于今更感苍凉，何年何月园始成？好在于今，所设想的蓝图细目，皆为初备而刊行于世，谨以此向老人禀告。且祷祝之曰：待到来年园成日，趋引双亲夜灵游。

作品著作权登记证

Copyright Ownership Registration Record

作品名称 Title	红楼梦文化资源旅游开发设计方案			作品种类 Work Type	A. 文字
作者 Author	王克正	国籍 Nationality	中国	住所地 Local Address	南京市辽宁区东山街道逸南社区柳士嘉村1弓1号
著作权人 Copyright Owner		王克正		证件号码 Idenfication No.	3201211948092□□□□
权利归属方式 Mode of Creation	个人作品	作品创作性质 Mode of Deduction			原创
作品完成时间 Date of Completion	2011-02-28	作品登记时间 Date of Registration			2011-03-15
专有使用权人 Owner of Exclusive Right of Utilisation			权利类型 Type of Right		原得时间 Date of Acquisition

设定它项权利摘要
Summary of Enactment of Other Rights

质押权人 Pledge		权利范围 Range		设定日期 Set Date		质押期限 Term of Pledge		注销日期 Cancellation Date

- 2 -

著作权权利范围
Scope of Copyrights

权利名称 Title	权利类型 Type of Right	取得时间 Date of Acquisition	取得方式 Method of Acquisition	备注 Remark
发 表 权 The Right of Publication	所有权	2011-02-28	原始取得	
署 名 权 The Right of Authorship	所有权	2011-02-28	原始取得	
修 改 权 The Right of Alternation	所有权	2011-02-28	原始取得	
保护作品完整权 The Right of Integrity	所有权	2011-02-28	原始取得	
复 制 权 The Right of Replication	所有权	2011-02-28	原始取得	
发 行 权 The Right of Issuing	所有权	2011-02-28	原始取得	
出 租 权 The Right of Rental	所有权	2011-02-28	原始取得	
展 览 权 The Right of Display	所有权	2011-02-28	原始取得	
表 演 权 The Right of Performance	所有权	2011-02-28	原始取得	
放 映 权 The Right of Presentation	所有权	2011-02-28	原始取得	
广 播 权 The Right of Broadcasting	所有权	2011-02-28	原始取得	
信息网络传播权 The Right of Cyber Transmit	所有权	2011-02-28	原始取得	
摄 制 权 The Right of Video Recording	所有权	2011-02-28	原始取得	
改 编 权 The Right of Adaptation	所有权	2011-02-28	原始取得	
翻 译 权 The Right of Translation	所有权	2011-02-28	原始取得	
汇 编 权 The Right of Consolidation	所有权	2011-02-28	原始取得	
邻 接 权 Neighboring Rights				
其它权利 Other Rights				

作 品 简 介
Work Description

作 品 登 记 号：10-2011-A-634
Registration Number:

本人多年来研究红学，立意把它推向应用红学的文化层面，提出"六合大虚幻境"和"金陵大观园"和"辽宁红楼庄园"系统开发的旅游大产业。03年伊始不断地修正、推进、完善至今，现已完成。

发证机关（盖章）：
Issuing Auth 辽社 (Stamp)　03

发证日期：　　年　　　15　月　　　日
Issuing Date:　Year　　Month　　Day